七等生全集［5］

沙河悲歌

七等生 著

《沙河悲歌》電影劇照

七等生攝於遠景編輯部（1985年）

七等生(左起)沈登恩、簡志忠
合影於遠景編輯部(1985年)

七等生與《沙河悲歌》導演張志勇討論劇情

聯合　中華民國八十七年四月十三日　星期一

重建閱讀現場：七等生／通霄

回到沙河

▶▲七等生在沙河上的水泥橋遠眺

文學地圖爲創作者經過作品開拓了人文地理幅員。如沈從文湖南鳳凰、林海音北京城南、張愛玲的雙城——上海、香港……。沒有這樣一張地圖，我們無法透視街道、山脈、河流……硬體實物內裡的生命情調。文學地圖是作家創作身世的另一張年表，是書寫之外的另一種出版。讀者可以拿著這張地圖，深層進入作品脈絡，到達閱讀現場。

《讀書人》從本期開始，推出「重建閱讀現場」系列報導，首輯製作小說家現代主義大將七等生專號《回到沙河》，由攝影家張亙綱「掌鏡」拍下沙河的實地——通霄現貌，以深度報導與第一手實景共同重建文學閱讀現場。　（編者）

〈情與思〉．小全集序）的方式，成為小說家創作的文本，鋪展七等生與生命及情感的對話。就在這樣的對話流過，描繪七等生自一九六二年二十三歲至一九八六年四十七歲，漫長而累積的二十四載書寫地圖，並且在他一九七〇年謀生受創，返鄉小學任教後更大量的代表作描述通霄，通過七等生，通霄在他筆下有著越來越多的地表浮現，成為一個

活細節的重憶會變得有意義……這是創作生命之所由來的途徑。」閱讀者思及書中情節同一路線，形成通霄文學之旅，以七等生幾篇知名小說及生活札記為指標，見證一處一處背景，重建一張七等生專屬的文學地圖。

《重回沙河》〈我的戀人〉

沙河上的橋、通霄海水浴場、仁愛路老家及雜貨店門口的汲水站舊址

我們第一站就是通霄海水浴場，正午的陽光由大片木麻黃樹梢照下，〈沙河悲歌．獨泳〉中，敘述海水：「漲潮時沙岸斜成東北到西南的角度，……浮在水面的自如感，頓時把生活中的煩擾拋棄了。」〈海洋的幻畫〉裡：「前幾日在海水浴場時感覺右臂扭傷了，看來今年再也無法下水游泳了。」七等生說他非常喜歡到海水浴場游泳，每年五月通霄海水浴場開放到十月，六個月裡他幾乎每天來游泳。

出海水浴場路口就是通霄火車站，這裡是七等生出發到外地或回家的驛站之一，〈受創〉中「周六上午十時四十四分，我陪年老多病的母親搭火車回台北木柵，在火車上一切平安無事，我大部分時間在看安瑟．亞當斯的攝影集」，〈看照片要像讀書一樣〉中「原定今天和尤莉到台北看兩部電影——〈現代啟示錄〉和〈克拉瑪對克拉瑪〉——沒有買到火車票」的一個小火車站，只有海線從這裡經過：「這裡沒什麼！」七等生說。不知道為什麼，他似乎並不喜歡這個火車站。

火車站對面是中正路，穿過中正路不久，到仁愛路，七等生的老家就在仁愛路三角地帶。如今，在我們面前的不再是「而我七年前浪跡回來時，鎮上的老屋曾空了好幾年，我驚訝於老屋的低矮和陳舊不堪的樣子」（〈散步到黑橋〉），也不是〈重回沙河〉中「當我童年時，父親逝世不久，家裡十分貧困，前後鄰居的惡眼惡相，以及沒有公共道德的情形給我極深的印象」以老屋為輻射一整本的生活記錄。

我們注視「老屋」地點，現已成為連棟樓房，三角地段開著間菜苗店。七等生遠遠等我們拍照，他在〈重回沙河〉時期，首篇〈晨河〉描述：在沙河「永遠存在的一座橋」上，「把相機放在橋柵上，拍下了我的第一張擁有歸屬於自己的 Pentax 照片」生涯。大量的沙河各種面貌、田景、竹林……成為〈重回沙河〉卷首。

更遠仁愛路盡頭是紅水槽汲水站，〈我的戀人〉中小男孩守候水桶時，「大部分時間我朝著另一個目標注視著類似一隻極為清潔樸素的鳥的女人」。故事彷彿仍在進行，而七等生甚至沒有走近來。

〈散步去黑橋〉〈白馬〉

黑橋、湯家池塘、牛車路、呂家農莊

〈散步去黑橋〉中，七等生創造了一個童年的靈魂邁叟（即 my soul，我的靈魂），在一個午睡醒來，「我」和邁叟到兒時日據時代躲空襲被安置住在黑橋對面呂姓農莊，黑橋在從前的圳頭里（現在仍叫圳頭里），黑橋有多遠？「邁叟說這是一條曲曲折折的田丘路，經過漫布的稻田、池塘、山坡和農舍。」路線圖已然成形，而故事主要人物表、事件變遷也依附這條路線展開。

從通霄鎮中心出去穿越一二一縣道、

讀書人

〈第二〇八號〉

字題／臺靜農

書・書店・讀書人

七等生作品地標：沙河，樂天地、圓滿酒家；訪出版人隱地、德國繪者布赫茲圖像世界

書之眼

《靈魂的出口》、《曉夢迷碟》、《垂釣睡眠》書評

七等生以創作完成的文學地圖

曾隆明／地圖繪製

不變，只是「靈魂已老」。引人嘆息。

十三歲喪父，這對生於通霄長於通霄尚未成為作家七等生的男孩劉武雄而言，命運與生活的沈重從此成為他寫作的基調。

通霄方圓數里及劉武雄生命中發生過的事，以「窺見內在的世界」（引自

水浴場、七等生仁愛路老家；〈我的戀人〉設在鎮上仁愛路雜貨店門口的汲水站舊址……跟隨七等生的省視自我遭遇、敘述痛與昇華，以另一隻眼尋找作家生命落腳處，明白他如何賜給發生過的事物、地址以不同樣貌的過程。同感沈重與喜悅。

當我們追尋小說事件背景，穿越故事文本，到達作家豐富的原創之鄉，重建作品現場，閱讀與創作有了更深刻的生命情景。

那是七等生所說的「當我年輕的時候，非常的寂寞和孤獨」（〈散步去黑橋〉，〈我年輕的時候〉），也是他在〈父親之死〉中非常寫實的以天賜之子自述「這個男孩一點不因父親的死悲傷，因為從今以後，沒有人會再欺騙母親」的生命底蘊。更是穿越寂寞與孤獨、背叛後沈思況味：「在這樣的思想裡，所有生

張良綱／攝影

的頭段倒是鋪上了柏油，車子在穿過省道約走了五百公尺停下，一口池塘坐落在呈「形的閩式建築前，七等生的「這口池塘有點怪，是成四方形的，邁叟說它無比的大」。湯家湯吳素妹兩位剛成長的女兒在一個夏日被海浪捲走，這顯然是當年的富有人家，「現在湯家已經沒落了，紅黃釉彩的建築顯得斑剝和頹場，看起來到處是沒有門葉的孔洞」。而湯家池塘小邁叟第一次發現時「他感到很驚懼，它的形狀很恐怖；當它滿池時，水藍有波浪，像海洋」。七等生以現在之眼彷彿說給自己聽：「小孩時看什麼都很大。」作家來往於作品與當下之間，處處充滿掙扎與自我交談，常有回不來的危險，令人同在那個磁場時非常不忍。

我們繼續上路，一時之間還沒問題，朝上走就是。突然，有問題了，又不是大問題，是小說中「他望望往北的下坡路，又看看往東的上坡路」的選擇。我們問了一間四合院內正在修車的人、走進了一條舊式土壁牆死路，終於到了黑橋。不！一座水泥橋。「在過橋的那一邊，微彎地通到一座竹林為屏的紅瓦紅磚的農莊，那必定是呂家農莊的屋舍。」

黑橋由木橋改建為水泥橋，而當年的呂家農莊地理位置沒變，只是已經變成釣魚蝦場，在相思林及菜田的包圍中，有三個少年郎在既非假期又非放學時間坐在露天釣魚，椅邊放著啤酒，沒有帶著他們的邁叟。

（文轉四十六版）

聯合報製作
七等生專輯

七等生
冷眼看繽紛世界
熱心度灰色人生

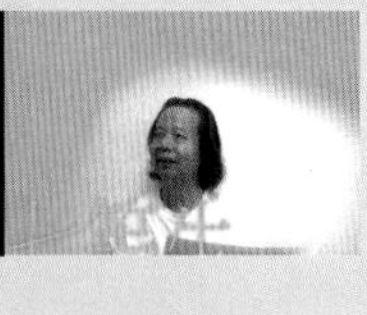

《七等生全集》總序

七等生

黎明前，詹生駕車來到進城的那條道路上停下，無數的日月他駛過平原田疇和爬山越嶺，經歷許多的鄉村街巷，意欲想回到城市，探望年紀老邁的母親，以及分離許久的妻子兒女，但他不能確信除了他自個孑然獨身之外還有什麼親人，或許他盼望重見老友。他停下車是因爲前面有車擋住，灰灰濛濛的霧氣中，他沒有看到城門，蜿蜒的山路上停靠著一排長龍似的各形各色車子，不知綿延有多少距離。他下車向前走到前面去，一部大卡車的車窗裡，一個斜頭坐睡的人朝車外露出一張錫白的面孔，當詹生走近時，半睡半醒的他緩慢地微開眼皮，裂出眼瞳的一條黑線和一點晶亮的白光，沒有說話，司空見慣似地有種幽深隱埋的表情，眼皮又合上像他先前的休息和等待般的樣子。詹生再走前幾步，注視另一部車子的景象，有一男一女睡著很熟，他沒有叫醒他們，感悟不會探問到任何什麼事，只好往回到他自己的車旁。他想他們和他們的車子都是在等候天亮預備進城，但這景象的意味是他所料不及的，好像回到了久遠的古代。在這黎明的時刻，他是最後到達的一個。他無法可想將來進城是否要有手續，他不能明白將來會遇到什麼事，爲何前面那些人只顧睡覺，沒有聚集談論事情，也沒有任何跡象好教他能夠了解狀況。或許根本就沒有情況會發生，只是詹生個人的一種疑慮而已。一個熟悉的聲音在他耳膜響起：「你總以為這個世界的人誤解你，其實是你對這個世界充滿了誤會。」他回想起許久以前他是如何離城的，那時刻他年輕，現在他年老了；十年前，二十年前，三十年前……他有些記不清楚，無法可想他是什麼原因出城的。那時似乎是在一個人潮擁擠的車站，他搭上火車，然後火車移動後就迅速消失了城市的踪影。而現在由這山區的隘口進城似乎有些離譜。他自己什麼時候像大家一樣開起汽車來也有點糊塗了。時光或時代在不知不覺中移轉了，他懷疑自己的存在和記憶，似乎個人活命的感覺是無法言傳的……

這段話頗像我寫小說的開頭，我曾經寫過「離城記」，陳述想像和眞實搞不清楚孰是孰非。我們知道在現實生活中是不能有任何含糊不清的事體，否則會有爭執和打戰。但是在思考的世界裡，語言變得十分詭譎和有趣。譬如我總是由現實出發，以免讓人搞不清狀況和分不出頭緒，而有的人的閱讀習慣很頑硬，當小說由現實轉入虛構時，他們不肯跟隨進入，以致大叫荒謬和違背語法倫常。但所幸還有一些認眞和能掌握感覺的人，他們明白沒有幻想的部分是無法釐清現實眞相的。經過了這半世紀的努力和陶冶，人們更爲認清存在的現象是一種單獨、短暫、變幻和多樣的事物，而這一切事物似乎越來越快速地往前行邁，感覺現實和想像是一體的兩面，互爲裏外和互爲眞假，經由電的傳導，知悉宇宙的事物，經由符號而獲得普遍的知識。我們吃食物，是在吸收各種的元素，我們是由元素發酵而成長和演化的不同軀體，個別由意志形成不同的容貌表情。然後由感覺產生了快樂和痛苦的意識，我們意圖在痛苦的意識中尋覓途徑去追求快樂的人生意義。

我的一生徬徨和掙扎於思考和寫作，由年輕到年老力衰，這些思想的記錄累積，似乎歸不到任何的結論，僅只約略而勉強踏出一個平庸者苟且存活的方法而已。如果人生的目的是在追求快樂的感覺，那是純粹的幻想，就像我們藉助短暫的生涯遙想永恒，想到要全靠這虛無的幻覺去體會眞實存在，不免悲從衷來，有如百姓期盼聖君帶來和平和幸福。此番生存的境遇，重憶過往種種情事，一切屈辱和承受都拋諸於腦後而不復遺留。我的存在意識不外保留一份擁有的醒敏，但這層意涵與酒醉沉迷或昏昏噩噩沒有兩樣。我一直感激於我的父母賜給我這份涵容的軀身，讓我流連在寫作和繪畫的天地裡自由自在獨來獨往。好笑的是，我在鄉下的教職退休後，意想天開地遷來台北，這個城市曾是我受學和遊蕩的所在，年邁的我依然如故，喜歡縱情聲色，想和這打扮起來的都會一同邁向二十一世紀，想到這個，有詩自我調侃一下：

粗茶淡飯人猶在
夜遊酒廊入庸塞
高麗歌女唱哭河
站看雲裳天使懷

最後，全集的出版要歸功和感激兩位特別的人士，一位是夢幻出版家沈登恩先生，一位是資深的台灣文學的文評家張恆豪先生。後者說好高興義不容辭地負起編輯的責任，前者表示有始有終地出版七等生的作品是一種對台灣的愛。呈現一個大略的全貌給二十一世紀的新興讀者，我自己也有提前告別的意味，尤其想在此刻向陪伴我度過貧賤半生的尤麗（百合）致敬和感謝，她辛勤而負責任地養育三個子女長大成人然後隱居身退，我常想起她年輕時美麗的樣子，在早年艱困的日子裡如果沒有她為伴，不會使我持續不輟進行幾近苦行般的寫作。還有少數幾位不嫌和我飲酒笑鬧的朋友，祝你們健康快樂。

七等生

二〇〇〇年七月

《沙河悲歌》目次

沙河悲歌

獻給胞兄玉明
及一般吹奏樂者

沙河悲歌

一

晚上約莫九點鐘左右，李文龍從座落在街尾的一間低矮的瓦房走出來，從外表看不出而事實上是一隻半殘廢的左手臂在腋下夾著樂器克拉里內德①。他是外表不壞的中年男子，中等身材有些瘦，穿著白色襯衫和一條舊的黃卡其色褲子。他朝街頭走了約五十公尺，然後左轉入一條黑漆的小巷，那條巷事實上是一條大圳溝，除了在馬路的一部分外，這條水泥溝渠在巷子裡並沒有加蓋。李文龍走的是溝緣的狹道，他的腳步不太穩當，有點左右搖擺，好像一個走索者，但他已經走慣了這條路絕不會掉進圳溝裡，這像是一條黑暗的隧道，在盡頭的兩端都可以看到街燈照下的光亮，他走出來筆直地橫過昏黃光的街道，習慣地朝兩排樓房走廊上站立的人們掃視一眼，要是那些閒散的鎮民同時也看到李文龍從巷子走出來，他們雖不說出來或和他打招呼，但他們心裡卻

①豎笛clarinet音譯。

有一個印象，像互屬於兩個不同世界之間的蔑視，經過最初的好奇和猜疑之後，互相間都有那種冷淡的和平。他又走進另一段黑漆的小巷，同樣是那條沒有加蓋的大圳溝。然後這條溝圳直角向北，李文龍來到另一條橫街，在西面盡頭接住縱貫公路，那裡有兩家相對面的酒家，都掛著紅綠色的燈光招牌，街路上顯得很冷清，但屋子裡面卻很熱鬧。他在樂天地和圓滿兩酒家奏唱了一夜，約莫凌晨一點鐘回到家門，木門已經關上了，他輕叩幾聲，靜等了一會兒，他想玉秀和孩子已經睡熟了，於是他轉身走開回到街上。他到火旺後樓的秘密賭場轉了一圈，那些人賭興方酣，他只站了幾分鐘又回到街上。當他走出來時覺得一陣眼花，頭頂像壓著沉重的石塊。樂器克拉里內德分成兩節捲在布巾裡，依然夾在那喪失筋力的左手臂腋下，這隻手臂每當他在噩夢中驚醒過來，常常發現它纏在弄亂的蚊帳裡。在酒家奏唱時，好女色的昌德和明煌曾來找他，他們互相喝了幾杯酒。但他沒有半點睡意、醉意和瘋狂，他已經習慣午睡到黃昏，吃過晚飯後爲生活到酒家奏唱賺幾十塊錢。他抬頭望望彎月，也許是魔神附他，使他離開鎮街，昏迷般地步向郊外的沙河。他咳嗽得很厲害，好像急迫地想要叩開頭頂上幽黑的天門。從胃部湧到喉頭許多帶酸的水液，吐掉後又從胃部裡湧上來。他想：有一天要是從肺部裡咳出大量的血液來，那會結束了這條生命。

來到沙河已夜深幽寂，除了淺流潺潺細訴。他想到他的弟弟二郎，他對他寄以厚望。來到沙河，晨霧已經瀰漫。這條河有兩個發源：一條由坪頂山下來，細流經過土城梅樹腳；一條自北勢窩流經番社在南勢與那一條水流匯成三角洲，然後通過沙河橋流向海峽的海洋。沙河以沙多石多而名，經常呈枯旱狀態，只有一條淺流在河床的一邊潺潺嗚訴，當六七月的大水過後，這條細流常因變更的河床地勢而改道，幾年在南邊岸，幾年在北邊岸。幾百年前沙河河床甚低，海水在潮漲時能駛進福建來的帆船，這件事已被先祖的死亡而遺忘了，現代的人根本不知道這樣的事。但李文龍曾在小時候聽過他的祖父說到這件事，當他要到沙河來游泳時，他的祖父會警告他勿游向深水處，不要靠近跳水谷，只許在橋下淺流裡。李文龍坐在石頭上臨著水邊注視水流，從褲子後袋掏出一瓶酒，向河水倒下一些敬敬沙河河神，然後自己也呷一口。

沙河淺流潺潺細唱。

他試吹著幾聲樂器克拉里內德，吹嘴的簧片在酒家已經吹裂，他用破裂而沙啞的聲音吹奏著夜曲。他常獨自吹奏名曲，那是他弟弟二郎到城市求學後陸續爲他寄來的，但在酒家，他和彈吉他琴的金木依然奏著他們熟悉的〈望春風〉或〈補破網〉這類民謠。

那年，他決意追隨葉德星的歌劇團當一名職業樂師時，李文龍跪著向母親請求說是爲藝術；今天，他才懂得什麼是生活和賦格。他沒有辱沒他心中的願望，可是並不是他想追求時就獲得它，它來時卻是當他萬念俱灰之時。

他這樣想：城市大轟炸的第二年如果父親不禁止他到臺北進高等學府就學的話，現在李文龍可能是位有成就受人崇仰的音樂家或是什麼實業界的經理，而不是像今天爲賺取生活在酒家奏唱受人輕卑的落水狗。他又想：到頭來可能都一樣，哲學的重要課題雖是認識論的問題，但所有可能的人生必須付於實踐；對他來說，音樂家和奏唱者之間唯一的識別，不是氣質而是環境和使命的選擇。

有趣，李文龍曾經希望在沙河鎮公所當一名雇員，當他的肺病嚴重已到迫使他放棄吹奏樂器傳佩脫②時，他放棄了樂器傳佩脫改吹樂器薩克斯風，幾年之後他能夠熟練地吹奏任何種類的薩克斯風樂器。但是時光前進，他的健康又迫使他放棄樂器薩克斯風，或者寧可說李文龍的精神已厭煩薩克斯風樂器的悲鳴，最後樂器克拉里內德才是他眞正需要的好工具，高傲而飲泣般的樂器克拉里內德才是他的生命哲學。

二

李文龍想他應該寫信給二郎。他不知道有多久沒有寫信給他，也許有半年或整整一年。他不是一個善於用文字或語言表達情感的人，但他是一個內心充滿熱情的人，除了有某些例行的事需通知二郎外，譬如戶口校正或回信說收到了歌本，他無法去訴說情感的問題。他想二郎就是自己的親弟弟，這件事實已足夠證明他們間的互愛，而無需再用言語說什麼，就是他和二郎在一起同住在家裡時，也甚少用語言來互相阿諛表示親愛，可是他們之間卻能用心去感覺，就是現在二郎遠在城市和他相距幾百里，他和二郎之間亦能互相感覺。但是有一件事他應該寫信給他，或者假如現在他能和他見面，他必定要當面告訴他。

②小喇叭trumpet音譯。

這件事是當他跪求母親讓他去追隨葉德星歌劇團時，母親不明白李文龍所說的藝術是什麼意思。母親只知道人人要照顧日日的生活，人人必須做不爲習俗所輕卑的工作。母親說：你要開始工作賺錢使生活改善點。母親那時不了解李文龍正熱心於樂器傳佩脫的技藝，他的確吹奏得不壞，他想要出人頭地必須使樂器傳佩脫的音色異於他人，有時必須達於他人所難以吹奏的高音，他必須離開沙河鎮到外面的世界去吸收經驗，也應該到外面的世界去表現他的才能。土生土長的樂師都不懂得看五線譜，他們用的都是印成簡譜的本子，但李文龍不然，從開始他便揚棄簡譜而在五線譜上下工夫，這個理由不單是樂曲有時要移調去適合給歌劇團的女演員唱，另一個理由是爲了知識，接受外國曲調豐富的大曲子，它也許在歌劇團派不上用場，卻可以在工作時間外吹奏滿足自己。

「跟隨歌劇團和那些不三不四的流浪人混在一起能夠出人頭地嗎？」母親說。

李文龍第一次察覺他和母親有觀念上的差異。母親傳統上的觀念無法了解他的需要和他血脈的跳動。他感到他在家已經無法再待下去。戰爭的最後一年，事實上那時誰也不知道戰爭要延長到什麼時候，父親知道他在家無事可做，卻並不知道他偷偷地瞞著他練習吹奏傳佩脫樂器。父親留李文龍在家裡是爲了安全的問題，不讓他到正遭受轟炸的城市繼續讀書；父親說只要戰爭結束馬上送他到城市進高等學府，父親那時也自恃自己有一份公家的事做，生活一切沒有問題，但一日經過一日，拖延了好幾年，生活隨戰爭日漸窮苦。母親要李文龍在沙河鎮學做木匠，他順從她的意思做了兩個星期，他帶著沮喪的感想回家時，母親不斷地搖頭嘆息，說她看不出他將來能做出什麼來。

他和昌德每日約好到沙河橋下勤奮地練習，李文龍吹奏樂器傳佩脫，昌德吹奏樂器斯賴①，樂器屬於沙河鎮公所的保管財產，向鼓勵青少年吹奏樂器預備組成樂隊的管理員借來的。直到那一天，他終於向母親偷偷地宣佈當晚深夜要隨葉德星的歌劇團遷徙離開沙河鎮時，母親才眞正傷心地哭泣了。她始終不了解他爲何要去當一名歌劇團的樂師來羞辱她；她的觀念無法明瞭有成就的藝人也是一種出人頭地；她不懂什麼是藝術，她沒有受過學校教育，她所不知道的正是年輕的李文龍所知道的。父親是讀書人，卻是舊時代的讀書人，在鎮公所當一名職員，生活在沙河鎮使他必須謹愼地顧全他的面子，李文龍不能事先告訴他，他要離開家去從事樂師的職業，他知道他的決定會大大地刺傷父親的尊嚴，父親會承受不住他內心的愧疚，父親事先知道了他一定走不成。所以他只能偷偷地告訴母親，李文龍爲情勢所逼雙膝跪下懇求母親讓他走。

現在他必須告訴二郎，首先追求的技藝藝術到最後會轉來發現自我。李文龍在沙河鎮樂天地和圓滿兩酒家來回奏唱，爲那些議員和鎮民代表，爲那些農會職工或學校的教師，甚至是爲那些過去是可憐的佃農現在已擁有土地的驕蠻的農夫和唯利是圖的商賈吹奏助興的流行歌，他們頗神氣地以爲李文龍是爲他們而非爲自己的存在吹奏，他們並不知道這其中的奧妙，一個藝人的生命乃在於他眞正的表演中，他們輕卑地賞給他幾塊錢，以爲是他助長他們的豪情和享樂，而不知道

①伸縮喇叭slide音譯。

他更重要的是做了情感會合的媒介，他們平時雖然貪圖錢財愛好名位，可是在李文龍看來，生命的憂患其本質都是相同的，藉樂忘憂事實上是探詢憂患的眞正價値，像土人們在狂歡節後而能溫馴地回到生活辛勞的狩獵；當他們和那些酒女一起混聲合唱〈望春風〉時，情感會合而生命的意志融會在一起。李文龍不知道他的弟弟二郎是否會欣然喜悅或接受這種盡情的胡鬧。二郎的天資聰慧，年幼時李文龍便以他爲榮，他想，二郎也許將會明瞭自憐是寬恕和淡忘社會的變遷所帶來的逆境的一個主要的情愫。

李文龍漸漸地認識了他所從事的職業的生活形態，許多例行反覆不已的事物，造成他在厭煩後逃避去關注它。他跟隨葉德星歌劇團離開沙河鎭，每十天必須轉換一個地方，常常是由這一縣到另一縣，途程是數十里或數百里的長征，劇團的演出非常不可能此鎭演完就到鄰鎭去，開始時給他很大的迷惑和新奇的感覺，後來他明白了，這種辛勤的勞頓完全是爲了觀眾的心理，觀眾是喜愛好奇的動物，他們會厭膩相同的形式或久知的事物，他們需要新奇的東西來調和呆板式的日常生活，他們渴欲觀睹新面孔來刺激想像力，但劇團改變戲碼變換形式十分不易，劇團的遷徙等於在逃避熟識他們的觀眾，劇團的生存只能選擇陌生的異地。最後一天晚場戲演完後，隨即捆綁行李，拆下佈景，工作在疲勞中進行，任何人都需要配合這種工作，常常可以看出感人的團體精神，卡車在戲院門前等候，搬運的工作在寒冷的深夜中進行，在暴風雨中進行，有時在夏季的涼夜裡，或在圓圓的月光照耀下進行，然後告別那家劇院，劇團的經理和劇院的老闆結清了帳款，最後是每個人的私人行李抛上卡車自己要坐的位置去，可以看到離開而沒有送行的人，十天裡在劇院內一同歡笑憂患的觀眾已經把他們遺忘，觀眾在睡夢中根本不知道劇團正在離開，因為第二天在戲院上演的是另一個劇團，清晨，在菜市場或街道有新來劇團的廣告人員出來宣佈精采的戲碼，在主要的街道旁有新劇團的旗幟，牆壁上貼有新的佈告，所以觀眾沒有感覺，一切有別人來迎合他們的胃口，他們望不進一切事物的充滿傳奇的內部。這劇團演完最後一幕戲的夜裡，睡眠是在卡車的風馳電掣中度過，沒有人會在那個時刻交談，每個人都萎縮在自己安插的角落睡去，沒有小孩哭號，他們摟著母親的腰懷或母親摟抱他們在胸前，任何人，無論男女或大小都低首和沉默在他們共同的命運裡。那一夜的睡眠彷彿只有半分鐘，雖然長馳百里亦感覺短短的半刻時辰。卡車停在戲院門前，每一個人都得跳下卡車，他們站立著注視戲院，這戲院同那剛離開的戲院何其相似，彷彿他們沒有離開，而只是自己在蒙騙自己扮演搬運的勞動，把剛才拆下的佈景重新再佈置起來，這一切繁重而式樣不變的工作自深夜開始直到太陽上升才結束，而每個人在戲中扮演的角色所象徵的油彩臉孔依然留在臉上沒有擦去，有些人甚至讓油彩留住十天或一月或一年。當太陽上升這一日開始，在這第一天的早晨有更繁重的工作要做，樂隊前導，全班人馬遊街宣佈劇團的來到，小丑拿著喇叭向群眾宣佈驚人的消息，說笑和自誇，當全班人馬遊行完畢回到戲院吃午飯便需準備第一個午場戲，一切重新開始，十天一循環，像星星，像季節，像自然宇宙。

沙河淺流潺潺細唱。

他站立起來，解開褲子的鈕釦，向河水撒下一泡尿。潺潺水流自坪頂山經土城梅樹腳而來，與來自北勢窩經番社的另一條細流會合，他注視著珠粒的尿水落在水裡，迅速無蹤地成為水流的部分流向海口而去，這水流在微薄的月光下富有蜿蜒的妙姿，那水潔白如少女隱密的肌膚，形貌如蛇之身滑浮動在石問，聲音如情話之細訴，水流自灰茫茫的霧中流來，又隱沒在灰茫茫的霧中，只在他的跟前展現它的潔淨的容姿，但他覺得口腔有一股腥味，自胃部和腐敗的肺部湧上來，他坐下來呑了一口酒，壓服那可憎的氣味。

他的童年友好中的昌德、秋雄和他都因家庭的反對沒有繼續到城市去求學，良珍和德育到城市進高等學府，良珍學化工，現在在一家牙膏公司當技師，德育進了淡水英專，現在在中學當教師，照母親的觀念，良珍和德育都有正當而體面的職業，算是出人頭地了。有一次，李文龍和昌德從彰化搭火車回沙河鎮，他們跟隨的葉德星歌劇團在彰化演出，那是一個炎夏的早晨，當他們跳下火車時，李文龍看見月臺上一拉婦人背著一個穿藍衣的小女孩走在前面，他望到那片藍色突然覺得一陣昏暈和心跳，以為是看到了幼妹敏子，他站住像一個不著魂的呆子疑惑地望著，走在前面的昌德回頭奇怪地叫他：

「怎麼樣，一郎?!」一郎是他的父親日據時代為他取的名字，光復後，名字改為文龍。

然後他恢復了清醒，想到幼妹敏子不會永遠長不大。

「沒什麼。」他跟上昌德回答說。

然後他們瞥望到鐵路倉庫那邊站著一個臉面蓋滿黑炭粉末的瘦弱男人，他對昌德說：

「那不是秋雄嗎？」

「正是他，他在看什麼？」

「根本沒有什麼可看。」

「他或許在找人。」

「沒有，他只是癡望著火車。」

「也許是，我們去看他。」

他和昌德直接由月臺跳下來，朝著倉庫跑去，一面叫著呆望著開走的火車的瘦弱青年。

「喂，秋雄。」

那人像從夢中醒來，聽到叫聲向四處望望，然後看到文龍和昌德，臉上顯得有些驚訝，不好意思地露出笑容來，他回叫一聲：「喂，昌德，一郎，你們回來了。」他那蒼黃有肝病模樣的臉孔逐漸笑得很可愛，而滿頭滿臉的黑炭粉末使他像是一隻可憐的鑽洞老鼠，他們靠近在一起，互相注視著對方，雙手握在一起，閃著銳利而喜悅的眼光。

「現在如何？」

「就是這樣。」

「你們在那裡？」

「彰化。」

「在劇團好嗎？」

「不錯。」

「假如我能吹奏什麼，我也跟你們去。」

他們一同走進一間大倉庫，裡面堆積著一籮一籮的黑木炭，留下的空地上有一張單人木床。床下放著一隻臉盆。秋雄說：「這是我的世界，木炭是我的兄弟。」

三

喝酒在開始時完全是爲了鼓舞作用，支持心裡的熱情，現在飲酒則爲了麻醉情感，造成心態的混亂，享受沉淪的快感。他知道昔時的願望都是幻想，一股不能支持到底的熱血，無論是心理或生理都成爲那願望的叛逆者。他的肺部現在奏樂器傳佩脫連八度C都吹不出來，雙唇常常滑脫，氣流溢出了口外，但是在當初時，他高舉樂器傳佩脫朝著天空吹出羊叫般的顫音讓人對他喝采。除了吹奏，其他的娛樂是到彈子房去或到有女孩子的茶室去。李文龍想起在新營一帶的茶室，他曾經問過那些女孩子：

「妳們是什麼地方的人？」

她們羞羞地說：「北部。」

「北部包括的地方很多，北部那裡？」

她們的眼光機敏地注視對方，探索對方是否懷著壞意，小心提防著，仍帶著羞澀的笑容說：

「北部。」

「我知道，我知道，妳們害怕什麼？」

她們改變了表情，裝作有點生氣，聲音變得有些粗野地回答說：「我們當然不怕什麼，這裡沒有我們的爸爸媽媽。」

「那麼妳們爲何吞吞吐吐不說？」

「這是我們的秘密。」

「怕我去告訴妳們的爸爸媽媽是罷？」

「你說了什麼也沒有用，我們的爸爸媽媽不在了。」然後發現對方並不是壞傢伙，也有點喜歡對方的那種斯文溫柔樣子。才說：「告訴你，你不要生我們的氣，我們的家在板橋。」

他同時聯想到劇團在新竹關東橋時，他也問過關東橋茶室的女孩子，她們說來自嘉義，有的來自屏東。爲什麼李文龍要稱呼她們爲女孩子，那是因爲她們的年齡都十分年幼，大都只有十六、七歲的年紀，也有十五、十四歲的，根本不是長成的女人；可是她們並不願意說得那麼年幼，認爲她們不懂事，也不願說得太年老，尤其那些少數年紀可能三、四十的女人，怕客人不歡喜太老世故的女人。他和昌德、明煌到那裡，起先是去喝茶接近異性而已，有時她們也接受客人要求做那件事，但文龍總是堅持自己定下的原則，有時他和其中的一個女孩子很相親，他也控制自己。他喜歡一個人到那個地方去，和她們在一起談話，問起她們的身世。爲什麼她們有那種矛盾心理和矛盾行爲，北部的人遠離家鄉到南部，南部的人遠離家鄉到北部，離得更遠更好，越陌生的地方越自在，爲什麼？

「自卑。」李文龍面對沙河河水回答自己說。

他喜歡晚上睡了一場好覺後第二天清早到茶室去，那時刻他神采奕奕，充滿了愛心和她們在一起。他的慷慨和早到卻經常使她們誤解。他喜歡她們，因爲她們是那麼年幼，說話那麼幼稚，可是她們的心地如此純潔，在她們未隨年歲污染以前，她們是那麼可愛，猶如自己的親姊妹。

他在沙河鎭的圓滿酒家湊巧重逢了彩雲時，那是李文龍第一次不顧沙河鎭人的觀感，勇氣地走進圓滿酒家奏完〈何日君再來〉後，彩雲從一位客人的身邊站起來，但他沒有瞥見到她而轉身走開，她從背後追了過來喚著說：「你不是一郎嗎？」他認出了她，喜出望外地叫著：「彩雲，彩雲。」他和她心中都想，畢竟都是同一等級的人，他們親密地同居在一起，這件事並不需要太費周章，他和她似乎是因爲樂師和酒女的名分，早就有心理上不言的默契。

有一天，社會的觀念不再輕卑酒女、演員，樂師或……，那時這些人可以在自己家鄉，也可以在外地，不會像現在幹起這等職業像一個逃犯，避得越遠越好，希望自己的存在爲人遺忘。到那時，談起酒女、演員、樂師或……人人都會有敬仰的心理，因爲這些人不是都必須具備著特殊的天賦才能嗎？他想：當我死後——肺病會隨時結束這條性命——在不久的將來，所有的藝人都會有較高的地位，受廣大的群眾崇拜和懷念，注意他們的起居生活，愛好和戀愛，甚至爲他們寫傳記，所以，他想到他的弟弟二郎，假如他幸運的話，他會來得及迎上一個好公平的時代。

四

昨日雖是個大晴天，但到了晌午時分李文龍依然還躺在床上；他早就醒來，清醒地躺著，讓思維自由地奔馳，這是一種享受。他一天中能暢順地過著，完全需要依賴這種時刻養殖著信心；或者他一天中會感覺悲慘地活著，也完全受此刻思想的支配。他此時自如生活的感覺，是他並不計劃改變目前生活的樣態，像昔日有一時極爲盼望能進鎮公所當一名雇員，能夠和別人同一步驟生活在沙河鎮成爲一個所謂體面的人，以爲那樣就會有一種穩當安然心平的感覺。這完全是一種淺想，一種不了解自己的看齊意志，現在他爲那時的懦弱投降的意願感到羞愧。那時他害怕肺病會結束他的那條生命，他想著：我非常的相信，我相信要是我被鎮長採用當了一名雇員，我現在可已不在人世了。他的生存不是僅只維靠正常的三餐米糧，他依靠的是他的時而悲觀時而樂觀的嘲諷意志；他的那條殘軀不是維靠有限的藥品使他的肺部不致再惡化，他依靠的是他的思想，他自那裡來？他爲何生存？他將到那裡去？他完全是爲了想知道自己的存在而生存下來的。他常把自己逼近於一座似乎無法通過的絕壁，然後站在一旁看到自己如何奮力越過了它。這是非常嘲諷和試探與叛逆的行爲，譬如自從他的左手臂喪失了筋力，竟然變得凡事都用到左手臂。這不是相當不合道理的事實嗎？他從小並不是左撇子，是一個正常用右手的人，可是現在他與別人握手，夾樂器克拉里內德，扣鈕釦，甚至擦屁股，連當有突然來臨的緊急事故時，他的左手臂會像一隻機械的槓桿舉起來，爲什麼？他過去用慣的右手突然被一隻殘廢的左手所替代，這不是十分荒謬嗎？李文龍，他的少數友好叫他一郎，現在應付日常的事物已完全憑靠他內在的怪異意識。又如他對性的無慾，當彩雲走後，他又恢復了自瀆，而面對玉秀就像面對一堵厚牆，他知道他是一個活生生的肉體，但他的意識卻不願向不諧和的事物去靠近。他這樣思維騰雲地躺著，在昨日的大晴天，或任何時候的陰雨天亦然，常常有著一種預感告訴他，他自認著：我就快要知道了，只要它來臨，我便完全清楚了。他好似就是爲了這個而苟延殘喘，爲這個把兩葉已經完全腐敗的肺部視若無睹；他隨時可以倒下，也就因爲這個使他又站起來，這種滑稽的頑強，就是一種別人不可理喻的嗜好。

然後，他突然被街市傳來的喧叫聲打斷了思緒，那種喜悅的婦人傳呼聲音，像是特別爲某種專屬於臨靠海濱的沙河鎭宣佈訊息，聲音互相傳遞著夾帶著開玩笑的笑音，許多許多腳步響過屋門的前面道路，李文龍馬上想到這是沙魚群經過沙河鎭海岸被捕獲發賣在鎭街的景象。他依然躺在床上，想著玉秀大概在廚房洗衣服，他呼叫著她，沒有回應，他繼續叫喚著她，從廚房回應著她那凡事都先是不太情願的聲音：

「做什麼？」

「快到街上去看看。」

「看什麼？」

「看是不是在賣沙魚。」

「我沒有空。」

「妳在做什麼？」

「做什麼你不知道嗎？」

「先放下來。」

「正在洗衣服怎麼放下來？」

「快去看看是不是在賣沙魚。」

她那故意拖得很響亮的穿木屐的腳步聲，由廚房出來打著客廳的地面走出門外，李文龍微細地靜聽到她在門口的地方詢問路過的鄰人，她轉回來了，依然發著不高興的回答聲：

「是賣沙魚仔。」

「去買一條回來。」

「我沒空，衣服還未洗完。」

「等妳洗完衣服，早被人搶光了。」

「搶光就算了。」

「這是什麼話。」

「不吃沙魚不行嗎？」

「這不是常常有的機會。」

「沙魚並不是什麼好東西。」

「妳不要嘴硬。」

「沙魚肉並不好吃，有味。」

「什麼東西沒有味，我喜歡。」

「你喜歡何不自己去買。」

玉秀寧可站著鬥嘴也不願爲他做事，李文龍對她這種性質感到無比的氣憤，不得不發大聲斥叫著她：

「快去，還是讓我起來揍妳。」

她那不情願的腳步更重更響地打著客廳的地面，在走出門外之前還是照樣回應幾句：

「你一天賺多少，要飲酒要賭博，要吃那要吃這……」約莫十來分鐘她回來了，什麼東西摔在廳上地面，依然不曾更改的怨氣十足的聲音這樣說：「少爺，給你買回來了，要吃你自己起來剝沙魚皮。」然後回到廚房去洗衣服。

李文龍想著：我應該起來了，她能買回沙魚我應該滿足了。所以他起床到客廳來看一看那條被摔在泥地面的可憐的沙魚仔，他注視沙魚仔仰露灰白肚皮的無可奈何的姿態；便想到玉秀那平時不情願爲他做事的嘴臉。她就是那種沒有爲人著想的自私的女人，也許她本不是這樣，她的那般作爲只是專爲對付文龍一個人，譬如她不會聯想到沙魚需要鹹菜一起煮才好吃而順便在買沙魚時轉去買一些鹹菜。李文龍想到這一層只有嘆息。他親自走到菜市場，街上充滿了來來往往的婦女，幾乎每個人都由尾端提著一條小沙魚，另一手拿著一束鹹菜。他買回鹹菜，玉秀已在庭院的空地披衣服，文龍看都不看她一眼，默默地走進廳堂提起那條還躺在地面上的沙魚仔到廚房，而玉秀卻在他背後瞟他一眼。

當他深夜由酒家奏唱完回來時，他本可以叫醒她起來開門，但是他想到了什麼，感觸到什麼，想到彩雲，想到弟弟二郎，更想到自己，並非顧慮到大聲叩門吵醒左右鄰居。

沙河淺流潺潺，似在對我細唱。

他想。

五

幼妹敏子被一對做焊接工的夫婦帶走的那天，母親特別爲幼妹敏子買了一件藍色漂亮的衣裳穿在她身上。那天他甚爲奇怪爲什麼沒有見到父親的影子。那年正是臺灣光復的第一年，弟弟二郎剛滿七歲進沙河鎮小學校讀書。當父親爲第一任鎮長湯子城以裁員理由革職公所的職務後，家庭陷入了空前的慘淡和貧困。父親整日沉默不語，他的胃病逐漸轉劇，大部分輾轉在床上，他現在想起來十分爲父親抱屈。那位神氣十足排除異己的鎮長不知什麼原因在鎮長任內死亡了，他的死對李文龍的家庭來說並不覺得喜悅。日本人結束了五十年的統治走了，在戰爭期間刮走了所有臺灣的物資，光復後的臺灣陷入空前的經濟恐慌。那時家裡一天只能吃兩餐，大都是番薯，米糧很少，肉類和蔬菜常常斷缺，只好炒鹽巴下飯，或煮番薯湯度日。就在這樣貧困的情況下，幼妹敏子賣給那對做焊接工的無子女的夫婦。他們是經人介紹從新竹縣城來沙河鎮，幼妹敏子才滿週歲，母親在市場的衣服攤子選擇購買了一件藍色洋裝。他想父親是有意躲避那種告別和足令他愧疚的場面。母親對幼妹敏子說：

「來，敏子，穿上新衣服。」

小時候，男孩子穿新衣服常被譏笑要當新郎，女孩子穿新衣服也被譏笑要作新娘，但幼妹才滿週歲不懂事，穿上新衣服很高興，大家都對她讚美說漂亮。但李文龍站在一旁知道是怎麼一回事，心裡很悲傷。母親又對幼妹敏子說：

「穿好新衣服，讓阿姨背妳去買糖果。」

母親把幼妹敏子抱起來，親了一下，眼睛含著要掉下來的淚水，抱起幼妹敏子放在那位婦人的背部。李文龍現在還記得十分清楚那位婦人在張嘴說話時，左邊有兩顆黃閃閃的金牙齒，那種樣子使他想到故事書中吃小孩子的老虎姑婆。幼妹敏子一定相信母親說的就是那麼一回事，她沒有察覺母親掉在臉頰上的淚痕，沒有哭鬧乖乖地讓那位婦人背著她，由廚房的後門出去。母親早就提防好事的鄰居知道這件事會圍觀過來，所以特別指引焊接工夫婦由後門走。那位婦人彎著腰喜氣洋洋地背著幼妹敏子走得很急速，一面還和幼妹敏子交談引起小女孩子會高興的事，遠遠還能聽到「妳喜歡帽子戴在頭上……項鍊掛在頸脖上……好漂亮……」的話語，後面緊跟隨著那位矮矮走路斜斜的丈夫。幼妹敏子撲在那位婦人多肉的背上，雙手從那位婦人的肩膀垂下來，而那位婦人的雙臂伸到後面，手掌托著幼妹敏子的臀部。那件嶄新的藍色衣裳在光亮的午陽下，像一塊皮膚被人重打的凝血，透過眼睛印在站在廚房門檻觀望的母親心裡，印在李文龍憤懣的心裡。街道上因中午的烈陽照耀沒有行人，他們轉到後街消失了。李文龍看到母親奔回臥室傷心地搥胸哭泣，他感覺這像是一次搶劫。他秘密地追隨出去，先看到那位婦人轉到街頭後，在商店買糖果給幼妹敏子，然後又背著她快速地走到火車站，那位顯得更忙亂的丈夫到售票口去買車票，那位婦人已經由敞開的出口背著幼妹敏子走到月臺。李文龍站在木柵外看他們搭火車，火車進站時，幼妹敏子似乎已經察覺不妙，在那位婦人的背上掙扎，他們急急忙忙地上了火車，他斷斷續續地由車窗看到裡面幼妹敏子的哭號，然後他似乎看見那位婦人高舉手臂，狠重地在幼妹敏子的臉上打了一巴掌，那些車窗在李文龍的眼前漸漸快速地閃動，火車開走後他還立在木柵邊茫然若失。他在走路回家的路上，空際中不斷地對他呈現著暗黑的藍色形塊，陽光強烈地照著他，使他有點昏暈，可能是他的眼中含著淚水沒有掉下來，它們使他的視覺在光亮的陽光下發生了眼障。

六

他和彩雲躺在臥室裡的床上，彩雲問他是否在歌劇團遇到玉秀，然後結婚，然後……

「是，有趣嗎？」

彩雲搖搖頭說：「我不是這個意思。」

「她是演戲的女孩子嗎？」

「不是。」

「那麼她在歌劇團做什麼事？」

「一言難盡。」李文龍說。

他想當沙河鎮公所的雇員沒有當成，他們給他安排一個義勇消防警察的臨時差，彩雲先是在圓滿酒家上班，後來又轉到對面樂天地酒家。

「妳想知道我怎樣和玉秀第一次做愛的事嗎？」

「我只問你是不是在歌劇團認識你的妻子，並沒有問你怎樣和她做愛，做愛是世界上最古老最不新鮮的事了。」

「有時是最新鮮的，對我來說是如此，譬如和妳，雖然在這之前我做過，我第一次……」

「第一次什麼？」

「妳要知道我第一次做愛並不是和自己的妻子，而是和……」

「和另一個女人。」

「是的，是自己所意想不到的。」

「什麼女人？」

「一個妓女。」

「這沒有什麼特別。」

「當然這不是特別，但卻不是我意想要做的。」

「我相信，你知道嗎？有半數以上的男人第一次做愛是和妓女。」

「我不知道，但我知道婚後的男人去找妓女是十分平常的事。」

「你爲什麼提早回來？一郎。」

「我但願不曾在歌劇團遇到她。」

「別再說了，你爲什麼提早由消防隊回家？」

「有趣。」

李文龍說過後，隨著感嘆一聲。

「什麼事？」

「我的義勇消防警察的臨時差就到今天爲止。」

「到底怎麼一回事，一郎？」她摟著他。

她倒比他先悲從心來，他卻反而覺得滿不在乎，心中有著無窮的感慨，但並不爲丟掉這個差事感到可惜。他的心中對於自己所遭遇到的事覺得有一股悲劇的頓厄感。他的意識裡正有著那種在意外中了結他對於臨時義勇消防警察差事的願望。

「所謂義勇，這兩個字是很可笑的。」

「爲什麼？」

「這是對我來說，還有……」

「還有什麼？」

「臨時差這對我也很可笑。」

彩雲覺得他是個有趣的人。

「還有消防這件事。」

「還有警察這種名稱。」彩雲跟隨著他說。

「不錯。整個義勇消防警察臨時差的名稱對我是滑稽事。」彩雲覺得他是誠實的人。

那種意識往往那麼巧合地迎著現實界的事實的發生。

這時面對沙河河水使他想到弟弟二郎來，他想，二郎現在情況如何？前幾日他在報紙副刊看到二郎寫的一篇短篇作品，寫著兩個兄弟釣魚的故事，那篇作品似乎是說著他和二郎的往事。他記得肺病轉劇的那年，不得不回沙河鎮來療養，父親剛逝世不久，他無事可做只好在沙河釣魚。有一天他約二郎同往，在沙河上游的一處大水潭垂釣，那天上午運氣眞不好，整個早晨的時光都沒有魚上鈎，到了中午時分依然靜寂地沒有看到魚的蹤影，他感到有些洩氣，在二郎的面前覺得很不光彩。二郎說他昨夜做了一個夢，他問二郎那是什麼夢，他說他夢見一隻四腳魚，當那隻四腳魚伸出可怕的頭要咬他時，他就醒來了。他想不出這種夢有什麼意思，這只是小孩子們的夢，夢見什麼古怪的動物咬他們罷了。因此李文龍沒有想到這會與現實有什麼關係，或驗應什麼現實事物。於是二郎說完他的夢，李文龍把釣竿收拾好，和二郎分吃帶去當午飯的飯糰。他問二郎道：

「你學會游泳嗎？」

「沒有。」

「你爲什麼到現在還不會游泳？」

「沒有人教我。」

「爲什麼你不到沙河來？」

「我不敢來。」

「爲什麼？」

「常聽說有小孩被淹死。」

「我現在教你。」文龍說。

「我也很久沒有游，」他又說：「而且左手臂……」

他脫掉上衣走進水裡，開始游給二郎看，但他的左手臂無力地划著水，像一隻用軟木做的槳，使他的身體游起來向左面傾斜，然後吃力地游回到水岸邊，站在二郎面前，他說：「我現在沒有辦法游得很完美，但我可以教你。」二郎早就脫掉了上衣，他走下水來站在水裡，顯得有點膽怯。文龍懷著信心說：「只要你有勇氣游去，就會游。」他又說：「當你現在不學會，將來更不可能學會。」他開始教二郎一些基本動作，要他在水裡務必保持鎮靜。二郎裝作勇敢地把身體撲到水面上，但卻沉了下去，文龍把他抱起來，讓他站住，於是他又一次游給二郎看，游了不遠他的左手臂因使力太重開始抽筋，他沉了下去，又浮起來，轉身仰躺在水裡，只露出了他的頭，他用腳踢著水。由右手划向岸邊來。他站住和二郎相視而笑。然後由二郎游，只在淺水的地方，他很高興二郎漸漸領會了他教他的方法。

他們赤裸地坐在水邊石頭上曬太陽，二郎不解地問他道：

「大哥，你那時也是一個人自己來沙河嗎？」

「完全是，有時和昌德和秋雄，你知道，像父親什麼都感到害怕，他是不能教我們學會什麼，除了讀書，但他又禁止我到城市去，那時正在戰爭，所以一切都必須自學。」

「你想我現在是不是要那樣，一切自學。」

「除了學校教你的東西外，一切要自學。」

「我知道。」

「記住，你有一天什麼事都會趕上我。」

「不會的，我永遠不會做得比你好。」

「你會，你看來比我幸運。」

「什麼是幸運，一郎？」

「幸運是時間對你有利，還有環境對你有利。」

「我們不是在一起，是兄弟嗎？爲何是我？」

「你知道我有病，是絕症，不會完好起來，我曾經有一個希望，我曾對母親許諾，但她不了解那個許諾有什麼意義，現在我已經不能達成那個願望，我喪失了機會，我把希望交給你，你不但要榮耀自己，也要榮耀家族。」

「眞正偉大的是你，一郎。」

「不，我永遠是個卑小的人，由一般人的看法說來，我是個廢物。」

「不是的，我要學你，你才是了不起的。」

「總之，你聽我說，你將來要朝你意願的那條路走。」

「我不懂這是指著什麼，我到底要怎樣做才達到那一點。」

「你會漸漸了解這是怎麼一回事，將來你會完全清楚。」

他想，他盯住著河水，像是要捉住那流去的水流，但那流水不斷在他的注視下閃閃而過。他想現在二郎或許已經明瞭他託付給他的使命，他的力量和智慧都會是來自殘廢的我，死去的父親，和這整個似乎有點欺騙人的時代。

他的雙目正在注視水裡映來的影像，他看到自己疲累地坐在水岸邊，看著二郎游泳，他的臉埋在水裡，時而抬起來吸氣，兩腳均勻地踢著水，水花打得很高，濺到他的臉上來。他微笑地注意著二郎，看到他的手臂還不能很靈巧自如，力量還不足，但看起來將來可以游得很好。當二郎停下來時，他正在一處深水的地方，他沉下去，看到他掙扎著浮起來，又沉下去，但很快地浮上來，又沉下去，很久沒有浮上來，他緊張地注視著那沉落的地方，然後看到二郎又浮上來，雙手打著水，像獲得了足夠的力氣，向前游去。那天，他們穿好衣服離開沙河，轉到一口池塘去，到黃昏的時候，突然一隻鱉魚被拉上來，他和二郎全都又驚又喜，這似乎驗應了二郎昨夜做的夢。

七

他們給他安排一個義勇消防警察臨時差，是要他為沙河鎮訓練一組樂隊，因為編制中的義勇消防警察平時都無事可做。那天早晨鄭小隊長來找他談購買新樂器的事，鄭小隊長親自駕駛一部消防吉普車帶他到鄰近的一個城市，走進一家頗具規模的樂器行，李文龍把他所開的樂器項目的紙張遞給樂器行經理，經理也將他們的樂器價目表遞給他，他傳給鄭小隊長看，小隊長大略地瀏覽了一遍，李文龍站在一旁心算著總共的價錢，他想為公家省點錢，於是問那位經理說：

「最低價錢多少？」

「公家機關購買不減價。」經理說。

李文龍有些不明白他的意思。

「為什麼？」

「公家出錢嘛，私人購買則可以打折扣。」

他還是想不通它的道理。

「這是什麼道理呢？」

「公家買東西開發票，多少錢都是公家出，就是這個道理。」

鄭小隊長很鎮靜地說：「這個我明白，你要給我們多少回扣？」

經理望著外表莊重的鄭小隊長，展著笑臉說：

「最多是一成。」

李文龍覺得有些疑惑，知道這件事已沒有他說話的餘地，於是走到櫥窗去看那些金光明亮的樂器的陳列，他面對著一隻十分別致的黃銅色澤的樂器傳佩脫，那隻傳佩脫勾起他想到昌德，明煌這兩位結拜的兄弟。那一次葉德星的歌劇團在沙河鎮公演時，他和昌德結識了明煌，明煌是劇團的樂師，蒙他的推薦，幕後協奏，碰巧葉德星正有意要擴充西樂隊迎合潮流，邀請文龍和昌德加入，他聽到這個消息眞是喜極若狂。葉德星給他和昌德一個月的先頭薪，當他把錢塞在母親的手裡時，似乎稍能安慰母親和他的離別，母親正為家庭的貧困操心，但仍不能諒解他想嘗試的這一門爲社會輕卑的職業。那時的歌劇團並不是團團都有樂師，有的只有一名傳佩脫樂師而已。明煌在文龍和昌德未加人前，就是單槍匹馬。本來以演時代劇而擁有傳統漢樂和現代西洋樂是可笑的場面，但是觀衆喜好那些穿古裝上場的花旦扭擺身體唱流行歌。這對劇團而言，戲劇情節就能延長時間以配合演出的日期。雖然演的都是明清時代的人物情節，卻唱著〈港都夜雨〉、〈雨夜花〉的新調民謠，這種變格是那時歌劇團所演出的形式。

「好，就是一成。」

他聽到鄭小隊長最後決定地說，他和那位經理似乎經過一番討價還價的爭論，但那番爭論並不是樂器價錢是否可減低，而是所謂回扣是否可調整。

「我會再來和你聯絡。」

鄭小隊長拍著那位經理的肩膀說，然後招呼文龍走出樂器行。當他和鄭小隊長又乘坐吉普車回沙河鎭的途中，他們發生了一點爭執；購買樂器是由樂隊組教師李文龍負責，所以鄭小隊長認爲將來購買時乃由李文龍出名承購；他要李文龍和他平分這批購買的回扣金，而李文龍表明他一毛錢都不要，他本來是想爲公家省些錢，將來可以再添置不足的樂器，沒想到現實是如此，他要鄭小隊長自己去負責。

同一天下午，他剛到隊部簽到時，就有人傳話給他要他到局長室報到。他走進局裡的局長私人辦公室，局長很客氣地要他坐在旁邊，他覺得有一種預感，局長平常對待部下一向非常嚴肅，他心裡想到有關購買樂器的事，而局長卻隻字不問購買的情形，把問題指向李文龍身上來。

「我很早就想問你這件事，」

這件事是什麼事，李文龍心裡疑惑著。

「你的家原來就在沙河鎮，出生在這裡是罷？」

「是的。」

「我聽說你的妻子不在這裡。」

「是的，她在臺中。」

「離婚了嗎？」

「沒有。」

「爲什麼分開住？」

「一點感情的問題。」

「一點感情的問題？」

「是的。」他點點頭，覺得十分納悶。

「什麼感情的問題？」

「這個……」他無法說出來。

「你們分開，這樣做好嗎？」

「不是我要這樣做。」

「這是你私人的問題，我們不要談它。」

局長停頓了一下，他繼續說：

「最近有人向我投書。」

他望著局長那張皙白寬闊的臉，想了解他是怎樣的一個人。他沒有說話，只等著局長說下去。

「說我們的一位義勇消防警察行爲不好。」

他終於有些感覺，也感覺到自己的心臟跳動加快。

「指名是誰？」

「你先別發問，」局長阻止他。

局長遞給他一根香煙。

「抽根煙，文龍。」

「謝謝。」

局長打亮打火機，先自己點燃再點燃對方。

「謝謝。」李文龍說。

「我們坦白說，」局長說。

「是的。」他說。

「你是不是和一位酒家女有關係？」

「是的。」

「同居在一起嗎？」

「是的。」

「你晚上也在酒家奏唱賺外快嗎？」

「有時，你知道……」

「我知道，你要說什麼我明白。」

「現在這兩件事，你都承認了。」

局長深吸一口煙，然後慢慢吐出來，他看李文龍困窘的表情一眼，他說：「我有點不相信，你看來很正直，我當初問局裡的人，沒有人肯說，局裡的人好像都與你搞得不錯。後來我親眼看到你和她在一起，她的名字叫彩雲，是不是？」

「是的。」

「你知道我們這個機關不同於別的機關，雖然你不是正式警察，只是地方編制上的消防臨時人員，薪水雖然不多，總是拿公家錢，吃公家飯，你明白罷？我們這個機關的成員都必須清白，守法，行爲必須循規蹈矩，否則……你很聰明，你明白我的意思嗎？」

「我明白。」

「我覺得你心地很善良，爲什麼要和酒家女搞在一起？」

「這個……」他想辯解。

「我了解，」局長又阻止他。「這是私人問題。」

「但是你了解我剛才說的話嗎？」

「你的意思是要我走路。」

「我個人不希望這樣。」

局長把他手指的香煙擰熄在煙灰缸裡。

「我個人十分了解你的情形，我早就知道是你，我甚至很喜歡你，你是個人才，本來打算明年優先給你的臨時差補爲正差。」他又繼續接下去說：

「但是有人告到我這裡來，我便非辦不可。」

「我明白。」李文龍說，他把香煙頭放在煙灰缸裡。

「公事沒有人情，你懂得這個道理罷？」

「我當然懂得。」

「但是我想問局長一句話，」他抬起頭來說。

「你說罷，」局長審愼地看著他。

「爲什麼你不早告訴我？」

「這個……」他想了一下。

「你知道我很賞識你，我本來不想辦這件事，但投書又來，我不得不在這個時候告訴你，你明白罷？」

「我明白。」

「你要怎麼辦？」

「我走就是。」

「記過還是自動辭職？」

「我是臨時差，記過或辭職都太做作，我走就是。」

「你聽我說，年輕人，將來你要在公家機關做事就有關係。」

「我永遠也不會再到公家機關來做事。」

他從局裡出來，低著頭幾乎要撞到一位背著小女孩的婦人，他抬頭看到婦人背上的小女孩的藍色衣服，突然心悸感到一陣無可名狀的昏暈，使他以爲看到幼妹敏子，幾乎要對她喚叫起來。但他馬上又想到幼妹敏子被背走的那天距今已有五六年了，幼妹敏子不會永遠是滿週歲的小女孩。他一面走一面想：他們實在太機巧了，做得天衣無縫。

沙河淺流潺潺細訴。

他回到了屋子，心裡極盼望的是看到所愛的人彩雲。當他瞥望到彩雲午睡還沒起來，又一時覺得不知身應往何處；他走進臥室，又從臥室走出來；走到廚房，又從廚房走出來；走到客廳坐下來，但馬上站起來。他又走進臥室，彩雲以奇怪的眼光看著他，他倒在床上靠在她的身邊，她迅速地轉過來看他。他閉著眼睛想冷靜片刻，他想到弟弟二郎，他心頭馬上獲得一絲希望。

「彩雲。」

「什麼事？」

「讓我告訴妳。」

「告訴我什麼？」

「我想對妳說。」

「對我說什麼？」

「我有一位弟弟二郎。」

「怎樣？」

「我要跟妳談談我的弟弟二郎。」

「你的弟弟二郎到底怎麼樣？」

八

他沿著河水岸邊的草坡散步，手繞到背後揉撫久坐在石頭上麻痺和疼痛的臀部，他有一百六十八公分高，只有五十五公斤重，他的臀部並沒有像一般進入中年的男人長很多肉。自他罹患肺病以來，漸漸形成了兩種習慣，其一是嗜酒，其二是自瀆。習慣手淫是自光復那年開始，昌德教他的，以後只要他的生活中沒有女人和他在一起，他便以此自慰。事實上，他以為與其和非心愛的女人做愛，寧可自我玩弄來滿足，這完全是他的個性使然，因為自瀆同樣可以消除情緒的緊張獲得好睡眠。

他往沙河下游走，從陸橋到鐵橋約有兩百公尺遠；他站在鐵道橋下，那橋也約有一百餘公尺長，他挺直腰身站在土墩上遙望海口，在月光的薄明中可以望見海水溢滿那條從鐵橋到海口的溝道，看起來似乎在漲潮，但他不確知是否漲潮，他沒有推算舊曆今天是何日，但那景象似乎是潮已漲滿，很可能不久就要退潮。沙河十分寂靜，只聽到水流滑過石頭的潺潺聲音。他藉著微光看看手錶，已經是凌晨三點鐘。

他想到父親的失業，和他未逝世前那憂傷沉默的臉孔。父親的臉無論在何時看起來，總覺得他帶著一種頗爲隱密的精神，有時嚴肅得令人不敢接近。他記不得是否有與父親歡笑的時刻，或者是父子懇切的交談，只記得父親對他只有命令，他只有設法躲避父親，任何事只有和母親商量，他害怕面對父親。現在他盼望能面對父親，再見他一次臉，詢問他我們是否有過笑談。也許當他年幼無知時，父親曾抱過他，他是長子，一定的，父親必然最疼愛第一個兒子，那麼父親必定曾抱起他和他逗笑。可是這一些爲什麼沒有在他的記憶裡，而今他深深地感到痛苦。他想到這一層突然哭泣了起來，於是他向前面白茫茫的空隙呼喚著：

「父親，顯現罷！

讓我和您做一次交談，

讓我聽您，使我了解。」

只聽到沙河流水潺潺，他激動地轉動身體，向四處觀望尋找，回應的依然只有沙河水流之音。

他永生不能忘懷追隨葉德星歌劇團後第一次回家時所遭到的浩劫。歌劇團在離沙河鎮不遠的清水鎮公演時，他回家的心最切。這是他追隨歌劇團離開沙河鎮一年以後的事，歌劇團在臺灣南北各地公演後，又轉到距離沙河鎮不遠的地方來。李文龍早有準備，一年來十分規矩的生活使他儲蓄了不少的錢。他像第一次出來社會謀生的人一樣，事事謹慎和學習，月薪不敢胡亂花用，他自己定有原則，時時想到在沙河鎮過著貧困日子的父母和弟妹們。現在他想到那晚和母親的淚別，一切歷歷在跟前；那天晚上時刻已過了午夜，卡車停在戲院門口已經裝好了東西準備開走，昌德和他始終結伴不敢分開，明煌在前一刻和他們到戲院附近的小食攤吃了一碗麵，喝了數杯酒，然後幫助明煌的太太把私人的行李放在卡車裡，他和昌德和明煌一家人擁擠在一起，那晚正有月光，他抬頭望著象徵沙河鎮的虎頭山，卡車發動了，駛離沙河鎮，虎頭山在灰茫中漸漸縮小消失。整個夜晚在風馳中度過，他和昌德起先都沒有闔眼，默默地靠著木箱沉思，而肥胖的昌德不久睡著了，他的頭慢慢地垂低下來，傾斜地靠在他的肩膀上。他也發現明煌和他的妻子和另外的幾個人都閉著眼睛睡覺，但他卻沒有睡意，他想到他的父親，他沒有和他告別，他胡思亂想著，情緒十分不定，他想站起來走走，但昌德的身體緊緊貼著他，頭枕在他的肩上，事實上卡車裡也沒有空地方可以站起來走步，到處都是木箱和佈景的竹桿。他揣測父親對他的感想，他不確知父親的感情如何，他就這樣地以不可知的態度想父親想了一年，他想他必須回家，看看父親對他如何。

那天清晨火車隆隆地通過沙河鐵橋時，他的心情與他離開沙河鎮時連接起來了，火車隆隆的聲音經過鐵橋就像是他的心跳，他坐在車廂靠窗的位子，眺望那象徵沙河鎮的虎頭山，越來越接近，陽光在壁上投下的數條暗影，就像一個人面部從鼻子旁邊垂劃下來的命廓的線條。他的身上有一疊很厚的鈔票，但心跳得很厲害，他覺得有些寒意，但那時是夏天，原來是他從心裡發出來的抖顫。下火車後，他幾乎是低著頭走過街道，轉進一條小巷繞到媽祖廟的後面，由信義路尾那一帶的菜園朝家行走。他完全害怕會遇到熟識的人，事實上不可避免的，他遇到一些認識他的人，他沒有和他們打招呼，當他從他們身邊經過後，他們都轉過頭來看他。他低著頭和沉默似乎是他懷著那頂上壓著社會輕卑他的職業的那份觀念，他的自卑感如此之大，在異地很坦然，回到家鄉便完全顯露出這份自卑心，他年紀很輕，還能時時記住學生時代自己學業成績的優良，應該有更爲光明的前途，卻落得追隨歌劇團度生活。他的心中十分矛盾，吹奏技藝是他所樂意追求的，他感到自豪，但浮表的社會觀點卻把工作分門別類，加以評價。而他的內心是與這種輕卑個人生命和自由意志的社會相抗衡的。

李文龍懷著至爲混亂複雜，甚至懼怖的心情踏進了家門。他進門首先遇到的是弟弟二郎，

「二郎回來了！」

二郎看到他馬上向屋裡大聲喚叫。

當時他有點氣二郎，他的叫聲使大家都會驚跳起來。二郎是個瘦弱的男孩，卻有一個大頭顱，大眼睛和大嘴巴，過去在家裡時，常常覺得他的大頭顱裡藏著什麼東西，就用手指背對他敲。他是個怪異的小孩，家裡常常沒有足夠的食物，但他還是偏食，所以身體很瘦弱，但是家裡的人都喜歡他，什麼事都遷就他。

「二郎回來了。」

二郎的連續第二次叫聲代表他的喜悅和雀躍。當時他正要背書包上學，他比一年前文龍離家時長高很多，但依然是那種營養不良的蒼白樣。

他在二郎的連續二次叫聲後走進廳堂，看見兩位妹妹在角落裡編織草蓆，她們看到他有無比的歡欣，抬著頭望著文龍，同聲地叫著：

「大哥，」

她們眼望著他，但雙手還是繼續地編織。

母親急忙由廚房走到客廳，雙手的肥皂泡沫都沒有洗掉，她似乎被剛才二郎大嘴巴的叫聲嚇壞了，激動得什麼話都說不出來。

「媽媽，」他叫著。

「一郎。」她的眼睛含著淚水。

母親對他上下地審視著，然後掀起衣襟擦拭掉下來的眼淚。

他意識到父親還在睡覺，雖然他並不確知父親是否在睡覺；他想父親身體不好，一定睡得較遲。

第一件事就是獻出賺來的錢給母親，母親緊緊地握住他的手，帶著羞慚和感激的表情看著他。

一張五元鈔票給二郎，他接到錢歡快地背好書包邁出門外。

「吃過早飯嗎？」母親問。

「吃過了。」

「現在劇團在那裡？」

「清水。」

「沒有長胖，臉色也不好。」母親說。

她提起菜籃匆忙地往外走。

他回到家卻覺得像是個過客。有些懷疑這原來就是他生活過十八年的地方，僅僅一年的時光就把他所記憶的眞實往事統統都喪失了，回來時的興奮和不安馬上變爲悵亂與疼痛，彷彿什麼事物都會在不覺中逝去。

「沒有帶禮物給我們嗎？」

這是兩位妹妹的聲音。

「唷，是的，有，這裡，」

他給她們每個人十塊錢，這是很大的數目，在那時金錢的贈給比什麼都來得恰當。她們要編織許多天才能賺到十塊錢，對她們來說，這等於減輕了無數天的辛勞，因此很得她們的喜悅。

但是兩位妹妹伸出來的手突然縮回去了，喜悅的臉孔沉落下來，迅速地又開始編織的工作；她們似乎在他的背後看到了什麼，他轉身訝異地發現父親站在臥室通廳堂的門口，身著齊整的衣服，像要赴什麼正式的約會，帶著憂鬱而嚴肅得可怕的蒼白臉孔，露著憤怒而銳利的目光，右手裡握著一把深褐色的木劍。

「歐多尙（父親之意）。」他恭敬地叫父親。

「不必。」父親嚴厲地回答，使他頓感害怕。

他正要奪門逃出去，曾經接受過日本劍擊訓練的父親，說時遲，那時快，已舉起手中的木劍，跨出一大步，致命地朝他頭上劈來；在那瞬間，文龍本能地舉起朝著木劍方向的左手臂抵擋它，他痛呼一聲，身體倒下來。在疼痛的半昏迷中聽到父親尖銳兇惡的命令：

「跪著！」

「歐多尙。」他已淚流滿面，發出哀求的聲音。

當他的雙手伸到身後去支撐身體，準備遵照父親的命令，在他面前跪好時，他又重新仰倒下來。他的左手臂已經被那一擊砍斷了肌腱和骨頭，喪失了力量。他淚流滿面呼叫著向父親求饒。二位妹妹嚇得奔進她們的臥室，在裡面互相抱著痛哭。

母親回來了，看到這種場面，口中唸著：

「做積德，做積德……」

她跑過來扶起文龍，再奪走父親手中的木劍，父親並未在那一擊之後再動手；他已經因暴怒和發洩而僵硬了，他走回自己的臥室去。

母親悲恨地把木劍拿進廚房，用菜刀將它砍成數段，文龍在這時候帶著殘傷奔出屋子，心中發誓父親在世的一天永不再回家。從此他的左手臂形成了半殘廢，在不知不覺中會有顫動或高舉的現象；在噩夢中，它成爲抵擋一切攻擊的唯一工具，甚至連寂寞時的自瀆，也改用了這隻左手。

九

父親死後十年，他和弟弟二郎在一個大晴天的上午，從沙河鎮步行到南勢山父親的墳地，有一位矮小的老頭已經準備好工具等在那裡；他原坐在一棵樹的陰影裡，看到他們穿過相思林小徑朝公墓的所在走來時，才站起來。他問道：

「你們是李家兄弟？」

「是的，你是——」

「沒錯，我來爲你們父親撿骨。」

這位老頭子個子甚爲矮小，模樣甚爲奇特，全身的氣氛是灰黑而破爛，沒有半點明朗和喜氣；他戴著笠帽，壓著一張乾枯無光彩的冷漠臉孔。他是一個老人，但看不出到底有多少年齡；他似乎可以很老很老，但他的樣態永不會再有改變。他穿的衣服尤其不倫不類，似乎是拾來的舊衣再加以手工改造的；先前一定是很秀挺華貴的服裝，且必定是身材魁偉的英俊漢子所穿的，能讓人料想到是些外國人或有錢的上流社會的紳士，當他們穿舊或有破損把它丟棄或捐給慈善的團體，經過輾轉幾次手，最後淪落到這位矮老頭的手裡。他把衣服剪短，但還是原來的寬圍模樣，因此穿在他瘦小的身上，看起來便非常地滑稽，有點像馬戲班裡的小丑，可是馬戲班裡的小丑有化妝的笑臉，這位老頭子卻有一張眞實的冷漠表情。他的臉並不滑稽而是陰沉，淡漠和嚴肅，配合一種日曬雨淋的風霜。他的嘴巴裡只剩下幾顆歪歪斜斜的長牙，說話時不很清晰。他說：

「香和銀紙帶來嗎？」

「都帶來了。」

二郎把手裡提著的包巾提高給他看。

「國風死了十幾年了，眞快。」

他又說。

文龍有些驚訝這位老頭子認識父親，並且說出了父親的名字，而他卻對這位老頭毫無所知。

老頭子走在前面，領著文龍兄弟在墳丘之間的蜿蜒小徑行走，然後停在一座用石頭砌成，中央有一塊紅磚，刻著父親名字的老舊破陋的墓前。二郎見到父親那個簡陋得幾近草率的墳墓，傷悲馬上形於外表；而文龍，只有思索，懷疑，冷靜，近乎不高興的回憶和旁觀。

老頭子叫他們兄弟燒香念告亡父今日要爲他撿骨遷居。他注意到弟弟二郎非常恭敬地做著老頭子吩咐的事。老頭子在他們燒香拜完後，用鋤頭把墓碑的石頭撬開，石頭間的水泥經過震動裂開後，石頭便紛紛地滾落散下，墓碑後面的墳丘早已塌陷了一個大洞，老頭子的動作十分敏捷熟練，很快地再用鋤頭把墳丘的泥土挖出來。

李文龍站在旁邊，他是第一次來到這裡。記得他在歌劇團接到父親死亡的電報後趕回沙河鎭時，葬禮的事宜一切都料理妥當了，只等著長子的他回來，他走在出殯的前列，心情百感交集，他隨棺木送到山頭後，便轉回沙河鎮搭火車離開。他不願繼續留在沙河鎮，避免聽到他人對他談些他無法忍受的話。所有那時的一些瑣事都已忘忽腦後，連父親後來做好的墳墓的面目也沒有看到，以後生活的流離，病痛和情感的波折都使他不能以冷靜的心情前來拜望亡父的孤墳，直到現在一切都呈現在他眼前。

他站在公墓地的山頭朝望沙河鎮海岸的風光，風從海上吹襲過來，越過海岸木麻黃的樹梢，吹到南勢山的山頭公墓地。

風有些強烈，山腳下的稻田一畝一畝地也有木麻黃整排地擋著風寒，他回頭瞥望弟弟二郎，他正蹲在墳邊，目不轉睛地望著老頭子的一舉一動，他溫和馴服的態度就像是那位老頭子的學徒，受他指使遞交東西。

「把水泥袋展開鋪在地上，」老頭子說。

二郎照他的話做，但風把紙張吹開。

「四角落用石頭壓著。」老頭子又說。

老頭已經理完了墳裡的沙土，從他帶來的布袋裡拿出一支像短尺的鐵器，跳進墳洞裡，然後他彎身伸手到地底，把一個沾滿溼土的圓形頭骨端出來，他用手撥一撥泥土，用鐵器挖出孔洞的泥沙，他說：

「這是你們父親的頭。」

二郎聽到老頭這樣說，身軀和臉孔都有些顫動和異樣，老頭把頭骨放在水泥袋紙張的一端，繼續他的撿拾工作，二郎的眼眶漸漸轉紅，淚水突然滂沱地灑到臉面上。他瞥望弟弟二郎一眼，依然站著，迎著強風，向放在紙端上的亡父的頭骨也看一眼，又轉開去眺望海岸那排木麻黃樹林，越過樹梢，可以看到後面與天空相連接的藍色海洋，在那一條藍帶般的海水上，時時升起白色的浪捲，他似乎在諦聽由風傳來的捲浪的滾動聲音。

散滿在紙張上的一個人的全部骨骼曝曬在強烈的日光下，從那些大小不一的骨骼反射出耀目的閃光。文龍有點好笑，二郎的虔敬最後是演成比女人家更爲狼狽的哭態！他的弟弟二郎是個與其他男孩子大不相同的人，他特別敏感和脆弱，此時他就沒有那種像他同年紀的男孩子的堅強的表現，而是毫無掩飾地顯出他的感動。這也是他與我之間的分別，李文龍想。他又想，父親對我：

依然是個眞實的人物，
死猶如未死。
仍然在這空間存在著
對立的氣氛。
但對弟弟二郎而言，父親死時他還年幼無知，他長大後只能憑想像解釋父親：
憑著想像的視覺
注視那堆白骨。
父親不但是有血有肉的眞實人物，而且有優點和缺點，這使他明瞭生死的自然現象。所以我相信，他想，有一天我會因肺病而死亡。他想弟弟二郎平時一定把父親想成崇高和偉大，像對天帝的神聖敬仰。

但是此刻對他形同一切尊崇
都倒塌和瓦解
眞正的實在常在此刻
把思慕的煙霧掃退

這是一種邁入知識的冷靜。文龍望著那位在工作中沉默冷靜的老頭，他的雙手像把玩著一件又一件的藝術精品，要將它們擦拭乾淨，使它們發亮。

一個人要是去掉了皮肉，
看起來就會如此潔淨和美麗。

十

他站在沙河的土墩，離鐵橋有數步遠，這時一列貨車隆隆地駛過橋上；他抬頭望著它，一節接著一節的車廂都像是繃著臉孔不情願地被拉著快走。他想：生活也像如此一天接著一天不情願地閃現過去。人到底是面向過去背著未來往後退走，還是背向過去面向未來前行，他完全不確知；也許有些人如前者，有些人如後者，他也不確知。對他而言，歌劇團的日子已經逝去了，但他還是不能忘懷每十天更換一次地點的匆促和疲勞，那景象依然歷歷在目。歌劇團的成員和家眷坐在露天的卡車上，守著他們的行裝，蜷縮著在風露中奔馳，每一次都由南至北，或由北至南，遙遙數百里的長途，男女老幼都靠貼在一起，沉默無言地閉著眼睛睡覺。他們是唯一旅行而不看風景的人，他們在夜晚的遷徙中看不到清晰的事物，所以他們只有閉眼睡覺。火車過橋消失後，沙河復歸靜寂，他移動腳步走近水邊，復聽河水潺潺的流聲，沙河淺流不斷對他細訴。

他點燃一支香煙，沿水流往回走，再由鐵橋走向陸橋。他覺得有點疲倦，睡意開始襲上他。他深深地把煙吸進肺部裡，開口咳嗽起來，咳嗽頓時使他稍感清醒。

他又想到那女孩氣的弟弟二郎來，二郎現在一步一步隨時代往上爬，接受教育，接受新的思想，表現才華，假如他幸運的話，二郎與他是有分別的，因爲二郎就要去迎接他的美好日子，在一個充滿自由的時代做一個人類。但他又想：自由是人類共同的理想，可是假如它沒有成就，顯得僞善，混亂和毫無秩序的話，專制又會在將來取代它。

他想：我雖年輕，但生命對我有如風燭殘年，肺病終會在某一天收拾我，醫藥對我已經失去了說服力。肺病在初期發作時，他回到沙河鎮，母親爲他購買新鮮雞蛋和藥品，但是母親的愛情都枉費了，病只是暫時潛伏下來。我的生命脈搏繼續依照我的心志去跳動，他想，我不能再奏樂器傳佩脫，可是有樂器薩克斯風在吸引著我。

那時，他去看一部電影，看到一位黑人奏著樂器薩克斯風，載奏載舞；那主題在那黑人的扭動的軀體和樂器薩克斯風發出的聲音，那種景象啓示著他，使他的心靈也需要那種熱情的滿足，他想：薩克斯風就像悲切而風騷的女人，使人同情和愛戀。

他繼續往上游走，來到長有八十公尺，寬有二十公尺的跳水谷。這是魚販金水跳水死亡的地方，是叔父天來早年溺水的地方，是南勢嶺的瘋婦金妹跳水的地方，是許多小孩不慎溺死的地方；水面平靜無波，他坐在沙石上望著對岸險峻的崖壁，這是沙河床中且深且大的水潭。

自那次他在釣魚時教二郎怎樣游泳以後，他想二郎一定曾到跳水谷來勤奮練習，但他叫他要小心鎮靜。童年時他和昌德、秋雄、良珍、德育，以及許多沙河鎮的少年都在這個跳水谷嬉玩，有時他們奔向海洋，有時在跳水谷顯身手。崖壁上方有一座天然形成的土臺，他們從岸邊游向崖壁，崖壁的陰影覆蓋著半面水域，游過陽光界線的地方，會覺得水溫冰冷，令人有突然寒涼的感覺。他們爬上土臺，站在土臺上把赤裸的身體躍上半空，然後鑽進水裡。

他再點燃一支香煙，猛吸了幾口打消睡意，此刻轉回鎮上更不適宜，他回憶起和昌德，明煌在葉德星歌劇團中早晨的一些工作。

約莫九點鐘到十點鐘之間，他們三人和另外一位準備報導劇情的男人，這個男人在戲中總是演著一位滑稽透頂、說話機智受人喜愛的小丑，組成一個小型宣傳隊，奏著〈雙鷹進行曲〉，向市街人群眾多的街道行進。當他們三個人把樂器從嘴上放下來時，那丑角使用一隻紙板剪成的擴音喇叭靠在嘴上，用著令人興奮有趣的聲調報告《乾隆君下江南》的一段情節，另外他又滑稽地想要觀眾回憶昨夜他個人的精采演出，卻又正經嚴肅地宣佈午後和晚間兩場戲的武功鬥法，怪獸出籠，苦旦的悲情，小生的戀史等。在他說辭流暢快速，佳言妙句，俏皮諢話的雜湊中，有時可以發現他原是在介紹著自己，在說明他是一個怎樣的人物，像任何藝術家或文學家一樣總是露著自己的形貌在作品中；他告訴人除了在劇中，他仍然是個穩重正派的現實人物。

他和昌德和明煌是個很好的三人樂隊，那種演奏時的諧調快樂是無法用言語表示出來的。但是後來只剩下他和昌德，最後只剩下文龍一個人獨撐演奏的工作。他們三人結成義兄弟後，共同在葉德星的歌劇團僅有一年五個月的相處。組成歌劇團的成員和家眷的龐大團體中，其複雜和紛爭不遜一個社會。說來是很不可理喻的事：在戲劇臺上演著夫妻或朋友的兩個人，在後臺是互不說話地敵對著。在戲臺上「夫啊」、「妻啊」、「君啊」、「臣啊」，在後臺會為什麼細小的事而互為眼紅。相反亦然，在歌劇團經年的流浪中，無法認定臺上臺下何者為眞正的現實世界。但是無論其為怎樣的世界，這個團體總有一個領導人，這個領導人往往不是擁有它的老闆，而是一位女性，她必然是這個劇團的臺柱，串演小生，她的內在男性的本質使她有這個地位，而她往往不是那位老闆的妻子就是他的姨太。葉德星歌劇團就是這個樣子，葉德星本人經營兩個歌劇團，而那兩團的領導人，一個是正式的妻子，另一個是姨太。有趣的是，這兩團原是一團的，但因有兩個領導人物出現，其中的一位就帶走一部分願意跟隨她的人另組一團。明煌因為做苦旦的妻子與團中的其他女人有些結怨，日子久了已形成不可收拾地步，不得不想辦法，最後的決定便是攜眷離開，經葉德星的同意轉到他的另一隊歌劇團去。

他還能記住葉德星的模樣，在那時葉德星是個他所不容易了解的戲班班主，沉默寡言顯得有些神秘，年約在五十歲左右，四方塊型的碩大身材；他來劇團很少和團員說話，只有和他的姨太張碧霞在一起喁喁私語，看到他的時候總是那種不喜言笑的冷漠的面目。他本來組織的歌劇團人員很龐大，妻子在劇中是個老資格的優秀苦旦，葉德星自從和串演小生的碧霞有關係後，苦旦和小生雖在戲臺上同臺演戲，但私底下是相對的情敵。葉德星把原來的人馬於是分成兩團，分別由元配妻子和作爲小妾的張碧霞管理，他擔任經理，在兩團中來往。

文龍和昌德和明煌都在張碧霞管理的團裡，她是個三十歲左右的能幹女性，這可能是她要求分團的因素。張碧霞在戲中擔任主角，保持了很好和優美的身體；她對團員的管理比任何一位男性更公正和嚴格，就像蜜蜂世界的女王蜂。

那時歌劇團在草屯公演，明煌決定要走了，他和昌德在草屯的一家酒樓爲他餞別。文龍飲了不少酒，將近黃昏的時候，他們一同回到劇團來；劇團內的人正在吃晚飯，碧霞告訴他們不要喝那麼多酒，希望文龍和昌德兩個人晚場戲不要耽誤奏樂的工作。文龍說他和昌德要到車站去送明煌夫婦；碧霞說不要跟到臺中去，如果要到臺中要等晚場戲演完再走。明煌藉著喝酒，這樣說：

「一郎、昌德，一起到臺中去。」

「我和昌德只送你們到車站。」

「不行，你和昌德是我的結拜兄弟，到臺中我們要玩樂一番。」

「改天我們去看你，再去玩樂。」

明煌連連搖頭表示不答應。碧霞堅持不能讓文龍和昌德一同去，使晚場戲連一個奏樂的人都沒有。

「我留下來。」昌德說。

「那麼一郎陪我到臺中。」明煌說。

碧霞說一郎還是不去好，她似乎有點暗示，但他酒實在已經喝了很多，頭腦很混亂，不知道碧霞的眞正意思如何。

「一郎留下，昌德陪你去。」

碧霞對明煌說。

「昌德，你留下，一郎陪我去。」明煌說。

「好，我留下來。」昌德說。

昌德這樣說好似他有個人的私事。最後終於達成了協議，讓昌德留在草屯，一郎陪明煌夫婦到臺中。碧霞有些不高興，她本來可以發命令，要誰留下就是誰留下，但是那時她看到三個男人都喝了酒，平時他們的表現也不錯，何況是在特別情形之下，她不想堅持自己的意思。在三個樂師中，她最賞識一郎，把他視爲她的弟弟，所以她要一郎留在草屯。但明煌卻十分堅持要一郎陪他們去，好像要故意和碧霞作對，他說要留就留昌德，而昌德又顯意主動留下來。文龍想著，當明煌和碧霞爭執時，他害怕明煌仗著喝酒把碧霞待他的妻子不怎麼公平的事說出來，而釀成一場更不愉快的爭吵。明煌的妻子本來是葉德星元配的人，爲了跟隨丈夫只得到碧霞這邊來，日久相處益惡，明煌這一次只得隨他的妻子再回到原班去。碧霞看到一郎也飲了許多酒，在他們義兄弟之間顯得沒有主見，就不高興地走開了。當明煌終於在這場爭執中勝利，高興地要來拉著一郎那隻半殘廢的左手臂時，它不知怎麼搞的突然高高地彈跳舉起，好像要去拒絕明煌伸過來的手。

十一

他們那晚到了臺中，明煌要他的妻子先行回彰化的家去，他告訴她要在彰化逗留二、三日，料理家裡的一些私事，然後再一同到大甲公演的歌劇團去報到，他自己明天中午之前一定會回到彰化。在火車站又送走了明煌的妻子後，李文龍說：

「應該把昌德也拉來。」

「現在說已經太晚了。」明煌說。

「三個人在一起也許要快樂些。」

「我也這樣想，但那女王蜂……」

「碧霞是個好女人，你不要說她什麼壞話。」

「她是個能幹的女人，但……」

「我佩服她。」

「她長得令人喜愛。」

「今天的事不能責怪她阻止我們。」

「你知道嗎？要不是她是葉德星的女人……」

「事實上拉昌德一起來要好得多。」

「要不是她是葉德星的女人，」

「爲什麼昌德要自己留下來？」

「昌德在勾引劇團裡的一個女孩子。」

「你爲什麼不早說？」

「你沒有看出來嗎？」

「看出什麼來，明煌？」

「昌德和我們在一起是很老實的，他一個人時就不是那樣，我早就知道，團內的人要我警告他。」

「早告訴我，我就拉昌德一起來，或者讓我留在草屯，他到臺中來。」

「但是我喜歡你，老弟。」明煌笑著。

「你剛才說碧霞什麼？」

「說什麼，我想想，我大概說要不是她是葉德星的女人。」

「怎麼樣？」

「我的年紀和她差不多，我會……」

「算了，別說了，她不是看上你的那種女人。」

「我未結婚前也是規規矩矩的男人。」

「不論如何，她不是看上你的那種女人。」

「葉德星算是什麼傢伙。」

「他和碧霞都待我們不薄。」

「我不是那個意思，他算什麼傢伙配她。」

「他有錢，有威嚴。」

「我帶你到酒家去。」

「我喝不下去，我要回草屯。」

「那麼讓我的女人先走是什麼意思？」

「那時還有一點興趣，現在……」

「你算個男人，一郎？」

「我想回草屯碧霞一定對我有話說。」

「她是你什麼人，你對她如此恭敬？」

「她是個我看到最好的女人。」

「你愛上她？」

「胡說，我不可能愛她，她也不會愛我，我和她相差十幾歲，但是我知道她喜歡我。」

「你是個愚笨的男人，在她面前更笨。」

「你說什麼我都不在乎，我要感謝你拉我到歌劇團來，到目前爲止，我對我的所作所爲還稱滿意。」

「你知道那女王蜂是多麼不公平嗎？」

「我知道，但你的妻子是那邊的人，她常常不合作，難怪碧霞要苛責她。」

「我離開，你和昌德要珍重。」

「這點我知道。」

然後他們來到一家酒樓。

李文龍突然想到碧霞在他們臨走時的託付，沒有想到她這樣透徹的了解男人。他想：我畢竟太年輕了，沒有多少經驗，難怪她要特別關照我。在酒樓裡，文龍才完全明瞭明煌要他來臺中是什麼用意。明煌比他年長，在歌劇團生活已有很多年，流浪生涯使他學到及時行樂，他讓他的妻子苦惱的地方很多，可是平時他又是一位很盡責和溫和的丈夫。他和昌德追隨歌劇團以來，向明煌學習之處很多，他帶他們見識不少事物；對文龍而言，他只是缺少去做的勇氣，他知道凡事如果突破了心中的禁忌，便會形成不可收拾的地步。在酒樓裡，他學明煌開懷大飲；在這種時候，明煌可謂花樣百出風趣無比，調戲著陪他們在一起喝酒的兩位酒女。其中的一位算是暫時屬於明煌的酒女總是用力地打他伸到她腿間的手。當他看到一郎嚴肅和約束自己端坐著，就對他皺眉頭，笑他毫無用處。一郎只好學他撫摸身旁的那位酒女，他的動作帶著羞赧和輕柔，那位被一郎摟抱的酒女並未加以拒絕。他想著：我只是輕輕觸摸而已，如果我也像明煌那樣使力去捉的話，我想任何女人都會加以抗拒。

明煌一旦酒入肚腸，便要開口滔滔不絕地誇言他是如何單槍匹馬單獨一個人出來闖天下，他又說總有一天，有事故發生了，他也能單獨一人來承擔局面，也會過慣一個人單撐局面的生活。

文龍想：這是明煌心感寂寞才說了那樣的話；他到那一團去，無疑是單獨一個人奏樂。一年半來三個人的合作有許多美好諧和的記憶，誰也沒想到分開後會形成什麼模樣。他又想：明煌走了，我和昌德還可互相依賴照顧，要是昌德也因什麼事和我分開了，我不知道要怎麼辦。他想到張碧霞，她能給他一種安全感，他想。

「我這位拜弟是處男，」

明煌對酒女說。

「我看不盡然，只不過老實一點。」

「如果是處男，妳要不要準備一個大紅包？」

「我未曾嘗試過處男是什麼樣子的，除非他是個小孩子。」

「妳連小孩子也引誘嗎？」

「如果他是處男，」另一位酒女指著文龍說：「我就準備送他大紅包。」

「就這樣說定。」

明煌的故態復萌，除了一定要那位酒女陪他睡覺外，還強硬要一郎跟他去做同樣的事。過去他們三個人也有幾次到酒家喝酒的機會，但是除了明煌外，他和昌德都在心理上懷著恐懼，不敢要求酒女再陪他們做那件事。由於明煌一有機會就譏笑他，引誘他，他在心裡定下原則，決定把他的愛獻給所愛的人。

他想，這時正是草屯的晚場戲演完的時候。他喝了很多酒，已經醉了，開始感到疲乏，想到自黃昏到現在深覺荒唐，聽到明煌和酒女的交談和打罵，心裡想，無論如何必須拒絕明煌要他去做的事。他想到母親，記起她的話，「和不三不四的人混在一起，如何能出人頭地。」他太醉了，腦子裡糊裡糊塗，馬上忘掉了母親的話。

「你聽到了嗎？一郎。」明煌推著他的臂膀。

「聽到什麼？」

「她不相信你是處男。」

「不要再鬧了，明煌，我們走，到旅社去睡一覺。」

那酒女說：「他本人可不太自信是不是。」

「一郎，你說你是不是？」明煌又推著他。

「我不知道。」

「BAGAYALO，一郎，你怎麼搞的？」

「我是不是關你們什麼事？」

「你是，她們要給你一個大紅包。」

「那麼然後她們會十倍百倍地賺回去。」

「你總不能在她們面前認輸。」

「天下有一個男人失貞，她們就要送紅包喝采。」

「她們是要男人玩的東西，爲什麼你不玩她們？」

「昌德來的話，也許你能勸他做這種事。」

明煌一手摟著他的酒女，另一手想來拉文龍快走，他的左手臂再一次跳起來打到他。「怎麼樣，一郎？」明煌詫異地望著他，他連忙道歉道：

「不是有意的。」他跟隨著明煌的後面，後面又跟隨著屬於他的酒女，他想：我要去那裡？去做什麼？想到母親與跪求她讓他去追求技藝時，他會對自己自呼：我的藝術在那裡？我要從那裡著手尋求它？他從心坎湧出慚愧的情緒，這與他日後的嗜酒大有關係。

沙河自坪頂發源流經土城梅樹腳在南勢與另一自北勢寮經番社流來的水流會合向海口流去，其聲潺潺有如細訴。

到了旅館已經是午夜，旅社的夥計要他們拿出身分證登記。他摸索衣袋才驚訝身分證沒帶在身上，他記起在草屯曾回劇團換穿上衣，身分證一定還留在原來那件上衣裡。

「我沒帶身分證，怎麼辦？」他說。

那夥計說：「只要其中一人有就可以。」

明煌把他的身分證丟給夥計。

「快給我們開兩個房間。」他說。

「等一等，請塡上保證單。」夥計說，遞給明煌一本紙張簿。

「一郎，你自己寫。」明煌說。

夥計又遞來一枝鋼筆。等一郎寫完那張單子，夥計才肯帶他們到房間去。在這之間，明煌不免又罵夥計，批評旅館囉嗦。

旅社的設備很簡陋，浴室和廁所分開設在整排房間的盡頭，十分不方便，那時根本沒有計較這些。他萬分疲倦，幾乎要崩潰倒下，明煌卻精神很好，四個人站在走廊上等著夥計打開房門，最後明煌拉著那位酒女走進房間時，回頭對文龍說：

「好好享受，一郎。」

他似乎聽到有人罵著：「不是鬼。」他的神志已經昏迷，根本不在乎誰在說話。被明煌拉著走進房間去的女人也轉過頭來告訴文龍說：

「你年紀輕，和這種人在一起，會被他帶壞，男人我看得多了。」

他做了一個手勢，表示不願再聽到什麼話。

明煌狠狠地拉著那位酒女；文龍最後抬起來的眼睛正好看到那位酒女踉蹌地跌到對著她的床舖，然後明煌把門粗野地關上。

他和身旁的女人走進隔壁的房間；他倦乏得不能再支持自己，馬上仰倒在床舖上；他看了那位酒女一眼，她坐在椅子上也在看他。約有幾分鐘的沉靜，他把眼睛閉上，根本無法想到要做什麼事，除了睡覺的欲望外；他也不知道要對她說什麼，他根本不想說話，除了安適地睡一覺。

「喂，你要不要去洗身？」

他似乎睡著了，突然被人推醒，他睜開眼睛，正看到那位酒女立在床舖旁邊朝下望他。

「你要不要去洗身？」

這一次他聽清楚她在說什麼。

「我要睡覺。」

他又閉上眼睛，但還留存一點意識知道她走出房間；突然他清晰地聽到隔壁傳來的聲音，明煌和那位不肯示弱的酒女像是天生配好的一對，他們在床上拉拉扯扯的音響，及互罵的說話像波浪般傳進他的耳裡；他的意識又漸漸地模糊，隔壁傳來的聲音漸漸地遠去。

天亮前，他醒來了，發覺身邊睡著一個女人。他想到昨夜的事，身旁睡的就是跟他來旅館的那位酒女。除了在童年時和母親一起睡外，這是第一次有女人和他蓋住被單睡在同一床上。他靜靜地躺著，不敢動顫，怕驚醒她，眼望著天花板；他傾聽著，整個旅社靜寂得很，房間亮著一盞小的紅色燈光。他伸出右手看著錶，是凌晨四點鐘，隔壁的明煌和那位酒女已不再有聲音傳來。他望著身邊的女人，看來她睡意正濃，他翻動痠麻的身體想起來，她也轉動身體醒來了。

他下床開門走出去，走到廁所小解。他覺得心裡很煩悶，想著到旅社來做什麼？突然心慌起來，全身充滿著恐懼。他靠在洗手臺躊躇片刻，深深她吸了一次空氣，稍微安靜了才回到房間來。他回到床上，掀開被單時大概又驚醒了她，這時他好奇地想看清楚她的臉。她並不怎麼清秀美麗，臉上塗著一層暗紅的油膏，那是燈光的關係，那油膏應該是粉紅色的。她臉上留著昨夜的化妝似乎具有一種特別的意義，使她保留著一張職業性的面孔。她發覺他在看她，張大著眼睛說：

「你看什麼？」

「妳很美。」

他讚美她，她未必會很高興。他想：一個生長在臺灣的女性總是有心口兩樣的表現。

「少油嘴。」

他伸出左手臂抱住她，起先她有點抗拒的表示，但馬上靜靜地讓他抱住。他覺得她的身體很柔軟，抱著她使他漸漸升起了欲望，他把身體移靠過去，緊緊地貼著她。

「要做什麼？」她說。

「沒什麼。」

「沒有？」

「是的，妳不高興嗎？」

他從側面注視她，她有半分鐘的沉靜而嚴肅的思索，讓他緊緊地依偎著她那柔縮豐滿的軀體。她完全清醒過來，推開他的摟抱。

「等一下。」她又說。

他放開她時，覺得左手臂怪異地有點抽筋的現象。她挺身坐著，她把身上薄薄的內衣脫掉，重新躺下來，把被單蓋住前胸。她發出很輕的聲音問他：

「昨夜是不是很疲倦？」

他感到她顯出女性的溫柔。

「完全是。」

「酒飲得太多了。」

「那是我第一次飲很多酒。」

「你把身體靠過來。」

他又伸出手臂抱著她，摟著赤裸的身體有更不同的感覺。

「等一等，你的衣服也脫掉。」

她又說。他突然醒悟他將要去做什麼，對自己的拙笨和無知感到有點好笑。他依照她的話坐起身來把衣服解掉。

「你眞的沒有做過嗎？」

「沒有。」

「自己玩？」

「有時。」他說。

她把被單掀開，現出她完整的赤裸之軀，他看到她的肉體在微光中優美地起伏著，她的乳房很碩大，乳頭像鑲著兩顆煤粒，腹部下端浮出微小的一撮曲蜷的細毛。

「上來。」她說。

他面對著她伏在她上面，感到心臟激烈地跳動，他有些緊張，支撐著身體的雙臂微微發抖，左手臂像折斷似地失掉力氣，使身體整個跌落在她身上。

「小心輕點。」

他完全讓她來擺佈；事實上等於完全讓她來告訴他這是怎麼一回事。沙河淺流細唱。他吻著她，舌尖覺得她的唇膏有點甜味，而他自己的喉頭有點苦酸味，他記得昨夜喝了很多酒。

十二

他的左手此時不知不覺地撿起一個小石子，軟綿無力地投向跳水谷水面，在他眼前數尺的地方通地往下沉，水的漣漪藉著微弱的月光，一線一線地波到他的面前。

他繼續想著在臺中旅館的第二天清晨，當他睡去再醒來時，看錶是六點十分，隔壁的房間又傳來與昨夜開始時相同性質的爭鬧和對罵，床鋪的搖動配合著他們的罵俏，不久又歸於沉寂。他已不能再睡，心中掛慮著草屯的歌劇團；他完全清醒，想回草屯去，身旁的女人還在沉睡，他不想驚動她，只好繼續躺在床上。突然隔壁傳來聲音：

「麗美，麗美，」是那酒女的叫聲。

他身旁的酒女醒來了，回應她：

「什麼事，麗華？」

「要不要走？」

「現在還太早，再躺一會兒。」

「在死人邊有什有好躺的，要睡回去再睡。」

「到底怎麼搞的，阿姊？」

「這個死人整晚搞不停，連覺都不能讓人睡。」

「好罷，我起來穿衣服。」

文龍沒有聽到明煌的聲音，他想他大概又睡去，否則決不會讓那位壞嘴的酒女那樣地放肆，從昨夜到現在，明煌的調皮正與她旗鼓相當。一會兒，那位酒女過來叩門，他房裡的酒女開門讓她進來，她進來對文龍望了一眼。

「看來你們倒滿相親。」她說。

他房中叫麗美的女人向她的肩膀推了一下。

「我從來沒有遇到過那麼糟蹋人的客人。」

她又批評明煌。

「請住嘴，小姐。」他說。

「嘴閉起來，麗華。」麗美也對她說。

「我不能說話嗎？」

「說別的，麗華。」

「妳的這一位倒相當有義氣。」

「別說這個好不好，麗華。」

「也很紳士派呢。」她又說。

「眞氣死人，別再說好不好？」

「那麼我們要走了。」她說。

他房裡叫麗美的女人已穿好衣服，她這時看來很美麗，他望著她，對她有一點眷戀，她對他顯露笑容，「我們要回去了，要不要叫醒你的朋友？」他知道這些話是什麼意思，「不要叫他，讓他睡。」他把褲子從靠近床邊的椅子上捉過來，掏出鈔票。

「多少錢？」

「一百五。」

「總共？」

「三百。」

他把所有的紙幣算了一下，有三百二十元；他心裡有些慌恐，但他還是不猶疑地抽出二十元，剩下全部遞給她。「多謝。」他望著她們轉身離開房間，把門輕輕地關上。他半躺在床上，抽一支煙，覺得若有所失和懊喪。他想著：爲什麼我糊裡糊塗把幾個月來的薪水在這一二天中都用完了？從草屯的酒家開始，都是他付錢。他又想：昌德和明煌是結拜兄弟，與親兄弟無異，應該不分彼此，我大概在這樣的觀念下熱情地付出我的所有。他已有二三個月沒有寄錢給母親，無論如何，回草屯一定向碧霞先借幾百元寄回家去。

「明煌，明煌。」

沒有回響，他想明煌眞睡著了，而人對於相等於死亡的睡眠有如此迫切沉迷的喜愛，這傢伙是他從未看他像這次這樣地表現過，使他想到生活對人的打擊和壓迫所積存於內心的反映會是這樣極端和巨大。他起身到浴室去，洗擦汗漬滿佈的身體。

面對沙河的水潭，他現在還能記憶那位叫麗美的酒女，她以和祥的氣氛接待他的羞怯和笨拙；他回想著那整個過程，覺得她存有忍耐的情緒，她並不十分溫柔，帶著職業性的冷漠。與這種女子在一起在以後的經驗中，他獲得了一種認識，她們對待客人的方式往往以禮待禮，以牙還牙。男人不可能獲得較大的便宜，只有表現溫和的男人，她們才會歡迎，男人的慷慨會贏得她們的喜悅，在她們的懷中想傾洩人生的挫敗感覓求慰藉幾乎等於零，想在她們的天地裡尋覓情愛更屬海中撈月，在表面的嬉笑中她們深藏著自卑和最廣的懷疑心，在她們的脂粉的艷麗的皮層內裡隱著希望的最大暗影，她們是斯葛多的伊壁鳩魯的尖兵，人類的兩面人。所以他願以溫和看待她們，和她們同度那短暫的是虛猶實的歡快時光，以獲得相等值的報償。但他想，有一種男人會持不同的看法，像明煌那樣，以直接爭執的方式冀想駕馭她們，想用男性的優勢來欺壓她們，這往往掀起她們更強烈的反擊和仇視，最後得勝的總是她們，男人的所得是一場消極性的滿足。

那天早晨在臺中的旅館，他洗完澡後，在旅館的走廊下，蹲著飲了一碗杏仁茶，吃一根油條，洗滌了昨晚的宿醉，恢復了往常的清醒。旅館的掛鐘敲著八點，他重回到房間，躺在床上，等著明煌醒來，肚子裡有溫熱的感覺，使他適暢一些。他心裡急迫地想回草屯的歌劇團，那裡除了他經常的工作外，還有私事要辦；他必須向碧霞借點錢寄回沙河鎮給母親，他必須和昌德詳談未來的計劃；明煌離開了，過去有他的負責，現在都落在他和昌德身上。他朝隔壁叫明煌，沒有回聲；他走到明煌房間的門口，準備進去喚醒他。突然他想讓他醒來也許會不妙，要是他又纏著他不讓他走，或者又要玩花樣度過這一天，就會影響他的計劃。他決定不等他醒來再走，他穿好衣服告訴旅社的夥計，明煌醒來時告訴他，他回草屯去了。

走進草屯戲院，使他有陌生的感覺，裡面顯得幽暗和潮溼，佈景和各種器具顯得凌亂，角落彌漫著一股沉沉的腐霉氣味，徐徐進襲著他的嗅覺。一路上的省思，現在看到這種景象，才讓他完全了解他變成了一個怎樣的人；經過昨夜，他好似在外面的世界經過了一場洗劫後回到家，而發現自己以往所生活的淒涼景象。劇團內的人顯得突然減少了；有些人平時應該會碰面，突然失蹤了，剩下的人又顯得冷漠和敵視，這使他敏感地覺察發生了什麼事。平時親熱地堆著笑臉前來請他為她們教歌的女孩子，看到他時都閃避在旁邊。他想找昌德，到處找不到；沒有人願意回答他的詢問，他們好似早就默契好要這樣對付他。我做錯什麼事，他想；或者這裡發生什麼驚人事故；一定是昌德；他又想，樂師和演員已經釀成兩個敵對的壁壘。他大膽地走進碧霞的私人房間，發現她端正威嚴地坐著，似乎早就準備等候他的到來，她用銳利而不高興的眼光望他一眼，然後又審視著他一番，在他想叫她一聲老闆娘之前，她已嚴厲地斥責他：

「你不聽我的勸告，一郎。」

「我做錯什麼事？」

「你雖沒做錯事，但別人所做的錯事與你也有關係。」

「到底是發生了什麼？」

「你坐下來，我就要告訴你。」

她稍微溫和些，指定他坐下。

「你覺得我對你如何？」

「很好。」

「你又覺得我對明煌和昌德怎樣？」

「一樣好。」

「不一樣。」她的臉上開始有笑容；她是美麗端莊的女人，動人的表情彷同在戲臺上她演的角色一樣吸引人。「起碼我心裡總把你看爲我的弟弟，他們兩位我看不起他們。」

「什麼事，告訴我。」

「昨天你要和明煌到臺中，大概不會做出什麼好事。」他沒有辯駁，她又繼續說：「我有沒有提醒過你？」

他不明白碧霞繞著圈子說話是何用意，他想，一定是昌德發生了事。

「謝謝妳，但我並沒喪失太重。」

「你喪失了什麼？坦白告訴我。」

「沒什麼。我得到一場教訓，但我並不後悔。」

「我相信你說的這一切，我還沒有資格詢問你的私人事，我知道你是一個能自我珍重的人。不過，昨夜因爲你的離開，碰巧事情發生了。」

「是昌德？」

「不錯，是他。」

「他在那裡？」

「有一點輕傷在醫院。」

「爲什麼？」

「沒別的，我教訓他。」

「妳叫人打他？」

「不錯，我叫人打他，我有責任非這樣做不可。」

「在大家面前？」

「在那演戲的臺上。」

她一面回答他的話，一面觀察他臉部的變化。

「他做了什麼，妳要教訓他？」

「他強姦了月娟。」

他覺得天像要塌下來，他感到很洩氣，爲什麼昌德要幹這種傻事？爲什麼大家預料的事總是會發生？而事前大家又不去阻止它。

「你明白嗎，一郎？這是我們團內的事，在團內解決，比在警局解決要簡單，除非昌德要娶月娟，否則我要藉這件事趕他離開歌劇團。」

「我也想走。」他喪氣地說。

「你卻不能走，一郎。」

「昌德走，我一樣走，我不能單獨面對整團的敵人。」

「整團的人對你的觀感不一樣。」

「我剛回來，他們就是那樣敵視我。」

「我保證他們會敬重你，事情不是發生在你身上，他們馬上會改變。」

「我和昌德等於一體，他們就是這樣看我。」

「昌德走了，你和他分開，他們的看法也會分別。」

「無論如何，昌德和我一起走。」

他抬頭突然看到碧霞對他微笑，她的笑容使他疑惑，但是那是他喜歡看她的表情，那是從她的心裡深喜一個人時所發生出來的柔美而帶祈求的笑容。

「我看重你，一郎，你走團內就沒有樂師，現在歌劇團漸漸不景氣，合適的樂師也難覓求，我留你一個人就夠了。」

「妳應該知道我和昌德是一同由沙河鎮出來的。」

「我明白這點，但更重要的是我看得出你對音樂有熱情，昌德在這方面略遜於你。」

他非常感激碧霞說出他心裡想聽到的話，可是他又懷疑這一切都可能是她一手導演的。

他說：「我非常知道昌德的缺點，但從小我們便在一起唸書，一同學吹奏，一同走出沙河鎮，我和他結拜成兄弟，我不願聽到妳對他的批評。」

「我向你道歉批評昌德，如果你不答應我留下來，我就要向警局報案，控告昌德的所為，讓他坐六年的監牢，因為月娟才十七歲，未達法定年齡。」

昌德不光榮的離開歌劇團後，李文龍難受和寂寞了一段時日。但他也從這件事開始眞正認識碧霞；她是個女人，更是男性化的女人，她能幹，專權且承擔一切的苦難，否則不能使一個包容那麼多複雜份子的歌劇團導人於它特有的秩序和生活。由昌德的事可以看出她的魄力來。這一點使比她年幼而心性脆弱的文龍對她敬仰和依戀。他變成十分單獨的一人，過去昌德，明煌和他在一起時，他們三人在團內一起吃飯，由明煌的妻子準備飯菜，現在碧霞要他和她一起用膳，開始時他感覺十分拘束。葉德星漸漸地少來劇團，歌劇團的收入不能平衡開支，使得大家都有些意興不佳，葉德星來時看起來就更為沉默和老邁。有一次劇團在烏日公演，碧霞要文龍在一個早上的時光，陪她回花壇祖家去探望她的父母親，當她從他親口獲悉他和父親的不愉快事後，對他尤其照顧，的確如她所說的待他如親弟。自昌德，明煌走後，她完全的表示這點來。可是他也有極大的改變，他開始喜歡喝酒和尋找刺激的事做，他單獨一個人去尋歡作樂；晚戲終場後，他一定要到飲食攤去喝幾杯。

十三

他想，他的半殘廢的左手臂的存在使他變成一個滑稽的人物，在別人看來，一個有肢體缺憾的人都是滑稽人物。那條左手還是聽他的意志的指揮，只是不能用力量握東西，不能握拳用力打擊，但有時有意識不到的舉動，突然在特殊的情況中彈起來，像一個自動按鈕的機器，有一種不知不覺的反射作用，使別人以爲他有另種意圖，而懷疑或嘲笑他。它的外表依然是完好的，他在少年時代，它和右手臂的肌肉都有勻稱的成長，在光復那年，他喜歡做倒立的運動，他叫弟弟二郎在旁邊觀看，他倒立行走，約莫前進十公尺。現在他對這事的回憶只有感傷，沒有人會相信他曾經能夠倒立行走，只要他說他曾經能那樣做，他們便半信半疑，他們說：「你喝醉了。」他們嘲笑他是說謊者，後來他只好緘默，不再提這件事。

他第一次見到玉秀是那次陪碧霞回花壇的時候，她還是一位十六歲的少女，模樣很羞怯很沉默，是碧霞父母的鄰居。她的父親做著賣攤子麵的生意，她有一位姊姊，一位妹妹，母親已經過世了，看起來是很溫順的女孩子。上個月在碧霞身邊使喚的女孩子離開了，她必須要有那樣的女孩子替她做事，她聽她的父母親說鄰居的女孩子已經十六歲了，碧霞過來看她，經她的父親同意，她就把玉秀帶到歌劇團來。不久，文龍發現自己罹患肺病，身體日漸虛弱，他吹奏樂器傳佩脫常常滑嘴，他坦告碧霞他不能再吹奏，決定離開劇團回沙河鎮療養或者就是等死。二年之後，他的健康好轉了些，改奏樂器薩克斯風，重到碧霞的劇團來。二年之間，碧霞因歌劇團的不景氣，顯得蒼老了，她說曾經續聘過幾位樂師，都因爲生活過度散漫，調戲團內的女人等情事，製造了許多麻煩，有些幹不久就走了，有些爲她趕走，樂師的事使她很煩惱，她決定不再聘樂師。另一方面，有一種時裝的話劇團出現，舊的歌劇團的存在已經漸漸維持不下，但她非常高興，非常歡迎文龍再來。他很感激碧霞，也發現有一位亭亭玉立的小姐和她在一起，他問碧霞她是不是劇團新聘的花旦，碧霞笑著說：

「她不是新聘的花旦，她在劇團已經二年了。」

「她不是演戲的，在劇團做什麼？」

「你忘掉了嗎？」碧霞說。

「是誰？我記不起來。」

「她就是玉秀。」

「誰是玉秀？」

「花壇家裡鄰居的那位女孩子。」

「那位女孩子？」

「你記得嗎？有一次你陪我回花壇。」

「記得，就是那位害羞的女孩？」

「就是她，她長大了，不久也要走了。」

「妳沒有教她演戲？」

「她不喜歡演戲，她不是那種天生演戲的人；她不像我，我是天生會演戲的人。」碧霞說。

二年的間隔，現在又把歌劇團的事連接起來了，而這個全新的改變，使他有一個很好的印象。

他和碧霞和玉秀三個人在劇團像是一個小家庭，碧霞有點身心勞瘁，並沒有把長成爲女人的玉秀辭退，留在身邊照顧她和文龍的生活一切瑣事。他突然有一個靈感，決定娶玉秀爲妻，他獲得玉秀的允諾後，和她重臨花壇去拜訪她的父親。他坦白地告訴玉秀的父親家庭的經濟情形，以及劇團的生活；玉秀已在劇團生活多年，她的父親並沒有異議。他寫信給在大甲讀中學的二郎來清水，劇團那時在清水。玉秀的父親雖不計較禮俗的一切，但玉秀批評她的父親爲沒有主見的人，他覺得不要太傷玉秀的心，所以應該有點形式。

二郎在第二天的黃昏抵達清水，正是劇團內用晚膳的時候。自從第二度來劇團，匆匆已有幾年沒有見到弟弟二郎，文龍雖按月寄錢回沙河鎭，但他不回去有他內心的理由，所以看到二郎那外表呆板和冷漠的少年模樣使他驚異不置。二郎似乎是隱藏憤怒和自卑的沉默少年，他那怪異的眼神隨時注意著劇團內的凌亂，陳舊和破敗的景象；當他把頭部巨大的學生帽拿下來時，他們又被他的另一模樣引得爆出笑聲，他的頭頂是光滑滑的，像個沒有自由意志的小和尙。文龍記得在沙河和他一起釣魚時，二郎還留著頭髮，沒有想到進了中學反而被剝奪了留髮的權利。二郎看起來失掉了活潑，臉色蒼黃，顯出憂憤不高興的模樣；他的特徵便是頭大身瘦。顯然二郎對劇團的所見感到淒涼和失望，他堅持不肯和他們一同用餐。文龍只好領他走出戲院，準備把他想做的事告訴他。

「你臉色蒼白是什麼原因，二郎？」

「你不必管我臉色好不好。」

「你對我生氣嗎？」

「是的，劇團的情形令我失望。」

「你根本不清楚，二郎。」

「我一看就知道。我以前想像你一定在外面過好生活，想到你就覺得榮耀，今天我才完全明瞭，根本不是那麼一回事，你們幾近是一群乞丐的團體。」

「坦白說現在的確不很好，但以前是很好的。」

「你寫信叫我來是爲什麼事？」

「我要結婚了，二郎。」

「結婚？和誰？」

「劇團內的一位女人。」

「演戲的？」

「不，她不演戲，她和老闆娘在一起，和我在一起，我們相處很多年了，我要娶她。」

「你身體並不好，爲什麼要結婚？」

「我現在身體比以前好很多了。」

「我們是貧窮的人，我要不是拿免費獎學金，便不能進中學讀書，你要結婚只有製造更多的窮人。」

他舉起左手臂朝二郎打了一記耳光。他感到慚愧，沒想到弟弟二郎年紀這樣小就如此偏激。但他說得也有道理，他是個誠實的孩子，他應該知道自己的親兄弟的性情。他們保持片刻的沉默。二郎被打了耳光後，不理會文龍，朝車站的方向走去。文龍快步追過去，和他並肩走著。

「對不起，二郎。」

他沒有理會他。

「你聽我說，二郎，我向你道歉，我不是有意的。」

「你還有什麼事，趕快說。」

「我們找個地方坐下來。」

他們正路經一所市區的學校，他們走進去，在操場草地上坐下來。

「你似乎比我知道更多的事，二郎。」

「我看了很多書，每天看報紙。」

「你還在生氣嗎？」

「沒有。我本來不願來，想用信回答你，除非你在信裡說明白事情，後來還是覺得應該來看你，你不回家已有幾年了。」

「是的，不瞞你說，回沙河鎮總使我感到羞愧。」

「你並沒有虧欠沙河鎮什麼，二郎。」

「但是要我在沙河鎮街道走過，我抬不起頭來。」

「我明白這是什麼原因，二郎。」

「什麼原因？二郎？」

「你自己很明白，因為你心裡存著理想，你沒有達到那理想，所以你害怕看到熟識你的人，你寧可讓別人忘掉你，是不是？」

「你的說法太淺顯了，二郎。你的話沒有錯，我有理想，我在沒達到理想之前不敢見人。但是現在眞正的因素是我在懷疑那理想，理想像是應在你對面的敵人，現在我不明白它是什麼面目。也許我先前立下的理想，不是眞正的理想，那理想可能是個騙子，在我們未認清自己和環境之前，所立的理想只是不實在的影子，你明白嗎？」

「我有點明白。」

「那麼你為什麼要結婚？」二郎問道。

「似乎每一個人都需要那樣做。」

「並不是每一個人，有許多人一生中都沒結婚。」

「他們是聖人，或所謂了不起的人。」

「平凡的人也有不結婚的。」

「但是假如你需要一個女人，只有結婚這一途。」

「我想結婚對你是不適宜的，一郎。」

「為什麼你會這樣認為？」

「你有肺病，你喪失了理想，你感到疲倦了，你沒有奮鬥的意志，你覺得你會死，所以你想結婚。」

「我不明白這種奇怪的論調。」

「如果是我，我就不結婚，一郎。」

「你長大會了解的，我們不要爲這個爭論，就算我的想法錯了，我也要結婚，因爲一切都說妥了。」

「將來你會爲這婚姻後悔，你不適宜結婚的，一郎，沒有女人會了解你，除非有那種能了解你的女人，但你的運氣不會那麼好能遇上那種女人。」

「我很抱歉，二郎，我打了你。」

「我不會在乎，一郎。」

「你有什麼要我爲你做的？」

他從身上拿出五百塊錢交給二郎。

「要母親準備好十二塊訂婚餅，一個訂婚戒指，舊曆九月初三到花壇來。」

「什麼時候舉行婚禮？」

「九月初三以後我和她便算結婚了。」

「這樣做不是很草率嗎？」

「我和她在劇團裡已經很熟了，不需要那些儀式。」

「你所做的事都是使我感到懷疑的，一郎。」

「有一天你就會明瞭，每一個生命都有他的表現形式。」

這一次他對弟弟二郎很不高興，但二郎搭火車離開後，他感到傷悲。二郎的話是正確的。他懊悔用熱情來達成結婚的願望，可是現在一切都太遲了，而且都錯了。首先，他不了解，甚至震驚他的弟弟二郎的思想爲何突然變得如此犀利，他的話使他後來知道人是爲了怕死而求生的，這雖是大地上的自然現象，但絕不符合人類應有的精神。他想：我不應該結婚，一個有肺病的男人不應找女人結婚；凡是有缺陷的人都不應該結婚。當他第一次和玉秀做愛時，他感到他的邪惡，他沒有獲得精神的快慰，他清晰地看到他自己是一個變態的怪物，這樣的怪物不但容易察覺社會的畸狀異態，而這樣的一切也同樣地全都指向他。

十四

沙河淺流，潺潺細訴。

在早晨練習的時候，他爲演戲的女孩子伴奏〈送君情淚〉。玉秀有一度回花壇去照顧她病重的父親；她的父親不久去世了。他與她的情感變得日趨惡劣，從開始他就感到她有一種不肯順從別人意思的個性，在她是少女的時代，別人總以爲她是害羞的，其實並非如此，她尤其不能順從他，故意來與他爲難。他想，這種在她漸成爲婦人的完全強化的態度，在當初來劇團時，大概就是碧霞所說的沉默的樣子。她的無知和冷感使他的精神走向絕望。酒變成他唯一慰藉的東西。

他再爲另一位女孩子伴奏〈港都夜雨〉。

她說：「樂師，我要唱〈風微微〉。」

奏這些感傷的小調豈止是爲這些爲戲劇賣命的女孩子伴唱，他自己有時也閉著眼陶醉和哀憐。

這是他第一次覺悟吹奏與他不能分離的關係；他不但依此爲生，亦依此而發現自我。

他還坐在沙河跳水谷水邊，似乎再過一個時辰就要天明了，他懷念碧霞，他清清楚楚地看到自己生命的素質，他生命中唯一仰慕和愛戀的就是她。在那時，當他預備娶玉秀爲妻時，他與碧霞之間突然顯出一個很寬的界限。碧霞對他的婚事的淡漠，正好說明了一位世態看多的人不願隨便表露自己的情感。平時碧霞對他的親切照顧，也許正是玉秀要對他爲難的因素。玉秀懷孕回沙河鎮後，他突然深深地依戀著碧霞。但這情形僅止於他個人內心的壓抑感而已；碧霞是持重的女人，絕不會輕率地走錯一步。就在那年冬天，文龍喝酒受了風寒，開始不斷咳血，他又不得不放棄追隨劇團，結束四處流浪的生活。

歌劇團的命運也漸漸幾近完結，龐大的開支已不適於一站一站地遷徙。碧霞在文龍要離開的那天，情形有點特殊，她對他雖很緘默，但對團內犯錯的女孩子都發了很大的脾氣。歌劇團一年來有些虧損，把她早年儲蓄的金鍊手鐲和現款都墊出來。據說葉德星也宣佈不久將把二個劇團再合併。

他和碧霞清早便從小村鎮坐輕便車出發，她爲了送他，她自己稍加打扮，恢復了她過去的美麗容貌，但文龍仍能窺出她內心的蒼老和生活的折磨。不知在什麼時候開始，她緊緊地握著他貼近身旁的左手。就是那隻癱軟無力，彷彿沒有知覺的左手臂，尤其當他無心關注眼前的事物時，那隻左手臂就像是不存在。要不是她說：

「很抱歉，幾個月來薪水都發不足。」

他才知道不能出很多力的左手，事實上也等於在握著她的手。他那時身體很弱，神色十分懊喪。

「我這一次離開，我好像知道不能再見到妳和再來歌劇團了……」

他對他的肺病產生所謂第二發作期的絕望幻想。

「好好保重，是一定會康復的。」

「妳也要保重。」

「你看我是不是老多了？」

「沒有，還是和以前一樣好看。」

「你別騙我，我自己知道我老了。」

他沉默下來，盡力不使眼睛含著珠水掉下來，因為抑制的緊張，左手臂突然彈跳了起來，把碧霞的手掙脫開，這一突然的舉動，碧霞難為情地把臉轉開。

無疑，他痛怒地決定回沙河鎮就把這條左手臂砍掉；但是至今，它猶在；他常常撫摸著這條可愛的生命不可失去的誌記。碧霞那時心事重重，他知道她在為自己的前途焦慮。她說：「當初劇團分出來時，我曾經發誓，不料終於又有合併的一天，葉德星和我相處的日子也不多了，你知道我絕不可能歸回原團去……」

他似乎顯露著一種無情無義的沉默，以表露他對她的心事的無助。

「最近我也對你不好，一郎。」

「請別這樣說，碧霞。」

他第一次當她的面叫她的名字，這使她的臉深紅了起來。她突然出他意表地捉起他的那隻左手，迅速地把一只金戒指套在他的中指上，這一次他的左手臂反而變得很安靜，乖乖地讓碧霞把戒指套牢。她說：

「你這次回家，空空地什麼都沒有是不好的。」

我有一隻貪財可恨的左手臂，他記得那時這樣想。

十五

昨夜他抵達鎮上樂天地酒家時，彈吉他琴的金木已經等在那裡。金木是竹南人，最近才來沙河鎮和文龍配合奏唱。金木對他說：

「有個大塊豬哥要找你，一郎。」

「是那一位大塊豬哥？」

「你猜猜看。」

「昌德。」

「就是他，他要找你喝一杯。」

「現在他在那裡？」

「到苑裡去了，他說回頭和明煌一起來找你。」

「你奏完不要回竹南去，他們都是有趣的人，一起喝酒。」

「明早我有事，今晚末班車一定要回竹南。」

「裡面有些什麼人？」

「都是老面孔，鎮上的頭兒。」

「這些人天天樂，有吃有喝有玩，進去奏一曲。」

金木走在前面，裡面的一間榻榻米房間坐著七八位男人，四五個酒女插坐在他們中間。那些沙河鎮的頭兒他都認識，只是沒有來往。當然不會有往來，除了在酒家碰面。他開始奏出〈補破網〉第一個音，金木對他瞟一眼，他點著頭，金木的手指撥著琴弦和音，跟著用他沙啞的聲音唱起來：

見到網

目眶紅

破得這大坑

想要補

沒半項

誰人知我疼痛

唱了這樣一段，酒客酒女早就停下來傾聽，金木的歌聲今晚特別沙啞有味，樂器克拉里內德單音緩行，迷人的樂聲就這樣彌漫屋裡屋外，首先有一位膝蓋跪著的酒女，一面倒酒一面淒麗而響亮地和著金木的歌聲，漸漸引進來幾位男士，也合唱起來。這一曲是那個時候不知怎麼地以無可奈何的哀音在街頭巷尾流行起來的，連小童子們在晚飯後聚在一起也合唱爲樂。歌詞回到開頭那句：

見到綢
目眶紅

時，那四五位酒女都張開嘴巴放聲唱了，然後那些頭兒，先有點猶疑，最後還是手臂摟著酒女們的腰部，也跟著合上來。當歌詞第三次轉到開頭那句：

見到綢
目眶紅

後，文龍瞥望到那位領頭而紅著臉的鎮長也半閉著眼睛唱起來，他是低沉的聲音，於是合唱形成壯大的水流。那位端菜來的瘦猴子，轉身走開時，拍拍文龍的肩膀，走進廚房後，也在那裡面應和著大家一起齊唱著那句：

誰人知我疼痛

文龍腦子裡突然浮出弟弟二郎在好幾年前，坐在清水的一所市區的學校操場草地上，對他說的話：

「你並沒有虧欠沙河鎮什麼，二郎。」

還有那些警句：

「你有肺病，你喪失了理想，你感到疲倦了，你沒有奮鬥的意志，你覺得你會死，所以你想結婚。」

他眞希望二郎年輕的一代也能看到這種動人的場面，那麼他就會了解爲什麼他們的生活中需有這種聚會狂飲合唱的形式。他想：我欣賞這種悲傷的歡樂的合唱，但我卑視他們這些人。不止限於這些頭兒們能夠調劑呆板的生活，那些農夫、漁民、工人亦然。跟著他領頭吹奏歌調歡欣，剛剛流行出來的〈高山青〉，唱到：

啊啊啊

啊啊啊啊

啊啊

啊啊啊啊啊
阿里山少年
壯如山啊

有的男士已經伸手到酒女的衣裙裡去了，遲疑不決不敢伸手進去的人，只好配合節奏拍手，眼光卻不斷地流連身旁大膽吃豆腐的同伴。這一鬧下來就是兩張十元藍鈔票遞過來。金木向前接住錢時，鎭長抬頭望了文龍一眼，他也正好看他一眼。這使他想到他曾經爲想進鎭公所當臨時雇員的事拜託過他。

那時，他放棄在歌劇團的樂師工作回到沙河鎭，急迫盼求一份工作維持生活，他去找林斤古先生。林斤古先生是沙河鎭的宿老，關係很好，許多現在做頭兄的人都是他提拔的，他是頭兄們的頭兄。而林斤古先生和他的父親在日據時代同過事，是很好的朋友。他去拜訪林斤古先生時，林斤古先生不太認識他，他問文龍：

「你是誰的公子？」

「李國風。」

「國風？國風的公子這麼大了？」

「我叫文龍。」

「文龍？光復才改的名字罷？我記得你小時候見過你，你那時叫一郎，對不對？」

「沒錯，我是一郎。」

「國風兄那時和我都是好朋友，那時沙河鎮沒幾個人是受過教育的，國風兄和我外，還有開春、阿信……」

「我有事想請你幫忙，斤古伯。」

「什麼事？」

「聽說公所裡還有幾個雇員差，想請你向鎮長說一說，我……」

「我先問你，你長大了我不太認識你，你以前在那裡做事？好像不在沙河鎮。」

「我在歌劇團當樂師。」

「當樂師？那是很特殊的工作，要有才能，當樂師不是很好嗎？」

「現在我的身體支持不了。」

「你有病？」

「是的，有病。」

「什麼病？」

「肺癆病。」

「肺癆病！」

林斤古先生幾乎嚇了一跳，他迅速把臉轉開，不敢和文龍正面交談，於是他把椅子往後移動了一尺，他說：

「一個臨時雇員有什麼前途？」

「為生活，斤古伯。」

「為生活，不失為一個好理由，但你說話最好轉開一邊去，我很怕被你傳染，肺癆病不是鬧著玩的病，它會傳染，一傳十，十傳百，你到公家機關來恐怕不適宜。」

「你最好也少說話，」斤古先生又說。

「家父死後……」

「我知道。你什麼學歷？」

「高等科畢業。」

「是日據時代的高等科，相等於現在的初中。」

「我漢文寫得很好，在大和仙那裡斷斷續續修過二三年，讀到四書五經。」

「不過這些資格都不會被承認的。」

「現在的職員中國校沒畢業的……」

「我清楚，你少說話，他們有正式派令，是現職。至於那些雇員差恐怕早有人預定了。」

「那些人？」

「那不關你的事。不過我也許可以和洪議員商量，他也許能夠為你在義勇消防警察方面弄出一個臨時差來。」

「義勇消防警察臨時差？」

「他們想組織一個沙河鎮的樂隊，你正好有這方面的專長，你是佔義勇消防警察的臨時差，但幹訓練樂隊的事，你願意幹嗎？」

「我願意。」

「那很好，爲沙河鎮做點事。」

除了昌德，他想不會有人到酒家這種地方來找他。昌德現在住松山，在他的妹夫經營的紡織廠當管理員。對昌德來說，他永生也不會忘掉在歌劇團的那次教訓，要不是那次教訓逼他放棄在歌劇團當樂師，誰也不能想像他現在會是什麼模樣。他和金木奏完了那一場後，走出樂天地酒家，準備橫過馬路到圓滿酒家去，就在門口處遇到昌德和明煌兩個人。

「一郎。」

「明煌。」

「昌德。」

「一郎。」

「怎麼樣？」

「老樣子。」

「什麼時候回來的，昌德？」

「下午才到。」

「看來不錯，一郎。」

「馬馬虎虎。」

「剛才我來過，遇到金木。」

「金木對我說了。」

「進去喝一杯。」

「我還有工作。」

「工作和玩樂都一樣。」

「進去三人合奏。」

明煌亮出樂器傳佩脫，昌德也拿出樂器斯賴。

「你們在什麼地方拿來的？」

「到義勇消防隊去借來的。」

「進去，進去，進去。」明煌催著說。

三個人摟抱著擁進圓滿酒家，彈吉他琴的金木跟隨背後進入。首先他們三個在庭院來個〈雙鷹進行曲〉做下馬威，然後文龍開頭吹出〈港都夜雨〉的第一個音，昌德和明煌合奏進來，金木彈和弦並唱，幾個酒女圍過來，明煌空出一隻手摟抱著其中的一位，昌德的斯賴必須用兩手，眼睛瞟著另一位酒女，而文龍感到憂鬱。

他記得在等臨時差的那一年，有一天搭火車到松山去找昌德，到那裡發現昌德也不能幫他什麼忙。昌德總有那種遇事時躁急而說不出話來的窘困模樣，對像他那樣一個高大肥胖的人來說，那是很滑稽透頂的事，也難以看出是眞是假他那難過的樣子，使文龍反而覺得來打擾他是一件不可寬諒的事。但自從文龍開始在酒家奏唱，昌德常常藉著回沙河鎮探望親人，向他的妹夫請假回沙河鎮找文龍花天酒地一番。那天文龍又由松山搭火車趕回沙河鎮，下車已是黃昏時刻，望見太陽西垂天邊，在沙河海濱上空佈滿紅霞，整個下午擠在火車廂裡又熱又飢渴。他走進車站附近的冰果室吃西瓜，聽到鄰座的在議論剛在鎮上發生的事，他向那位陌生人打聽，那人說是一個小叔棒打嫂子被捉到警所去。他心裡感到疑惑，越聽他們描述越不是味道。他走出冰果室，不敢在大街上行走，由郵局後巷繞到警察局後面的球場，然後踏進警察局的正門，幾個圍坐在桌子的警察看到他時，都瞪著眼睛看這位瘦弱的男人。

「喂，一郎，過來。」其中的一位警察喚著他。

「我們等你很久了，你到那裡去？」

「我剛由松山回來。」

「你知道什麼事？」

「我大概知道。」

「你的家怎麼搞的？」

「我只是聽說，還未回家，我的弟弟二郎在那裡？」

「他太兇惡了，把他關在裡面。」

「我可以見他嗎？」

「你最好規勸他一番，我們就放他回去。」

二郎被關在一間用木條隔間的監牢裡，他們相視沉默半分鐘。

「二郎，怎麼樣？」

「我已經忍不住了。」

「怎樣發生的？」

「她整天嚷著沒吃沒穿，和別人怎樣比較的話。」

「早晨她有沒有起來煮飯？」他記得到車站搭火車時，天還未亮。

「沒有。她知道你走了，就和我們作對。」

「孩子哭叫有沒有理他？」

「她罵他又打他。」

「母親呢？」

「母親求她勿大聲嚷叫，她反而更放肆，我忍了一整天，她午覺睡到黃昏還不起來，母親叫她起來做點事，她回應母親爲何自己不做而叫她做，所以我……」

「是她來警察局的？」

「是她跑來報的，否則我……」

「二郎，你爲什麼要那樣做，我就會趕回來的，回來我就會教訓她，我現在幾乎要把血從嘴裡噴出來。」

「我很抱歉，大哥，原諒我。」

他離開警所，直奔家裡，不料玉秀已經走了。母親說她捲著包袱留下孩子走了，怎麼樣也留不住她。他想：她只有到臺中去投靠她的姊姊。他準備動身到臺中找她，背後由警所回來的二郎叫著他：

「大哥，我們先談一談。」

他的弟弟二郎的叫聲，使他要湧出來的血收了回去，他的心跳也復慢下來。他記得那次釣到鰲時，繩子幾乎被牠掙斷，二郎說：「先放點線，讓牠拖一段時間。」他在二郎的要求下冷靜地想著。那天晚上他和二郎就像二個新見面的朋友談了一夜。他第一次感到他們兄弟的互愛，他愛他的弟弟，弟弟二郎愛他。就在玉秀離家那天晚上，他們兄弟互相有深切的了解。那天晚上他下勇氣決定到酒家奏唱賺錢，在自己的家鄉沙河鎮要幹這樣的工作必須下很大的決心，也就在那天晚上，他邂逅了彩雲。

十六

他第一次在臥室裡摟著彩雲，突然失掉重心倒在床上，彩雲的身體正好壓住他的左手臂。那個念頭來臨，而且急遽地升起。他想他必須馬上在那個時刻佔有她的身體，即使要用強暴的手段。自從他和玉秀日有所齟齬以來，他渴望著另一個女體，他懷念著碧霞，但這念頭使他絕望，有時他只有自玩一番，但他仍盼望有另一個女體能讓他滿足。所以他摟抱彩雲倒在床上時，他已阻不住要做那件事的欲望。他的手撕裂彩雲的衣裙使她驚訝和反抗起來。她反身把他推壓在下面，她迅速站起來離開床鋪，他想爬起來抓住她，一直試著用那隻左手臂想把身體撐起來，情形就像那次父親用木劍把他劈倒在地面上，他爲此掙扎。她退後靠在門板上，似乎隨時要採取快速的行動開門逃出去。他用力試著撐起身體，屢試屢敗，她看到他那滑稽的模樣而笑出聲來。她看著他在床上痛苦地掙扎，發現他無力地癱軟在床鋪上，她不再笑了，她的臉轉變得十分嚴肅，帶著另一種憐憫的態度，移動腳步走向他。

「你怎麼樣？」

「沒事。」他說。

他平靜地躺著，仰望著彩雲，不再做掙扎。

「我們先做個朋友。」她說。

他只是望著她，她坐在床鋪上，他又摟著她，但他心裡已沒有半點慾念。之後，彩雲憐惜似地把他的頭緊緊地抱著貼近她的胸脯。他的情慾在剛剛的掙扎中已逃得毫無蹤跡。他平靜地摟著她，像摟抱一個世界一樣用著他的冷靜的思想。他只有在彩雲的耳邊地方輕輕吻了一下。彩雲說：

「我們做個情侶，我們想像要怎麼做就怎麼做，任何人不能干預我們。我們永遠在一起，現在我發現我多麼喜歡你，比你需要我更愛你。過去我的自尊心使我過寂寞的生活。現在你要我做什麼，我便服從你，我賺的錢也和你共同花用。我們應該相愛，能有一刻就愛一刻，能有一世就愛一世。」

最初他們並沒有同居在一起，他們像個平常的朋友，文龍黃昏之後就到酒家奏唱，有時看到酒客摟著彩雲，他也不嫉妒。他自從來酒家奏唱反而變成一個十分冷靜的人。他的弟弟二郎到城市去了，家裡只有母親和那個嬰孩。他的兩位妹妹已嫁人，對他來說，生活變得比以前平靜和簡單。他知道離家的玉秀投靠在臺中開餐館的姊姊，但他並不想去看她，甚至連希望她回來都不想。有時他會在早晨到彩雲的住處去，逗留到下午。他經常在白天去釣魚。彩雲發現他的身體不好，知道他有肺病，但她並不嫌棄他，她十分愛他，發現他是她所遇到的男人中最溫和的男人，她偷偷地購買藥品交給他的母親，就當做是他的母親買的。有一次，她邀請他一同到桃園，她的家庭就在那裡，會見她的父母親，彩雲的雙親非常歡迎他，問及他們準備何時結婚，使他一時回答不出來。彩雲是個聰明的女人，回沙河鎮後就向文龍說及她雙親的意思。

「爸媽把我們看成當眞的。」

「這不能怪他們，反而很有意思。」

「他們的確希望我們結婚，然後我們回桃園接掌他們的生意，你不必奏唱，我也收場，過正常的生活。」

「妳知道我的困難在那裡，但所有的困難都可以越過，唯一我不能放棄的是奏唱。」

「奏唱只是一件工作，高尚點說是一門職業，應該可以在比較其他職業後放棄。」

「我不會放棄，奏唱對我，它的意義不止是賺錢的工作。」

「那麼爲什麼？」

「我不吹奏，我就會很快死亡。」

彩雲沒有說服他這點，但女人總有她的計謀，她要求他同居，他答應了。就是在文龍被編造義勇消防警察的臨時差時，白天在消防隊部訓練樂隊，但晚上還是到酒家來奏唱。

十七

他和金木整個夜晚不斷地在樂天地和圓滿兩酒家來回走，中間只隔著縱貫公路，圓滿酒家的四方形牌樓大門，與樂天地酒家的拱形門樣式成了對比。兩家的位置一東一西也是一種巧合。圓滿酒家牌樓邊側的空地上，有一棵樹葉繁茂的老榕樹，樹下停放幾輛牛車，三，四隻大牛分開縛在各角落，牛與牛車的主人可以想見是在圓滿酒家內暢飲和調笑，直到午夜，他們才會再把牛套在牛車回鄉下的農莊，一路上，星高夜寂，車輪轆轆，飲醉的農夫低垂著頭顱，溫馴而識路的牛把他們帶到家門。兩家酒家不僅門當戶對，酒女們也互有特色。樂天地酒家大都是年輕貌美，天眞活潑的女孩子，正好配合沙河鎭知識階層那些頭兒的心理需要。凡是知識階級也大都是物質主義者，有驕傲和欺詐的個性，對任何東西的需要不外選擇新鮮。而圓滿酒家裡大都是年紀較大，經驗豐富的女人，善於用花言巧語灌醉那些心地魯直的農夫，讓他們掏出賣穀錢。

他和金木走進去，看到農會的職員和膚色黝黑的農夫歡樂在一起。那些農夫的頭髮剪得很短，露出朝天的鼻子，眼珠凸得像玻璃球，厚而寬的嘴唇呈黑紅色，他們把粗硬結實的身體依在身材肥白的酒女身上，在半醉態中說著十分猥褻的笑話，他們發出的笑容，神態特別可愛。文龍和金木出現在他們面前，他們說：

「奏唱的，來奏一曲。」

「你們這些大人要聽什麼？」

「不要叫我們是大人，奏唱的。」

「奏〈夜來香〉，奏唱的。」

「奏〈雨夜花〉，奏唱的。」

「到底想聽〈夜來香〉，還是〈雨夜花〉？」

「不要開我們玩笑，奏唱的，你知道我們不識字，請隨便來一曲，不要開我們玩笑。」

文龍開始奏出〈夜來香〉的第一個音，農夫嚼字不清的濁濁口音便跟著唱起：

那南風吹來清涼

……

當曲到歌頌的部分時，酒女的高音和農會職工的低音夾著農夫的粗音混聲呼唱起來：

夜來香

我爲妳歌唱

夜來香

我爲妳思量

奏完這一曲後，其中的一位農夫高舉酒杯說：

「乾一杯，奏唱的。」

「謝謝你們。」

他和金木都接住酒杯，一口飲盡。

有一個聲音叫著說：

「喂，你不是李一郎嗎？」

文龍望進榻榻米房間的角落，一個個子矮小結實的田莊人笑瞇瞇地瞪著他看。

「你是誰？」

「你不認識我了？一郎，我是羊仔。」

「你是羊仔，我記起來了。」

「騎馬戰時我們是一組，我是你的馬。」

「對，我完全記起來了。」

「剛才失禮叫你奏唱的。」

「互相互相，沒關係。」

「乾一杯，二郎。」

「乾杯。」二郎說，一口飲盡。

他放下酒杯，隨即開始奏〈明知失戀眞甘苦〉，那些田莊人又從一場歡樂轉爲悲嘆，牛喉般的聲音格外慘戰：

明知失戀眞甘苦
偏偏走去失戀路
明知燒酒不解愁
偏偏飲酒來解愁

他一面吹奏一面想著：世界的人類是互相依存的。那些農會的職工要是失去了這些田莊人的話，那麼唱這首失戀歌是格外恰當；而酒女也失掉酒客的疼愛，情形亦然。他想到他的弟弟二郎來，二郎的聖徒夢是很愚傻的，他現在也許正在做沉思，但他想，生活才能引發最好的哲學沉思。

他這樣想著，突然憶起常在沙河街道上遇到的一位啞巴女人，她已經年老了，住在樂天地酒家後巷的一間矮草屋裡，但她也會打扮成漂亮，依她自己的觀點她也是漂亮的女人，她的嘴裡也鑲著金牙，身上也穿著紅紅綠綠的花衣服，皺縮的嘴唇塗口紅使它舒展；她要活下去所以忘掉自己的年歲。她在幽暗污穢的矮屋裡接客一次可得五塊錢。她的生活很愉快，她啞巴兼耳聾，聽不到別人對她批評，批評有何用？她也不批評別人，她年輕時曾結婚生子，但丈夫和子女現在都走開了，現在凡是願意去接近她的男人都可以是她的丈夫。他想：我和她比較起來強多了，她不憂愁，我何必呢？

他和金木受那些酒客的要求奏出其淫無比的〈丟丟銅〉。之後，他感到胸部有一股氣流要衝出來，他心裡自語著：「血，肺部腐敗的血，現在別衝出來。」他走到酒家的庭院，依靠在牆角咳嗽，把痰從喉頭吐出來，痰水裡含著一條血絲，像是一條活蟲般游動，他極其嫌惡地用腳下的木屐把它擦掉。回頭他看到金木走出來，金木說：

「有人要向你敬酒。」

「算了，多少錢？」

「二十塊。」

他看看錶已是晚上十一時，他想昌德和明煌大概已經喝醉，他們一醉就會胡亂來，和任何人都會搞不清，他要是再和他們喝下去，也沒有多少意思。他和金木商議再奏一場就算完工了，金木說他正好可以搭十一時五十分的最後班車回竹南，於是他們再橫過縱貫馬路到對面的樂天地酒家。

十八

他想：我很慶幸我發現了樂器克拉里內德。當年紀較輕時，他好勝吹樂器傳佩脫很神氣；然後他認識了生活，他吹樂器薩克斯風很過癮，現在他對人生已有所悟，克拉里內德使他獲得冷靜。他樂得不幹義勇消防警察臨時差的工作，他們最初是不好得罪地方的頭兒而用他，發現他還可以利用，但在衡量他們自己的利益之下寧可把他踢掉。母親的觀念永遠不會改變，她時時惦念著她的兒子必須要有一份正當的職業工作，當時他曾問及母親用多少條香煙再去向沙河鎮的頭兒說項，母親回答說：

「難道拜託人家不需要一點禮嗎？你要學懂得人情世故，兒子。」

「可是這不是我所希望的工作啊！」

「你必須朝正路走，兒子。」

「我自己懂得該怎麼走，走什麼路。」

那時玉秀離家，一郎也到城市去就學，他唯一想獲得安慰的是心中湧起的吹奏的欲望，這才使他發現了克拉里內德這個哲學。明煌在翌年春節過後來看他，他心裡常常掛記著這位心地純良的傻義兄弟，但他也愛莫能助。明煌說：

「我爲你難過，一郎。」

明煌已放棄歌劇團過樂師生涯，轉到一個水庫工程隊去工作。他來看文龍總不忘帶點禮物來。

「你有什麼打算？」

「我要吹奏下去。」

「你的身體行嗎？」

「我不吹傳佩脫，也不吹薩克斯風。」

「你想吹奏什麼？」

「克拉里內德。」

「黑管？」

「就是黑管。」

「你想再到歌劇團去？」

「我不回歌劇團，我要在酒家奏唱。」

「在那裡奏唱？」

「這裡，我的家鄉沙河鎮。」

「你已經瘋了，一郎。」

「我想清楚了，我不再逃避和流浪。」

他順從母親的意思，幹著義勇消防警察臨時差時，是個業餘的奏唱者；他被革職後，他完完全全是個職業奏唱者。他和彩雲有生命中最美好的性愛，這是他和玉秀之間所不能有的至美的人生事物。他和彩雲的事一度成爲沙河鎮議論的對象。二郎那一棒把玉秀打走了，他的弟弟二郎有如替天行道。二郎的一舉一動和言論從此成爲他思想中的希望。二郎在信中告訴他，說他常有一種心血的衝動，他認爲人應以這種靈感促成生命的滿足。他想：二郎是父親的正傳。日子遠了，漸漸使他對父親有較平靜的看法，他常想到不久的將來也會像父親一樣化爲只剩一堆精美的白骨時，他的心境更沉落得像冰般的冷。要做聖徒的二郎無疑地要爲他的白骨再做監撿人。他想到那位撿屍骨的冷漠小老頭，他從來沒有在沙河鎭遇到他，也不知道他住何處。那時他和二郎爲撿父親的骨頭，母親曾到一家擇日館請教那裡的先生，然後一切都由擇日館的人做安排。那位小老頭子似乎不屬於所謂的正常社會，也不與所謂的正常社會人相來往，他是一個無比崇高的人物，當他用破瓦和鐵器刮去沾黏的腐肉，再用銀紙擦拭骨頭時，他想他是一位神，一位在暗藏的內心裡憐憫人類的神。他永遠低垂著眼簾默思這所謂正常的社會人類，他不愛有肉體的人，他只愛那些他擦亮過的白骨，把它視爲自然天形的藝術品，反覆撫摸，審視形狀，考量類別，而不使它們沾染一點塵埃。

二郎這傢伙不知會不會看到我的白骨時再像他看到父親的白骨那樣地像個女人般淚流滿面？二郎也許是我最爲不能徹底了解的人，而只憑著我一己的生活所產生的幻想來架構他這個人物，他想。總之：他不會重踏我走過的舊路，與我的命運相同，就是時光不再往前奔馳只停在此刻，他也不會做出我所做的相同的事，他想著：二郎代表著未來的時代，我代表著一個隨時會逝去的現在。他想：我與他之間的分別是明顯的時光，我隨時會死，他隨時會踏上他的坦途。他想：我對我的弟弟二郎的希望，信仰勝於一切，他是我唯一能見到的新生命，別人也許會認爲我的論調滑稽可笑，但是我並不認爲這有什麼不正經；假如這是我的形上思想，有人會認爲我不夠眞實嗎？

十九

他又點燃一支煙，聆聽跳水谷水頭處潺潺流來的水聲，另一個潺潺流去的水聲在水尾的地方同時傳來。天快要破曉。跳水谷的水面始終寧靜不動，在這平坦如鏡的所在，一直都是死亡和活躍兩種不同情調的場景。沙河自坪頂山發源流經土城梅樹腳而來。他決定追隨葉德星歌劇團時，是一個不相信命運注定說者；現在他面對這沙河最幽寂的水潭，似乎已變成不折不扣的宿命論者了。但他知道，宿命論與非宿命論猶如錢幣的兩面；當錢幣的一面呈現在面前時，另一面便埋藏在底下。

而誓不兩立的兩個女人中，必定要走掉其中的一個。

有一天，他應臺中來的電報，迅速趕到臺中的一所醫院。他走進醫院，整個病房的擁擠景象使他嚇了一跳，那些愁苦地躺著的病患，好似被人痛宰後丟棄在那裡的可憐動物。可是現在他想起來，再沒有比病患的愁容，和他們半張的眼睛更爲狡猾了。玉秀躺在角落的一張病床上，她的妹妹在旁邊照護她，他走過去探問病況，那時醫術還未多大進步，割盲腸也算是個大症狀。

「爲什麼這麼遲才來？」

這樣的反問又使他另外驚嚇一跳，她還懂得先發制人之術，他有些後悔趕來看她。「爲什麼？」他心裡想而沒有說出來。在醫院裡，他不好發脾氣來駁斥她幾年來與他之間夫妻情分的斷絕並非完全是他個人的責任，她嫌棄貧窮的事實，給他有一份自卑在心裡。看來這場病痛反而成爲她使他讓步的無比威權。

「帶錢來嗎？」

「錢？」

「無錢叫我死在這裡嗎？」

「只有二十塊錢。」

「沒有錢何必來。」

「我來探望妳不高興嗎？」

「這幾年你都在幹什麼？」

「奏唱。」他直接地說。

「奏唱？」她訝異地叫出來。

「不錯，丟臉嗎？」

「不丟臉，偉大，看不出你會在沙河鎭的酒家當奏唱者。」她變得口詞犀利，他心裡有些膽寒。她又說：「我嫁了你，死也是你的人，你要想辦法來清償醫藥費。」她講得滿有道理，事實上只是強辭奪理罷了，他想：我還是一走了之。他正要走開，她叫他：

「別走。」

「我要回家。」

「慢著，我告訴你，出院後我就要回沙河鎭。」

這像是她高舉斧頭往他頭上劈來，他的左手臂自動地彈起來橫在頭額上擦汗。他馬上在心裡想著，她如回沙河鎮，彩雲的安全就有問題。

「妳在臺中不是住得好好的嗎？」

「好是好，但嫁雞隨雞，嫁狗隨狗。」

當初他對她性情淑靜的印象，現在才完全猛省到底是什麼一回事。不料，現在是她露出兇猛的波濤向他衝擊的時候。她說：

「有何打算？」

「離婚。」

「離婚？沒有那麼簡單。」

「只有這麼辦。」

「你以爲我不知道嗎？」

「知道什麼？」

「沙河鎮飄來一朵彩雲，你以爲我不知道嗎？」她停頓一下。「你想和我離婚，然後和她結婚，是不是？」

「無論如何，我要回沙河鎮。」她又說。

「妳回來好了。」他說完離開醫院。

他想到她說要回到沙河鎮來，就像朝他身上發來的符咒般令他朝夕感到不安。他將此事藏在心中未告訴彩雲，直到那一夜，他奏唱完畢，也幾乎達到醉倒的境地，回到彩雲的身邊，彩雲問他：

「你這幾天有點異樣，一郎。」

「沒有這回事。」

「不要瞞住我，一郎。」

「沒事。」

「我知道，她要回來了。」

「沒有這回事。」

「前幾天，你偷偷到臺中去。」

「誰告訴妳的？」

「母親。」

「……」

「這是遲早要發生的事，你以爲我會受不了，所以埋在心裡不告訴我。」

「我是爲妳想。」

「她要是回來，我就殺她。」他又說。

「但是，我告訴你，一郎，我已經住膩了這個沙河鎭，我從來不在一個地方住滿一年，這還是我住得最久的地方，我已經打算好了，明天就離開這裡。」

「要走我們一同走，彩雲。」

「太遲了。」

「爲什麼？」

「你是屬於沙河鎭的，我像是一隻四處流浪的小鳥，不屬於任何地方。」

「我雖誕生於沙河鎭，但沙河鎭沒有我立足之地。」

「不論如何，你要了解你生於此也要死於此，二郎。」

二郎說，現在已不是在兩個女人中選擇那一個的問題，是到了生命開始認知的眞正課題。他想：二郎的確說得正確，我的這位老弟是我眞正的知己。他又想：我已經到了清醒的時候，我的徬徨的生命應告終結了，應該開始進入眞正認知的時候，雖然我隨時會嘔血而死，畢竟讓我活著獲得這一覺悟。

他突然清楚地了解那位撿屍骨的老頭，他相信那小老頭子在年輕時也是和任何所謂正常的社會人類一樣，希冀所謂不被輕卑的職業。經過了風霜，他沉默了，他面對別人所不敢面對的事物，他是認識自然的人，他甚至認識天上的神。還有那位賣春的老啞巴女，她曾經也有屬於自己的青春的美夢。而我也曾經有過野心勃勃追求技藝的理想，他想。

二郎說得對，我承認現在愛樂器克拉里內德比愛女人、財富、名譽更甚，他想：我的克拉里內德和我內心的靈感便是我的女人、財富和名譽，他這樣想。

二郎說：「你必須把自己變成一支長長瘦瘦黑黑的克拉里內德。」

是的，當我注視樂器克拉里內德時，就像是看到爲肺癆折磨成乾瘦的我，他想。我的肺裡充滿肺癆的細菌，我的樂器克拉里內德的內壁也沾滿那種細菌，他這樣想。他回憶著：有時，我會夢見樂器克拉里內德，它直立起來發出神經病似的尖銳的叫聲，因此我想樂器克拉里內德有時也會夢見我。

余索式怪誕

余索於假日前一天黃昏回到沙河鎮。當他步下汽車，市鎮的空際彌漫著由擴音器播出的爲秋季的季節風所撕拉而不成調的鄉樂。那樂音由一個盼待安寧的人聽來有如敏感的皮膚爲粗糙的砂紙擦磨，蘊涵在身體內的靈魂就要不耐煩地逃跳出來。余索愈走近自己的家，那沙隆而不能與時代的感受相諧和的音樂就愈爲響亮。當他發現那擴音器就安裝在天壽堂漢藥店的走廊石柱上正朝自家門戶發出那折磨聽覺的聲音時，他憤懣地駐足在路邊。天空已灰暗，余索仇視著那隻像鴨嘴的怪物。然後他倒在屋子裡的椅子上，不能飲食也不能上床睡眠。他沉默不語，漸漸地他的全身似乎被那忸怩而諂媚的音樂灌滿了，他終於突然地站起來，走到張燈結綵的漢藥店，但是他的請求被一群辦喜事的幫手拒絕了，並且以十分粗暴的語氣責罵余索的胡鬧。余索對他們解釋，但他們無法容忍那種所謂自由以不干犯別人的自由的論調，而那局面吵得到底是誰干犯了別人的自由已不可區別。余索算是個讀書人，以他受點教育所知悉的準則戰戰抖抖地說話，但那些人以鄉俗爲據，理直氣壯地指罵余索古怪得不懂人情世故。余索孤單無援地走回家來，他想他只是請求他們把聲音放小些，把喇叭嘴轉個方向，爲何他們連這點都不肯接受呢？他打電話請教警局的人，警察答應他要過來看看。余索約等了一個鐘頭，不但情況未被改變，而那音響似乎有意地加大了聲調，幾個鄰居突然闖進門來，首先是勸解余索忍耐，認爲余索的行爲是一種喜事的禁忌，很可能遭打死無討；余索大認不然，他仍然不能寬恕他們剝奪且侵犯了他的安寧，於是那些鄰人蔑視他而退，以爲余索是個不可理喻的怪人。

當夜，余索以酒和安眠藥勉服睡去。

翌晨他醒來時，首先聽到的仍是昨夜那種拖曳得要人發瘋的音樂，在他的感覺裡彷彿被灌了幾千年了。他躺在床上迅速地掠過一種異常憂鬱悲觀的退讓逃避的想法。這連續兩日的休假總不能如此讓人來破壞他的安寧；他本計劃在家讀一本書，只得傷心的放棄了。但他將到何處去走避這場無冤之災呢？那種擠人的習俗以及民情藉此的放縱顯然不會因他個人的抗議而更改的；這種古老社會的作風正好利用現代發明的利器囂恣得更爲張放。在社群裡所關注的是需要而不是法規和道理，而個人講究的雖是接近眞理的事物但仍以自私的感受爲出發點。社群與個人的衝突往往是後者的敗退做爲終結。現在的鄉村社會使一個讀書人憤怒的不僅僅是獲不到應有的安寧而已；不能隨時代而修正生活的秩序乃是眞正爲受教育的人所關注的事。

想到在假日而還需離家使余索悲從心來。那對街的音樂使他不能忍受緣於那音調總使人想到那只是古時昇平時代對王者的諂媚作態的演奏。民間而播放那種樂音無疑是種僭越和譏諷。余索再也不願去想到那存在於民間的經久深藏於內裡的複雜的意識所可能表現於生活上的一切虛僞。這些勾當尤其顯露於那些有錢的人家裡，而總有一大堆無聊的人去巴結。余索以爲部落社會的作爲還遺留到現代的市鎮會社裡來佈置是萬萬不該的事。他簡單地通告了家人後就步出家門。當他在街道望向車站行走時，突然背後鳴叫著汽車的喇叭聲，然後幾部小車和卡車從他身旁呼掃而過，他抬頭望著那敲敲打打前往迎娶的車隊，車裡的人看到是余索這傢伙，都紛紛朝他比著拳頭。余索馬上低下頭來，心中有無比的感傷。在那瞬間裡他的意識希望那些去娶親的人遭遇車禍，但他警告自己，千萬勿做此詛咒，萬一事情碰巧發生，那些猶如土人般迷信的現代人將會以怎樣的態度來問罪於他。他只默默地低頭走路。他幾乎是帶著訣別的心情離開了自己的家鄉。

余索抵達了一座城市，那裡正適一隊一隊的小學生和車輛在做節慶的盛大遊行。他走入公園，看到的不是天眞無知的談笑就是頹唐無趣的沉默；他找不到一張富有自信而理性的面孔來迎合他內心的希冀。他徘徊了整個晌午，深覺這座城萬分髒亂，於是他帶著失望和疲憊的身體離開了。那個下午他經過了幾個小鎭，市街全都懸掛著擴音器在播放鄉樂做爲慶祝的宣傳。余索的漫遊愈來愈隨心情的沉墜而愈朝山區的地帶而去。到了黃昏，他來到了一處山川秀麗之地，名叫谷關，於是他希冀以沐浴和山間的寂靜來療醫他滄桑的病態。可是他落腳的一家旅店附近一所寺廟也以擴音器播放那種呢喃無望的怨訴的佛樂。他完全被征服了；至此，一切對這生活的世界的抗辯都歸無望了。他孤單而冷默地吃了簡單的飯食，沐浴後就倒在床上心灰意冷地睡去了。

夜半他在昏睡中意識到隔室傳來的騷擾聲，那裡似聚集著幾位男女正在進行著猜拳飲酒的嬉鬧。余索在一種不由自主的狀態下起身，他迷迷糊糊穿上衣服，然後由浴室的一口敞開的窗戶跳出去。那家旅店本建築在山畔，所以余索很快地就置身於暗黑的山林之間，他依著穿過葉隙的月光的微弱片影踩著茂密的雜草，毫無疑慮地連足步去。在那時，他似乎有著某種決心，有如要走遍全宇宙的土地去尋找什麼，他的臉上已無憂鬱的神色。

之後，余索突然陷落一個僞裝的坑室裡，他在驚慌中舉頭上望，許多番人圍繞著他，他們深刻的眼神猶如瞪視著一隻投網的野獸。余索大聲呼叫道：

「我是人不是野獸！」

番人中的一位長者回答他：

「你當然不是，但羅到你正是我們設陷阱的目的。」

余索被他們用網吊上來，在他被押往番人的部落之時，他爲自己到這深山來尋死感到哀憐。到了番社，當那長者知道余索爲何而泣時，咧著大嘴巴笑著說：

「傻孩子，我們不是要吃你，你馬上就要成爲我的一名女婿。」

余索聽說他的生命可以保存竟破涕而笑。但當他想到番人要他所做爲何之時，他才眞正意識到了他的憂患。那長者再問他爲何愁容滿面，余索答道：「假使我和你的女兒結婚，我留在家中的妻子將怎麼辦？」長者聽到余索的話後十分僨怒，向余索罵道：

「那麼你爲何不留在家裡而闖入深山?!」

那長者的責問像一記頭棍使得余索一時回答不出所以然來，很難爲自己置身這荒野之地做直截了當的辯解。長者審視著余索，覺得這傢伙有點書呆子樣，但那張清秀的面目倒頗使他滿意。

「你叫什麼名字？」

「余索。」

「余索，這眞是你自己來找的。」

「我所找爲何？」

「你像一條在地面上盤爬的糊塗蟲。」

「無論如何，請饒我一條命放我走。」

「那麼你就在死與結婚中選擇一條路。」

那位老酋長召集族內所有人來集會，余索站在一旁聽他向族人講述他們番族的沒落歷史。然後余索被領去見那招夫的公主，公主是個受過教育的聰明女孩子，與余索像是一見如故，因此余索問她爲何要選擇一個平地人做丈夫？她誠實地對余索道及過去他們族內聯婚的惡果和現在實行異族通婚的理由，是爲了將來新的血脈能有新的活力。余索也對她相告自己的身世，公主對他諒解的說：「現在你只有順從，一旦有孩子誕生，我一定允許你回家去。」余索感激流涕，決定遵照公主的話去做。

於是部落對這隆重的慶典遂在午夜展開，老酋長高興地宣佈三日三夜的狂歡。余索和公主坐在一起接受族人的敬酒，觀看族人的歌唱和舞蹈。當整個部族的喧鬧逐漸刺痛余索的舊創時，他感到坐立不安，烈酒助長他內在的反叛情緒。公主察覺到余索的精神瀕臨崩潰，便以他飲醉爲由扶他入帳。在帳內余索拒絕公主的溫慰，以悲憤的口吻說道：

「我不能在此陷入相同的錯誤。我從平地逃逸而來是爲了僻靜和沉思，可是依現狀，妳的族人似乎更難令我忍受；在這裡更無個人的生活，個人的愛好，個人的平靜天地；而凡落伍的民族就更加誇張這種團體的模式。我可以保證愛妳，可是我不能和他們生活在一起。你們捕獲我或我落入你們的陷阱並非如那巫師所說的是天意，而是一場荒唐的誤會。我必須趁他們在胡鬧的情形裡偷偷地溜走，就像一棵幼苗還未扎根之前趕快移植。」

公主回答說：「你現在千萬不可輕舉妄動。」

「爲什麼？」

「我的父親爲了保全尊嚴，他一定會派人追殺你。」

「我現在寧可選擇死路，而不願苟且偷生。」

「余索，我了解你的悲痛，但你會答應我……」

「來生我再回報妳。」

「沒有來生，余索。」

「沒有嗎？」余索驚訝。

「那麼你還記得你的前生嗎？余索。」

余索想一想後說道：「不記得。」

「相同的道理，只有現在沒有所謂過去和未來。」

余索被公主說服，心情漸漸平靜下來，應公主的要求出帳再與族人盤旋一番，然後回帳休息。

不久，狂歡進入高潮，整個山谷像鬼域一般嚎叫嘶喚，余索探首帳外，彎月早落，夜是漆黑一片，他在灰濛中彷彿看到一個手舉斧頭的番人正奔向他而來，他在驚恐中拔足逃入森林，背後遂升起了一片喚殺聲，群起直追余索。

余索落荒而逃後，心中盤算如何逃出這群山密林的束縛。他無法確知跑了多遠，背後追趕的聲音卻漸漸離遠而終於消失了。當林中恢復寂靜後，他清晰地聽到一個呼聲在叫他：

「阿索，阿索，」

余索駐足尋望，覺得剛才那叫聲好生熟識，使他全身的毛骨都索然抖動起來。

「是誰叫我？」余索怯怯地問道。

「阿索——」聲音拖曳得很長像絲帶般由樹幹間飄來。

「你是誰？」

「阿索，是我阿泰。」

「阿泰！」余索大叫。

一個與余索十分相像的影子由黑暗中逐漸清晰地顯像在他的面前。在那一刻間余索毫無思索地與那似乎具體又似虛無的人相抱在一起，然後不由自主地退後數步，張大瞳孔注視他。

「眞是你，阿泰？」余索不可思議地說。

「你害怕，阿索？」

「不，我不應該。」余索搖頭，似乎很緊張，「但……」他仍在發抖。

「兄弟手足啊，雖然是分隔兩個……」

「是的，阿泰，我們分別有……」

「你在這深山林地做什麼，阿索？」

「我……」

「看得出來，無論你怎樣下定決心，這地球是圓的。過來，我的好弟弟，我們坐在樹下好好談談。」

余索至此恢復了鎮定，走近去和他的哥哥余泰靠在樹幹坐下。

「你身上帶有香煙嗎？阿索。」

「我有一包長壽煙。」

「現在沒有新樂園嗎？」

「現在有的是長壽、玉山、寶島。」

「那時是新樂園和舊樂園之別。」

「我記得，你失業那段日子抽的是舊樂園。」

「但我有點收入就抽新樂園。」他說，「我告訴你，阿索，其實新樂園和舊樂園都是同樣的粗料。眞正了解的人就知道只有一點製造的手法不同而已。」

「這話可是眞的，阿泰？」

「我相信我的感覺，阿索。」他說，「人憑感覺做判斷。是不是，阿索？」

「我相信是那樣，阿泰。」

「我覺得抽這長壽煙怪譏諷的，阿索。」

「你爲何也能在這裡，阿泰？」

「我是自由魂，阿索。」他說：「我跟蹤你許久了，阿索。」

「跟蹤我？爲什麼？什麼時候？」

「打從你離家開始。」

「我爲什麼不知道？阿泰。」余索困惑地說，「假如我能事先知道該多好，阿泰。」

「沒錯，我能見到你，你可見不到我。」

「太不公平了，阿泰。」

「我看你覺得有趣，阿索。」

「有趣？」余索有點生氣。

「你想想看，阿索。」

「也許。」余索沉思回想。「但你爲何不幫我，阿泰？」

「死人是不直接幫活人的，阿索。」

「但你爲何又在這裡，阿泰？」

「耶穌說你信了就能看見。」

「我記得，存在是一種需求。」

「你還懷疑嗎？阿索。」

「我不懷疑。」

「但你是飽嘗了一場虛驚，阿索。」他說，「就如同你生活在憂患裡，你就會從這悟到爲何會這樣這件事。」

「我是悟到了，阿泰。」余索說，「你還要一支煙嗎？阿泰。」

「當然，我不在乎。」他說，「母親現在不在這裡。」

「母親在家裡，現在也安眠了。」

「我記得母親那時總責罵我抽煙把身體搞壞了。」

「是的，阿泰，你患肺病。」

「還有酒。」他說。

「你早就要戒掉這兩件東西，阿泰。」

「你不是也酒氣噴人嗎，阿索？」

「我也許不應該說那話，阿泰。」余索說，「但那時我是站在母親那一邊，我有點輕視你，覺得你不長進，你那時的確十分消沉。」

「我爲我自己流過淚的，阿索。」他說，「我不是不明白，是英雄無用武之地。」

「現在我完全了解你了，阿泰。」余索說，「我也流過淚，爲我自己。」

「所以你現在能和我見面就是這個道理，不明白的人是永遠不會明白。現在能做這樣的思考倒不爲晚。」余索不由自主地落下淚來。

「記得嗎?阿索。」

「什麼?阿泰。」

「你七八歲時我第一次教你游泳。」

「記得,阿泰。」余索感激地望著他的哥哥。

「在什麼地方你也記得嗎?」

「在沙河跳水谷。」

「我們家離沙河不遠,我記得在一個夏日黃昏帶著你到跳水谷。」

「我也這樣記得的,阿泰。」

「你現在可游得怎樣,阿索?」

「現在可以和你比賽了,阿泰。」

「你有這自信,阿索?」

「我自信要比你教我時的你游得更好。」

「你夏天都回到沙河鎮來游泳嗎?阿索。」

「讀書的那段時日每逢暑假就回家來,現在在鄰鎮的一所學校教書,每逢假日回家。前幾年連冬天也游泳。」

「但你現在看起來可不那麼壯,阿索。」

「你一向也不很壯，但你卻可以游得很好，不是嗎？阿泰。」

「你眞是我的好弟弟，阿索。」他說。

「是的，一點也沒錯。我永遠感激你教我游泳。」余索說。

「你也常去釣魚嗎？阿索。」

「沒有，我沒有空。」余索說，「我需工作賺錢養家，去年我和一位農家女結婚，我和她一直不很親熱。」

「爲什麼你要結婚，阿索？」

「因爲我長大了，有此需要。」

「奇怪你娶個農家女，阿索。」

「這是母親的主意，而且我又戀愛失敗。」

「我們的母親也是農家女，是不是，阿索？」

「是的，阿泰。」余索說，「平心而論，農家女優點很多，就是不太親熱。」

「我以爲你會學我不結婚，阿索。」

「我不學你，阿泰。」余索說，「你是浪蕩子，我是讀書的老實人，而且我活過你的歲數。」

「你還嫌我是個短命鬼嗎？阿索。」

「我不是這個意思，阿泰。」

「好的。」他說，「你有一個工作倒是幸事。」

「我討厭教書的工作，教人什麼，教人什麼的，十分無聊。」

「我了解，阿索。」他說，「你不是恨教書，只是不同意他們要你做的那方式，是不是？關鍵在這裡。」

「你說得對。」

「還有別的嗎，阿索？」

「沒有。的確是那方式我心裡不同意他們。」

「假如你能找空去釣魚就好了。」

「為什麼，阿泰？」

「假如你去釣魚，你就會發現人類是這個自然界中最卑鄙無恥的動物。」

「就為了證明自己是個騙徒嗎？」

「然後從這一點去延伸。」

「我一向都不能夠徹底地去思索。」

「因為你自恃聰明，阿索。」他說。「你記得小學時候的張老師說你是絕頂聰明嗎？但他又說假如你有深一層的研究精神就能成個天才。」

「我恨他說那話。」余索說，「我現在可不那麼聰明。」

「假如我能在那時活得久些，我也許可以給你做個更好的榜樣，讓你多了解些事物。」

「譬如什麼？」

「譬如價值判斷。」他說。

「怎麼說？」

「你記得嗎？有一次我用小喇叭吹奏〈藍色探戈〉那個舞曲，那曲子很長，記得罷？那時你站著看我一面吹一面流下眼淚，記得嗎？」

「是的，阿泰。」余索說，「好像有什麼事在那個曲子裡。」

「沒錯，有什麼事在那曲調中。」

「然後怎樣，阿泰？」

「我儘量支持著自己不倒下來，我到盥洗室去，拉開喇叭嘴，從裡面倒下血水來。」

余索直望著他的兄弟余泰。

「你不記得在最後那段時日我過得很平靜嗎？」

「我記得，的確如此。」

「因爲我知道離死不遠了，而且指日可數，那時我有空就去釣魚，你不記得嗎？」

「我完全記得，阿泰。」余索說。

「以前釣魚是爲了得魚；」他說，「後來是爲了釣我自己。」

「你對那魚憐憫嗎？阿泰。」

「那魚被拉上來時，我感覺心痛。」他說，「更早些我會爲獲魚而愉悅像個卑鄙的人。」

「你釣到自己了，阿泰，是不是那樣？」

「自然的眞理常由物我的領悟來證明，不是嗎？書呆子。」

「確實是那樣。」余索說，「我還記得……」

余索的話被打斷。

「記得的事多了……宇宙是無極的。」

「告訴我，阿泰。」

「但生活是無比眞實的，否定它是悲慘的，現在你明白了嗎，阿索？」

「我算觸到了。」余索回答他。

「你書是讀多了，阿索。」他又說，「但生活才是貨眞價實的知識。」

余索又不由自主地哭泣起來。那時他感到他的兄弟的手臂繞過來抱著他，於是他放任地倒在他的心坎上大哭一陣。

當余索抬起頭來，發現晨曦由樹林間透過來。他抽抽泣泣地慢慢站起來，放眼西望，那家旅店就在山坡下。他仍由那敞開的後窗跳回寢室，然後蒙被大睡，直到晌午他醒來。他離開旅店取道回家，在車站有婦人求售二十世紀梨和蘋果，余索買了些手攜上車而去。

貓

——Something in them seems to die.——

有晚他在睡眠中被一陣魯莽著急的跳動和抓門的音響擾醒。什麼鬼怪來訪，李德疑問著，審愼地辨聽傳來的聲音，像是爲了饑餓或爲了激情的緣故，牠發出極爲恐怖的咪吼。當李德毫無動靜地躺在床上時，牠的叫聲轉變成傷心的乞憐。從那微弱而延長的叫聲，李德斷定牠只是一隻無助的小貓。就是人們常說的那種讓人憐愛和撫摸的無害的小東西。他沒有起來爲牠開門，因爲李德深信自己的信念，很快地又沉入睡鄉。

他來到這鄉村已經住了一些時日，房子十分簡陋，臨時在院子搭設了一間小屋做爲盥洗室，他起身很早，總是在太陽升起天亮的時候，因爲他必須步行三里路到工作的地方去。李德走進盥洗室，裡面灰灰靜寂一如往日，他伸手到一座舊櫃上拿放在那裡的牙刷，眼睛迅速被一團橘黃的毛皮吸引住。李德仔細地看牠，牠其實有著細條的灰紋間隔著那片發放的黃金色彩；在這樣的早晨一切灰色的事物均爲時辰昏蓋，但這使李德較有時間來辨認那是一隻貓。牠的頭部埋在前肢裡，斜側著臉，僅能看到的那隻眼睛密閉著，與那蜷縮成球狀的身體構成一種慵倦疲眊的姿態。牠睡在一個丟放布塊的紙盒裡，盒子的大小也正適合牠的大小。

「你能找到這個位置證明你並不笨，小貓咪。」

李德沒有摸牠，他的脾氣不喜歡隨便打擾別人，雖然牠是一隻動物，如人們常說的可愛的小貓。他爲了讓別人能尊重他常能先尊重別人。當他一切刷洗完畢，牠還未醒來，即使有時他必須按下馬桶的水，那聲音可算小型的萬馬奔騰，但牠似乎沒有任何顫動，這樣忍得住的模樣的確有點像李德平時的爲人。

到此爲止，李德還未想到牠侵犯了他。午後五點鐘李德由工作地回到家裡，他很少變動日常生活的作息，他在這個小鎭沒有朋友，當然也沒有什麼玩樂，他是一個度過了青春的中年人，一切對他而言已經都算過去，他慶幸自己已經沒有火暴的血氣，像哥德所說的感謝上帝熱情已離我而去。他回到家開始睡午覺，雖然遲了一些，但爲了晚上的閱讀，必須讓身心都休息一下。

當他躺下來閉上眼睛，覆蓋裡的影幕不是黑色的，而是金黃色的，好似昂頭閉眼朝上太陽，然後黃色間有細紋的銀絲躍動，像波浪的弧線。他奇怪這是怎麼一回事。之後，他記起來了。當他最後離開吳曼之時，他們在一處沙灘相處了整個下午，他泡在水裡時大部份是在盤算要以怎樣的方式和她分手。在那時，他覺得必須恢復孤獨的生活，因爲俗尙的生活已經就要窒息他了；那種生活對他顯得無聊和虛僞，使他對情愛或友誼都產生懷疑。他從浪潮裡起來，注視正躺在太陽傘下睡著的吳曼，她是個美麗的女人，穿著米黃有灰銀色橫紋的泳衣，她的皮膚事實上已經爲太陽光曬成赤色，看起來像是赤裸在自然界中的動物，他沒有叫醒她，悄悄地拿起衣服離開那裡，邁向他計劃的日子。

這件事只花了十分鐘的回憶。他沒有睡去，其他大部份時間便是在內心為這件事的道義問題重做一番辯論。直到站在自我的一方較有理由時，他心態平靜的坐起來，準備簡單的晚餐，然後坐下來一面吃一面聽著電視上的新聞報導。

這是某年的初夏，已經過了端午節，但節日對他已失了意義。因為提倡節約日光，下午七點鐘外面還留有陽光，但他不太留意黃昏是什麼樣子，就像在他所想做的事中，就是不做現代式的詩人；當他們在裝束著自己的現代感時，他認為這是人類另一蠻荒的開始。

李德翻開書頁不久，牠來了，聽到牠咪咪的叫聲，透過紗門看到牠低頭徘徊於院子的花盆之間，然後走近紗門用肢爪抓著爬上了一段，當牠從半途掉下來時，李德看到牠在地面上翻滾了幾圈，牠很小很瘦很孤單，再度發出叫聲時使李德的心靈彈抖了起來。

李德從冰箱捉了一些剩飯放在一個小盤子裡，加上一點碎魚肉來到院子，牠看到李德時羞澀地迴避一下，李德叫牠貓咪，把盤子放在地面上，牠轉身回來，低著頭走近盤子，伸出舌頭舐著飯，然後吃起來。李德回到屋裡，再從紗門看牠時，牠已吃完了最後的一口，掉頭走了。

牠的記性很好，第二天黃昏牠準時來了。李德這樣款待了牠幾天。每天早晨他都同樣在盥洗室的紙盒裡可以看到牠的慵懶的睡態，但他不知道牠什麼時候醒來，跳下來離開去做牠一天的遨遊；當他照常去工作的時候，事實上他並不關心牠，他與牠保持著淡淡的距離，就像他與別人所保有的距離一樣。

到此為止，李德還未對他自己的憐憫心感到卑惡。

有一個星期天下午，李德坐在門邊乘涼，一面觀賞電視播映的長片，突然院子裡的一個物體從屋簷急行跳落的聲音打斷了他，一個小花盆從架上被碰倒也翻落在地面上裂開了。他常勸告自己不要讓任何事物的變遷影響到寧靜的心態。他看到院子裡發生的事的確只發了一聲極輕微的嘆息，好像他明白早晚有一天這事必然會發生，現在只是讓他親眼看到罷了。他一面繼續看電視時。一面想，損失的是花盆和花，它們的運氣太壞了，那隻貓並無意要那樣做。

「但假如牠是有意要引起我對牠的關心呢？」

他注視院子的景象，以及那隻小貓事後在其他的花盆間走動偶爾叫著咪嗚，李德這樣反問自己。

「是的，牠是這樣的，你中午並沒有把飯和魚放在盤子裡，早晨牠醒來時也沒有早餐，牠是十分弱小的，不習慣於市井間到處覓食，何況現在垃圾都在大清早就被拖走。在現代的生活裡，牠只能依靠著一個固定的人家才能活命下去。牠心裡是有著一個願望的，想進屋子來，從此自由進出，要人家的關懷和撫摸，吃得溫飽，有一個較好的睡眠地方，總之，想成爲家中的一員。

「而你，李德，始終顯得很冷淡，僅僅只有晚餐的剩飯的分享，難道不褻瀆到你們人類的同情憐恤之心嗎？」

「李德，你不懂時潮的愛好嗎？每個人家不都是養著貓養著狗嗎？獸醫是一門新興而蓬勃的行業，有替貓狗洗澡和看護療養的地方，有替貓狗服侍的人，貓狗的主人寵愛牠們甚於一切，親自烹調親自餵養，這一切你都不知道嗎？你像一個現代人像一個愛護弱小動物的人嗎？富於人性視動物爲同類……」

「且慢，視動物爲同類，這是一個論點，雖然我不是喜好辯論的人，尤其不願做無謂的辯論。這是我生活和別人疏遠的主要關鍵，因爲我最不喜歡挾知識而強辭奪理的那種人，也不喜歡以時尚爲由想嚇唬欺騙別人的那種勢力鬼，當然我更看不起跟著人家的尾巴擁戴權威的蟹兵蝦卒。當對一項眞理做辯論時，明顯地蒙昧良知，以人海戰術圍剿著孤立的對手，這也許可算是人道主義啓蒙至今的一項驚人的發展。所以我不願再說什麼，去除一點人性的虛榮欲望對我並非不是一件壞事。」

那晚李德並沒有像前日一樣爲那隻小貓添些剩飯和魚肉。但當他走到院子爲盆花澆水時，牠在李德赤裸的雙腳繞來繞去，用牠的皮毛磨擦著他的腳背，模樣顯得十分刁滑。他起先並沒理會牠，但磨擦使他感覺難受時，他會輕輕撥開牠，但他絕不用力傷害牠。睡前，李德又到院子來做軟身操，牠照樣地來纏擾他，牠的身體裝得很挺硬，使他覺得極端不舒服和煩厭，李德用腳撥開牠，並對牠說：

「走開罷，小貓咪，找自己的玩樂去。」

突然，牠張嘴咬了一下李德的腳跟，牠的舉動使他嚇跳起來，他可以由皮膚而感覺到牠的細小的利齒的尖銳。

他捉到牠是很容易的。不知有多少年代的遺傳，牠深知人類對牠的寬大和讓步，甚至視人爲牠的奴僕，終究造成牠目前依賴人類的濃厚意識。牠以爲李德在牠的發嬌之後會臣服牠懷抱牠，他是蹲下來抱起牠，可是他並不走進屋子裡給牠晚餐，而是走出外面，準備在一個偏僻的角落丟棄牠。

他想：「到目前爲止，我的行爲所可能遭到的誤會是沒有必要馬上加以解釋的，我想是有某些人家會喜歡牠，牠看起來又美又漂亮，爲何不祝牠的好運呢？雖然依我慣例的想法，這並不是很妥善的處理，也不是我的思想中的根本解決。時機未到，對牠而言，要領略我與牠之間生命的問題，是需要逐步體會的。」

拋棄之後，李德回來感到心身清爽，從冰箱裡拿出葡萄酒倒了半杯，一口飲下，然後躺下就眠，竟然一覺到天明。

翌日他走進盥洗室眼見到牠依然在紙盒裡安睡時，並不覺得煩惱，像他第一次看見牠時一樣，心中感覺牠的出現只是上帝將要他去做的一項小小的使命，從牠似醒非醒的癱軟的睡姿，牠似乎心中有數。

有數日李德到外地去旅行，他完全把牠忘掉了，回到家時他才看到牠蹲伏在門邊的陰影裡而覺得有些意外。牠看到李德，垂低著眼簾顯出很喪氣的神色，李德心裡所浮起的回家的喜悅並不爲牠所接受，牠帶著埋怨的表情緩緩地走開。「我和牠之間眞有點像一對不太和樂的多年夫妻，」李德想。大家保持著一種冷默和憂怨的情緒，不僅是貌不合，也神離。

黃昏時李德到院子來看花，在葉瓣下面發現了牠，他和牠四隻眼睛交視在一起，互不相讓。

「你要知道，小貓咪，冷默不是我的本態。」

「那麼是什麼？」

「而是我對世態的反應。你應知道我內在……」

牠吼叫了一聲，對李德生氣地張牙露齒。

「狗屁！沒有人會相信你說的話。」

「讓我們之間好好說個明白，我不願和你長此下去，這樣的狀態決不是自然的意志。」

「你只不過是個吝嗇和無情的人罷了，你甚至連爲我取個名字都沒有。」

「你是隻小貓咪還不夠嗎？」

「不夠。」

「你知道有個名字是想在世俗中行貪婪的最初姿態。」

「我也知道你的下一句是親密本身是意圖在某種機會中行詐騙。」

「沒有錯。」

「我可憐你甚於你可憐我。」

「問題是你並不聰明。」

「怎麼說？」

「因爲你竟墮落得要人類養你，利用人類的弱點違背自然賦予你的本能。」

「那麼你要我怎麼樣？」

「我不在乎有別人愛你，喜歡你，餵養你，我希望你離開我，不要讓我看到你，聽到你的叫聲。」

「那麼爲什麼你要在那一晚第一次叫我餵我？」

李德的心坎似乎猛受了一記。

「那是我的錯，不過……」

「不過什麼？」

「你並不自愛，在某種有限的條件下我可以忍受，像把晚飯分享給你，一天也只有這一餐，再多我不能，我生活也十分節儉，本質上我仍然是靠勞力賺取生活的人，而我的勞力總是有限，我沒有剩餘。但這一點並不是主要的，事實上是你使我漸漸要去關心你，我怕日久成爲你的奴隸，侮蔑到我的自尊。」

「難到你現在不願償報你的錯誤嗎？」

「我可不願繼續下去。」

「可是水已成河，你如何堵塞呢？」

「這正是我想到的問題，徹底解決你我的這層不息的關係，我再說我不在乎有別人愛你……」

「我不願走。」

「爲什麼不走？」

「就是在這裡餓死也不走。」

「爲什麼？」

「維護我的貞節。」

「貞節？」李德感到詫異。

「這是重大問題。當你第一次叫我餵我時便建立了我的生存形式，我依這最初的形式永恆不渝。」

「這是狡辯，沒有任何意義。」

「當我降生下來母親丟棄了我後，我流浪再流浪，沒有人叫我，沒有人餵我，直到你叫了我餵我，終於我有了家和歸宿，而這種關係自古以來成爲歷史的不變法則。」

「這種法則事實上是一項積弊，我不能沿習牠。我不能承認這種依存關係，而使你成爲某種階層形貌，我變成另一種階層形貌。我也許不反對我們同住一屋，但你能在清晨同我一起起床，在日光下共同努力，日與繼夜爲一種理想奮鬥，共織一個相通的理念，你能嗎？不，你懶睡到中午，你甚至不能爲我做些事，驅逐屋頂上的老鼠。我們形成不同的類別了，你明白這一點嗎？」

「你要知道我是一隻貓，別的什麼都不是。」

「我是一個女人，別的什麼都不是。」吳曼也這樣說過，當她和李德爭吵時，而李德總是這樣提醒她：「妳不記得我們同在高中讀書的時候背過一篇英文，其中的一段，母親對她的孩子說：

People, too need to work hard and to struggle. They become stronger and better when they work, if things are too easy, people become weak. Something in them seems to die.」

李德中肯地說：「貓也罷，狗也罷，人也罷，同樣是動物，只要願意同樣都能領略上帝的意志。在此刻，你隱蔽了自然的本能，忽視生存的使命，你變成永墮地獄的魔鬼，披著美麗的外衣，遊盪招覽於街市，蠱惑人類，傲視萬物，悠遊而神祕。」

牠咪嗚傷心地叫著：

「我是一個弱者——」

「讓我使你恢復成一個強者，最起碼要照顧你自己，無論是物質或精神，你都必須去自我尋找。在物質方面沒有人會分享給你；在精神方面，也沒有一個現成的上帝讓你膜拜，你痛苦也好，快樂也好，都是你自己的事，這樣是最公平的。」

李德把牠從花葉的陰影下抱起來，把牠放在一個手提袋裡，走出市鎮，涉過一條河流，到了一座山林裡。他把牠捉出來，放在地面上，牠半蹲著身軀，四周環望，顯得異樣的驚慌。

「去罷，小貓咪，去找回你自己。」

李德往回路走時，牠尾隨過來咬著他的褲腳。

「請帶我回去。」

「你對我沒有用處了，我們該斷緣了。」

「我會爲你追殺老鼠。」

「你能嗎？」

「讓我先長大。」

「我從未見聞過現代的貓有咬老鼠的本領。」

李德自顧往回走，沒有看到牠再跟隨同來。但當他抵達河邊時，才看到牠從上游的地方沿河水直奔過來，牠衝躍到李德的身上，李德毫不憐惜地把牠打落在沙地上。牠躍起來想再攻擊李德，但他已經急速涉水過河。在對岸李德回頭觀望，看到牠抬高著頭顱倚望地站在水邊，那樣子也許十分令人心慟，可是李德並不去想像如許之多，轉身只顧回家。

到此爲止，李德想，一切都已做過徹底的解決了。物與我本身是兩相渺茫，不互相屬，這種想法一直在這段歲月支持著他，使他獲得莫大的平靜。

他依然照常在日間去做事，傍晚回來，晚上閱讀，無虧無贏，心安理得，不覺日子之流逝。之後，在一晚，像最初的一晚一樣，他被叩動和拉門的聲音擾醒，又是什麼鬼怪來訪，李德疑問著。

「是誰？」

「是我，吳曼。」

「貓咪，眞是你？」

「不錯，李德。」

他開門讓她進來，然後殺了她。

大榕樹

一

那天黃昏日落之後，我開始掛慮母親爲何還沒有回家，大地的昏暗使我有無依和懼怕的感覺。她回家的時間並沒有一定，但從未拖到這樣遲；她通常在我午後放學回家準備洗澡和晚飯的時候回來。姐姐月霞將飯菜由廚房端到廳堂的桌上，我對她那蒼白缺少歡悅的臉瞥視一眼，她比我年長五歲。青綠色的空心菜裡疏散地參雜幾片焦黃的肥肉油渣；水洗過後的蘿蔔乾扭成螺絲釘的模樣擺在一隻土陶的粗糙盤子裡，飯鍋裡黃色的番薯半浮在乾白色的稀飯層面。這就是我們一家人的晚餐，母親和月霞和我。我們經常吃這種簡單的飯食，但並不是天天餐餐如此，有時盤子上有小魚乾，節日時也有三層肉。我不喜歡吃肉；我由衷地憎恨肉食。所以我的身體非常瘦弱，幾乎只有一張皮包著骨頭，細長的頸子豎著一個大頭顱；任何人見到我都用憐憫和輕蔑的眼光注視著我；同學們都笑我不均稱的模樣。當我隨著爬上木椅俯在餐桌上，月霞警告著我說：

「要等母親回來，大頭。」

我回應著：「母親說過可以……」

「我說不可以。」她生氣地威嚇著我。

母親的確說過這樣的話：要是天黑我還未回到家，你和月霞可以先吃晚飯。但她總是在黃昏時分就回來；早晨她在我上學後離家徒步到我所不知道所在的農村去買雞，天黑之前再由那些我不知道有多少距離遠的農家轉回來。

「我餓了，月霞。」我說。

「我知道。但你可以學學表現一點孝心等候母親。」她說。

我迅速離開餐桌奔出屋外，站在路旁觀望左右寂寥的街道。那裡電桿上的一只小燈泡投下黃橙的微弱光線照在不平坦的路面，那些散亂不齊的簡陋房屋顯出暗淡和缺少情趣的氣氛，黑暗的屋角處有許多搖動的陰影。我面朝一棵路旁的尤加利樹審視，它高聳而陰森的形姿灰黑地與我凸立相對。我害怕黑暗和孤獨。當我走往那條漸漸伸進大地黑漆的口腔與街尾相連接的牛車道時，看見在霧灰的盡頭有一間低矮的小廟祠靜坐在道旁，它的孤立的形貌所意味的神秘嚇阻著我停步。我站住在那遙望這個世界所顯露的灰薄幽暗的景象，心中存著懼怕和無上期望所混雜的情緒。那時，似乎已無人會從那裡經過，白晝牛車的轆轆聲響已消失沉寂，夜幕像是一件巨大無邊而浮厚的無形衣裳裹著我顫抖的身軀。

之後，一個小的人影從那望不透過的灰幕由淡而漸黑地出現和逐漸放大，她的腳步搖動著一襲過膝的長裙，赤裸的雙腳交疊著且踢著飛揚的沙粉。傳統上衣的款式使她顯得平凡和保守，肩膀前後斜斜地挑著垂到膝蓋的兩隻竹籠。那是一個十分忍耐和疲憊的形象，是個身材不高的瘦小婦人。當我快步奔向她時，她沒有半點激動，依然穩定著氣息，不慌不忙與我相會。

「媽媽！」我喚叫著，眼眶含著欲落的淚水。「為什麼這麼晚？」

她的臉頰和嘴唇微微顫動，眼睛充滿了憂鬱。我立在她的面前直視著她時，她的臉面上出現淡薄而慰藉的神采，這也足夠把我先前壓抑的情緒完全打消。我走在她的身邊，沒有在前面阻礙她挑擔前進。突然她嘆息而傾訴般地說：「今天我走了不能數計的長路。」我們一面走一面互詢著白晝間經過的情形以獲得關懷和了解。

二

那晚我在睡夢中被搖醒過來時，從未看過母親的臉如此的憂患和焦急。她急速地催促我：

「大頭啊，快爬起來！」

我躍起上身，莫名而睏頓地坐在床上。

「快下來穿衣服。」她又說。

「什麼事？」我問道。

「陪我到愛哭寮去。」

「為什麼到愛哭寮去？」

「有一隻雞病了，」她解釋說，「恐怕活不到明天早晨，現在要快點把牠送回農家去。」

我不知道那時是什麼時辰，泥土壁上除了吊掛著母親專用的斗笠外，沒有任何表示時刻的東西。但是在明亮的屋裡那時也能感覺到外面是深黑幽寂的世界。我曾看過父親有一只銀白色鍊條的圓型掛錶，但他在逝世之前連他只有在特別時日穿著的咖啡色西裝也一起拿到城市當掉了。母親追念往昔的時日時說過。我跳下床穿好衣服，站到角落的尿桶小解，然後到廳堂猛飲了一大碗的冷開水。

「媽，妳知道那隻雞是那一家的嗎？」

我突然關懷地問著她道。

她似有所感觸地注視我，並說道：

「知道，我知道。」

當然她會知道。不論是雞的雄雌，斤兩和羽毛的色澤，那一隻是從那一個農家買的，她完全記得清清楚楚。她在白晝的奔走中大約可以買到十隻左右的雞仔，當轉賣給城市的雞販時利潤並不高，要是病死其中的一隻，便會造成嚴重的虧損。我已經不是一個完全不懂事的無知笨蛋。在深夜裡母親叫醒我，準備把一隻病雞送回農家，可以料想當我在睡眠中她已不斷關懷那些買來的畜牲，對每一隻買來的雞仔都已做了仔細的觀察；她一定時時從床裡起身走到竹籠邊察看，有任何一點異狀，必會被她察覺，且受到她細心而妥切的照料。

在她做這項生意的早先時期，有一度在清早發現一隻倒下不起的雞仔，她從竹籠裡把牠提出來身軀已經僵硬，她異常驚訝，感到非常的痛心和難過。因為這種損失總要好幾天的辛勞才能彌補回來；這種小生意完全不能遭受那種近似無情的打擊。從此，她在向農家購買時都先加以聲明；要是雞仔有什麼病態希望能夠退還。母親是小鎮上唯一做這種生意的女性，她的勤勞和誠實，以及家境的貧困均爲人所清楚，對於她的這種要求特別受到農家人的承諾，除了少數的例外，大都對於她的購買條件加以同情。

她已經用一條紅花巾把那隻黑羽毛的病雞綁好，用一隻手臂把牠托抱在胸前，像擁著一簇玫瑰花朵。她叫我從木櫃的抽屜取出手電筒，試推著按鈕打出亮光來。母親交代月霞某些事時，我又瞥視她那蒼白而恐慌的臉一眼。然後我和母親脫掉木屐走出屋外，月霞在我們身後把門關上。

「有月光。」

我抬頭望著中天懸掛著的薄薄蒼白的眉月說道，冰涼而新鮮的空氣在街道流竄著，一隻白狗從街頭看見我們急速地奔過來，停在數十尺外對我們吠號幾聲。尖銳的石頭和瓦礫刺痛著我的腳底，我第一次特別敏感地像似置身於奇異的地域。朦朧沉寂的夜景使我感覺我們的孤零的存在。我們走到街尾步上沙粉鬆軟的牛車路時，母親安慰和鼓舞著我。

「明天，我們必須要有一雙布鞋子。」

但那時我已覺得那道路柔軟舒適。我知道剛才走在硬石子路時的刺疼感覺完全是夜晚的緣故，好像第一次在地球的表面走路；即使在白晝赤足走慣的腳，在深夜中亦有新奇異樣的感覺。夜晚和白晝是多麼不相同性質的兩種世界。

我腦中不斷湧現著白晝生活的樣態：陽光普照的世界的景象，遠山清晰而近物明亮，小鄉鎮節奏緩慢且顯得有些懶散的疏落的音響。現在被這夜晚沉寂的巨響刺戟和對比。白晝與黑夜的交替使宇宙顯示著它眞實的立體的面目，使大地在不斷的時辰中劃分出呈現與隱沒，活躍與休息的光和暗。

我們接近那座路旁的小廟祠時，母親把我拉近身邊，用她空下的那隻手臂挽著我的一隻手臂。那一帶有一排林投樹形成了一大片黑漆，我打亮燈光，她囑我不可四處亂照，只需照亮行步上的路面。

三

在寬長的南勢橋上我似在品識夜景。我又抬頭凝望半隱在天際的小小彎月，橋面上徐流過從海面帶來有溼氣的冷風。幾顆稀散在天面各處顯得蒼白削瘦的星子射出失去色彩的光鬚爲貶動的眼簾擋住。我回憶眞正的夏季在晚餐後坐於庭前觀睹的滿天星斗。但那時是春末夏初，梅雨過後不久，天色總是憂悶灰濛難晴。橋下一片灰暗猶似步履深淵；橋面堅硬灰潔似在雲冰上橫渡。舉目所望像一張輕描在粗糙的褐色紙而上的鉛筆畫。除非親身走過，難以了解如此景致所含蘊的意義；它似是時光中的一段曖昧的短暫時辰，但那時感覺將會漫長恆久；像似時代變更中的過渡日子，我心中常常感覺和充滿說不出的沉悶和憂鬱。我清晰地聽到四面八方所回傳到耳朵裡的四隻赤腳交錯在橋面的拍拍音響。

我們不再相挽著手臂，卻並排同速地走著。讓人深省潛思的大地景象，一定是屬於成人的，屬於母親，與他們的生活相符諧調。不僅是如此，那時它亦屬於我，屬於萬萬千千的兒童。母親的憂鬱造成我的憂鬱，她沉默不語。平時在家會對我嘮叨的她已爲夜晚的暗影刻劃得異常憂思的樣子。我疑惑著爲什麼一切都呈現沒有生氣的灰調，無論是樹、泥土、石頭、房舍，甚至天上的月亮和星子亦是白而灰。當所有的事物的層面是灰色的，那麼所有事物的形態可能是可怖的。這樣的世界使我覺得有一種驕傲；那是和母親走在一起所具有的同命意義；不但意味著我依賴著她，亦喚起我與她同時邁進的責任和義務。

然後我們走在一條漫長無涯的荒涼的公路上，石子泥面很寬大，兩旁站立著一株一株高大的木麻黃樹。我感覺腳步踐踏著溼潤的細草。我們快捷地行過那些樹下，猶如兩隻懷著懼慮奔過森林的瘦小動物。道路先是平直，之後轉彎上坡。在那路邊下方的草叢裡，我諦聽到蛇類或其他爬蟲的悉悉的響動。每走過一棵樹，就像是通過一位使人懼怕的具有無上威權的人物的監視，他們的形態和我們的沉默之間意味著激烈的爭辯。母親曾受到鎮上驕橫的男人的輕薄的侮辱，因爲無人主持公道，她憤而操起如此辛勞和孤絕的工作，做爲昭然的抗議以勤勞表白貞潔。當我睡眠時依偎在她的身旁，我曾問過她這個問題：

「我長大可以去報仇嗎？」

「向誰報仇？」

她以憎惡和不高興的眼光看著我。

「他們，」我說。

「我們與人沒有任何仇恨，凡事天會做主，你眞像是個最傻的孩子。」

不過有時我看她眞是頗爲憂患的女人，但我相信她有一顆樂觀的心；即使她在傷心哭泣的時候，面孔亦是楚楚動人的。她常常對我談及父親的往事便禁不住淚流滿面。因爲她的美麗，也使我被老師們稱爲清秀的小孩。我的童年從來沒有離開過她。我從不喜歡跳躍、結夥、奔跑，以及舞動竹棍模仿一般小孩的遊戲；我喜歡在紙張上臨摹各種圖形；這樣我又被老師們稱爲孤僻的小孩。在我十歲的時候，我能畫出全張大的中國地圖，並加以分省彩色，而獲得與我家有往來的農夫的讚賞。但我不願吃肉類食物使母親非常不愉悅。漁夫偶時在近海捕獲到巨大的魚，有一次他們圍捕到一條受傷的沙魚，牠被形容有戰鬥機那麼龐大，牠被數條船合力拖上沙灘，背部留有幾隻魚叉，牠在那沙岸上被肢解開剖，鋸下一圈一圈的肉塊挑到市場來販賣。漁夫在牠的肚腑內發現到人的骨骼，指骨上還完好地套著金戒指。這個消息馬上傳遍全鎭，在學校裡掀起小學生們熱烈的議論，許多人爲此放下工作奔到海灘去觀看。當我背著書包回家，走進廚房，看見鍋上煎著一片赤色的肉塊時，我流下了眼淚。母親無論對我如何解釋都無法平息和安慰我，最後失望地說：

「你將來最好去做和尙。」

我唯一喜愛的食物是青菜、水果和糖果。我唯一深愛的是母親。我和她睡在同一張床上，撫摸她的身體，但她在一整天的辛勤之後，只有靜靜地躺臥著，顯得十分的冷淡。

那時我們步上坡頂之後，前面視野展現著一個寧靜得令人窒息而要發出驚呼的景象，距離百公尺遠，一棵巨大無比的榕樹、形象怪異的枝葉以覆蓋和攫取之姿垂俯著道路。在那灰灰濛濛的景致裡，它獨有著濃黑的色彩；在那屏息的沉寂的大地上，它卻具有欲欲活躍的顫動，在那無聲的空間，由它傳來悽悽的悲吟，混合著怪異而冷酷的笑語。我似乎看到在它的濃蔭下浮升著一個白色的形體，帶著報復的眼光等在那裡，凝視著我們走近。

「大榕樹。」我說。

「是的，我們靠另一邊走。」

母親拉著我的手臂走到與它相對的路邊。我們又再度雙臂相挽著，有如一對行走中的愛侶。我想像它茂密的枝葉在白晝中一定遮住強烈的陽光，投下大片的陰影；在雨天時，它像是一座巨傘；而在深夜裡，它凝聚著空隙中幽靈的碎塊所組成的純白形象於它菇狀的覆蓋下。我深深懷疑我的清醒的眼睛，細聲地對母親說：

「那裡站著一個人。」

「聽我說，」她嚴正地警告我，「不要去注視，他是不存在的，只管低頭行走；走過去後聽到背後有什麼聲音，不要回頭看，繼續著走。」

四

黎明時，我們才從農夫家裡轉回來。再路過大榕樹，有數個人站在樹下，其中一位頭戴碗形紅帽的道教天師在那裡舉行簡單的超度儀式。我們只觀望片刻，看他們把粗大黝黑的樹幹圍縛著一條紅布。回到鎮上，母親帶我去買布鞋，我穿著它們到學校去。這是我有記憶的生命中第一雙鞋子。中午在餐桌上有煮熟切片的豬肉，母親鼓勵我吃，月霞夾了一塊放在我的碗裡，當我放在嘴裡咬嚼時，我看見她在笑。我後來聽到人說：有一位騎腳踏車夜歸的農夫經過大榕樹時，樹下站立的人物要求他載她，然後跳上他的車子後座。那位農夫驚慌失措，狂奔到家倒在門口，後來纏綿病榻數月。我想母親早就從那些十分迷信的農夫們之間聽說過這件事，但是她從來不會對我和月霞講述這類離奇古怪的故事。我很感激她那晚叫醒我，讓我陪伴她到愛哭寮的一個農家。我幾乎為這件事在心裡永遠懷著一份喜悅，它在我童年的生活中是個永不會從心裡磨滅掉的象徵。就像我們曾經面對而且終於度過去的那段受侮和辛勞的日子。時代終於改變了，就像翌日清晨從農家轉回來時迎著明亮的陽光；與其說為交通的需要，毋寧說是心靈的解放，它被挖倒和鏟除了。

德次郎

在我們的記憶裡那段日子是很慘淡而帶有歡笑的，在一整年當中也許只能見到塔庫幾洛一次或二次他那殊異的身影和面貌。我們不知道他確實定居何處，這樣說也許是對他甚不恰當的說法，他誕生在此地——我們的小鎮中的一個角落無疑，但他成年後居住在那裡就沒有人清楚；他隨著緩慢的火車由南至北奔走浪蕩。他回來時是在肅穆的黃昏或在清新光亮的早晨，出奇不意的出現吸引人感到驚異，而無法一眼了解他那浮腫和黃色病容的持重態度，他那沉靜近乎智慧的外表，以及對答如流的粗野詼諧和知識，而不會過分輕視他那短小瀕臨腐敗的骯髒軀體。許多在日據時代出生的人都有著一個日本音的名字。塔庫幾洛的意思就是德次郎，「喂，塔庫幾洛！」人人這樣呼叫他，誰都認識他，比什麼大人物都獲人緣，就像是習慣稱兄道弟的朋友。帶著玩笑好玩的意味叫他：「塔庫幾洛」時，他太忙於應付周圍無聊的人們的問答，只能幽默地給你一種透識你的眼光。可憐的塔庫幾洛的眼皮快爛掉了，但仍有一道頗富狡慧的光亮。他下火車時人們就像迎迓著一位侏儒國王，於是到處傳呼著這道消息——「塔庫幾洛回來了。」或「我看到塔庫幾洛！」帶著憐憫和關切的歡欣，聲音瀰漫在多塵的空氣裡，這與呆板的世俗生活違背的親情充溢在街頭巷尾中。

他多少歲次對塔庫幾洛本人來說是毫無意義，對我們來說也毫不重要，只他仍然存在就好。這種問話（看到塔庫幾洛的人沒有不這樣問）也自行消失在發問者一時激動的空洞的關懷的荒謬中。他是誰的兒子？是那一個女人所生的？誰能回答呢？但沉默是一種確確然然的回答，可是誰也不能否認塔庫幾洛是我們小鎮的人；那一個人膽敢否認他不是誕生在這片土地上？現在我們只能感激他活在我們生活的世界裡使我們的思想和感情產生著沸騰的跳躍，引發我們慵懶和憂鬱的內心綻出笑聲，在許多年前有這樣的說法：街市裡中藥房的李仙曾親自機密地懇求塔庫幾洛，只要塔庫幾洛答應不以那襤褸的模樣到處流浪，就可以住在他高建的舒適的樓房。

「是的，我來住你的家裡，你將給我什麼？」塔庫幾洛說。

「塔庫幾洛，你要什麼都會有。」

「我還是不知道確實我會得到什麼。」

「一個人除了吃住穿還能奢求什麼呢？」

「總還有一些心底裡說不出來的東西。」

「只要我能力做得到，總會讓你獲得滿足。」

「你不以為你所擁有的，與這個世界比較之下顯得貧乏嗎？為何我要放棄在這世界的自由行走而受你的監禁呢？」

「塔庫幾洛，我懇求你。」

「為何你當時不懇求我的母親？」

當我們目睹塔庫幾洛坐在河岸的沙地上用石塊搥擊自己的胸腹而不致重傷死亡時；都感到猶如是神蹟。他整夜躺在黑漆的河床哀號，誰都沒有膽量接近他去勸阻。第二天清晨有人親見到他從容搭火車離開。他開始在那些嘈雜而污穢的車廂裡行乞度日，當他疲乏睏倦時便躺下來睡眠，無論在那裡，或是晝是夜。

一旦他離開了小鎮，我們幾乎馬上把他忘得很乾淨；塔庫幾洛是個沒有看到他本人是無法憑空去談論的那種人；即使見到他也不容易去描述形容他。所以他在我們的記憶裡是一具形象怪異醜陋的幽靈，平常不隨意浮升到意識的表層。可是總有一天會突然邂逅到他，當他回來時，見到他的影像模樣就會將我們心存的記憶一一翻掀到當前，無法拒絕他展現出來帶給我們的喜笑的靈感。他是天生的滑稽家，塔庫幾洛，在他君臨的一刻馬上把我們的規矩的生活搞亂了。

記得罷，有一次他沐浴在夏日的海洋中……。不知道是誰惡作劇，或是他自己意願，常他步出火車站後，就被一群少年郎簇擁著，他們把他圍得那麼密密層層，在外圍根本看不到他，有人爬到倉庫的屋頂向下望，那時你看清楚塔庫幾洛是有頭髮的——一簇牧羊人式的垂髮剪得非常糟糕不整齊。然後整群隊伍越過鐵道朝海岸的浴場前進，他站在潮水邊沿解開衣服，那時你才知道他身上是穿有遮布，雙腳套著油污的破布鞋，像你我做小孩時一模一樣。但是他們在水中戲水時把他逗哭了，他算起來也許比他們都年長，而他的哭聲卻像個嬰孩。於是有人斥罵著：「放過他，不要再作弄他。」幾個人合力把他從水裡拖上沙灘來，相信他那鼓脹的肚腹充滿了鹹水；他不斷咳嗽，大聲哭號，淚流滿面。隨即他癱軟似地橫臥在沙地上，裝著不呼吸。突然有一個人匆匆不知從那裡抱來一個大西瓜壓著他高凸的肚子，使他又唉呀地躍起來，乘勢抱緊著它，無論如何不肯歸還。

他享受了一整天的免費食物，那時我們才知道他食量驚人。最後的高潮是他們追隨著塔庫幾洛擠進淡水沖洗房。想起這件事實在是太過分了。有人從那低矮的沖洗室跑出來比手劃腳地形容他看到的東西，這吸引好奇的人統統擁塞進去。一聲呆笨的轟隆——那用竹片編織敷上泥土的牆壁倒塌了。

那一次是我們最後一次看到他，事後我們常常茫然地望著滾捲的水浪，幻想塔庫幾洛在淺水灘上跳躍避去浪潮衝擊的可笑樣子。那天當太陽沉落海底的時候，大家散開回家了，沒有人對那和我們玩一整天的朋友邀請他到家裡來，就像往日的許多許多次一樣，大家滿足地作弄他過了，便把他拋棄，孤獨的使他留在那裡。有人說塔庫幾洛像個僧人當夜一直坐在木麻黃樹下沒有動顫，半夜時孤零零地搭火車離開了；有人說當大家回去不久，他便獨自步行往南勢山的墓地。後來我們沒有再見到他在火車廂裡行乞，他也不曾再回到他的誕生地我們的小鎮來，傳說他被捉到艋舺的乞丐寮去。而且死在那裡，塔庫幾洛。

隱遁者

隱遁者在晨霧中走出了樹林，他的赤腳落在河岸的沙地上覺得十分冰冷，他看不到沙河的對岸，只能在霧氣中注視到幾碼遠的灰灰的水流。他想望一望對岸的城鎮幾乎是不可能；對著那包纏在灰霧後面的城鎮持著盲者的不著邊際的想像，他想世界是在分秒地進步著，昔時從那走出的地方一定已是完全改變，不再使他識得。他的心迫切地使他走近水邊，且踏入那更加冷澈的水流裡，向前涉幾步，由腳部傳導的寒冷，使他的雙肩和背部堅硬而戰抖起來。深到膝蓋，才覺得水流的湍急。他突然陷落在一個水裡的坑溝，腰部以下都浸在水流裡。在那瞬間，他覺得不能保持身體的平穩，不但是水流的拖帶，而且意識到愈來愈傾斜的河床似乎潛藏有無數的陷溝和滑石。在那陷落的瞬間裡，他喘了一口氣，迅速地轉身返回沙岸。他駐足望著那依然是灰灰的水面，想像沙河已是一條不平凡的水流。在晨光中流竄的霧氣似在迎衝著他，隱遁者退回到樹林的邊緣等待著。

他生起一堆柴火，準備烘乾潮溼的衫褲，和保持身體的溫暖，然後他靠在樹幹躺著，等待即將爲他展開的景致。隱遁者魯道夫首先看到的是一小塊灰綠色的山頭，隱約地浮在沙河上瀰漫的霧氣上方。他凝視著山頭漸漸展現出來的部份，好像在審視一個在往日裡非常熟識的人的現在容貌。他沒有任何的感動，對它的存在有如對自己的存在一樣地感到空虛。但那游動的雲霧，使那座露臉的山頭有一種挑釁的威容，它在用各種不同的睥姿瞟視著隱遁者魯道夫。那是一座每年在三、四月裡長草莓和李子的小山，魯道夫這樣憶著，從學校後面的一條小徑上山，有時能意外看到野兔的奔馳。但這一切都已過去了，屬於魯道夫的事物都已消逝了。看來這座他常逃學去漫遊和躲藏的山丘在外貌上沒有顯著的改變，但它距離隱遁者現在躺靠的所在是如此地遙遠，無法單憑肉眼看到它的細部，於是他舉起吊掛在胸前的舊式單筒望眼鏡，對它加以觀察，而它依然是佈滿著矮小的灌木樹林，有些地方已被開墾來種植番薯。

他放下望遠鏡，眨動著疲澀的眼睛，顯出懶散的姿態，對著阻撓觀察的沙河的雲霧無可奈何的思量著。就在這面前柴火逐漸弱小，霧氣迅速地移動和不知不覺的緩慢消散中，薄薄的而大都殘缺的城鎮的房舍顯現出來了，它們依附在山腰處，就像是焚燒遺落的舊照片，它蒼白而沉默的樣子，靜靜地等待有人去加以辨識。它像一個死亡的殘軀，沒有半點生息，遠遠地距離魯道夫現在的處境；那些飄游的雲霧，使那斷片忽隱忽現地映在魯道夫疑惑的眼光裡。他收回視線，眼望近前有些跳動的柴火，火焰在這灰色冷澀的早晨，顯示著螢火的色澤，像是赤裸的仕女的神秘舞蹈。突然（在他忘我的凝思之後）他重握著望遠鏡，舉向那誘動他的內心的遠景，游離的霧氣向著空隙的四周張開成爲一個孔洞，使他在望遠鏡的視界裡，呈現出一間沒有色澤的淡白的瓦屋，單純地露著兩扇幽黑的門和窗。在這幾近褪色的視覺裡，他看到一群急速奔跑的形影，像是一陣掃過的沙石，而不是在街道上無目的追逐的群童。就在這像是為追求一種什麼事物的掠影過去後，那扇幽黑的門口出現一個站立不穩的小孩，穿著一套長及腳跟的衣袍，胸下束著一條腰帶，一隻手靠著門邊跨走出來。他開始搖搖擺擺地步上屋前的那條石頭和碎瓦雜陳的泥路，赤裸著雙足為了什麼獨自地出來，且將走向那裡？難道是受到剛才那一陣掠影的熱烈呼喚而離開屋宇？在這個幼稚的小孩面前並沒有任何明顯的目標，只是一條石頭碎瓦倒插滿地的不平坦的泥土路，那陣掠影早已經過而飛奔到神奇的境地而去，他的跟隨將只有一個徒勞無功的結果。魯道夫在這樣的想法之後，隨即在望遠鏡中看見那個無知的小孩的腳像踩到什麼尖銳的東西而做了迅速抽回的動作。他光用一條單腿是沒辦法站立的，因此他馬上向後跌倒在地面上。魯道夫雖然無法聽到從那裡傳來的任何音響，但是憑著遠望的視覺，能夠斷定他是在號哭和喚叫，是的，從那個門口紛紛地走出幾個男人和婦人，朝著小孩哭叫的地方奔跑，有一位婦人抱起小孩，其他的人正在檢視他受傷的腳板，他們推擁著回到那間形狀單純的屋子，消失在那個幽黑的門口，像什麼事都未曾發生一樣地恢復平靜。

隱遁者魯道夫放下望遠鏡，望著剛才那個在雲霧隙縫露臉的片段景致，覺得它們在不藉著特殊的器物的正常的視覺下，只不過是微細而模糊不清的灰色景片。要是不假藉望遠鏡的功能，魯道夫將無法知道遙遠處那個小孩的遭遇。他再度由望遠鏡觀望，景象已光亮了許多，從先前幽黑的門戶，可以看到淺淺的屋裡，那個穿長衣袍束腰帶的小孩被放在門中央的一張椅子上，受傷的腳已經包紮了雲白的帶子，似乎要順從他的心願般地讓他能夠面對著屋外的一切事物。那個小男孩顯得異樣的沉悶，像一具泥塑的菩薩，面對著對面一家打鐵店和一棵筆直的尤加利樹，在心靈裡，從腳底傳來的微微敏銳的刺痛正和他思緒裡的意志交融在一起，而這一切對那些關照他的人們來說是無法了解的。那個小孩也許還沒有行使語言的能力，他無法傾吐心聲給詢問他的家人。隱遁者魯道夫突然意志消沉地放下望遠鏡，閉著眼睛，把頭靠在樹幹上沉思。

現在霧氣降下凝聚在沙河面上，瀰漫成濃厚的一層，從北至南形成一條帶子。太陽在山後上升時，城鎮顯現出來了。背著光的城鎮，刻劃著黑而深刻的線條。隱遁者沉靜地望著它，對它外形的美深受感動，使他心裡充滿了嫉妒。他對城鎮過去的印象完全消失了；他心中留存的簡陋和蕭索的記憶被現在佔有所有視覺的美麗和壯大所掩蓋。陌生而新奇的事物使熟悉的陳舊事物消失。看來沙河已成爲一條不平凡的水流；這條過去可以涉水來回的河竟寬闊了數倍，水流增加而洶湧，魯道夫想像它現在是匯集眾水的總流，與那成長壯麗的城鎮互為陪襯，並立存在。但那些聚集不容易消逝的雲霧還遮掩著對岸的下層，使城鎮的模型像建築在空際的樓閣。

「沒有土地的城鎮，」隱遁者魯道夫這樣批評著。然後用著懷恨的眼光持續地注視它。

「魔鬼居住的所在，

我是被群魔放逐的人。」

他拿起望遠鏡，掃視著對岸，他的神色顯得很疑惑，放下望遠鏡，用著他的肉眼注視，再舉起那有些作弄他的工具，他驚訝地發現從他的望遠鏡裡根本看不到那座壯美的城鎮的實況。城鎮本身似乎只供隱遁者肉眼的遠眺，而當他想藉用望遠鏡來觀察城鎮的細節時，所映現在鏡框裡的景物非現在城鎮擁有的東西，是一些存在於逝去的年代的事物。在肉眼中對岸的一座現代水泥大樓，在望遠鏡裡卻是一座紅磚砌成的古式建築。那些屬於舊城鎮時期的事物，無疑是隱遁者心靈存在的造物，透過魔術的工具，使他返回昔日的時光。

對著那座紅磚建築，他稍微移動望遠鏡，便看到一座面積不大的運動場，一些低矮的房舍在跑道的一邊，而一座巨大的禮堂則在另外的一邊。他看到邊陲的地方有一座小游泳池，越過另一面又是一排一排的房舍，房舍盡頭有一根高聳的煙柱，那裡是一所大餐廳。在隱遁者望遠鏡裡出現的是一些無聲的影像，一群一群的少年由房舍的走廊進入餐廳，然後每張木桌圍坐著八個人，桌面上只有兩盤菜和一碗湯，每一個人的面前有一隻盛米飯的錫碗。他們端坐的姿態，可以想像餐廳內單調無趣的氣氛。突然間，他們開始動作起來，頗像一群蟋蟀的喫食，他們伸出去的手中的筷子，由盤子裡並沒有取回什麼東西，就像少女們機械般地裝模作樣，有些人在走道上抬著巨大的木桶，木桶裡的米飯在先一刻已經掏盡一空了。有一部份人走出餐廳洗碗，然後沉默地離開了，大部份的人還坐在裡面交頭接耳地談著。不久他們用筷子敲打著錫碗，身體做著舞蹈似的搖擺，他們張口唱歌。突然一位瘦小的少年跳上了餐桌，開始舞蹈起來，坐在長椅上的人搖擺得更爲厲害，配合那位在桌上跳動的少年做歡欣的呼叫。

「我們都知道，這樣可以忘懷無營養的一餐。」

隱遁者魯道夫很知情地在口中唸著。

當餐廳的門口出現了一位肥壯的教官時，所有的吵嚷馬上停止，教官走到在桌上跳躍的少年面前動手打他一句耳光，拉著他細瘦的手臂，把他拖出餐廳，其他的人馴服乖順地跟隨著離開餐廳，一群一群圍攏在房舍前面的草地上，觀望那位因天眞而被罰站在中央的人，他的模樣有如一隻待宰的羔羊。魯道夫垂下他痠麻的手臂，厭煩地把望遠鏡擱在雙腿上，眼前顯現在天際、在那條浮雲上面的，依然是沐浴在晨光中的壯麗而安靜的城鎭。

城鎭在隱遁者魯道夫牢固的觀感中是群魔群鬼聚居的處所。城鎭內裡有數不盡的混亂傾軋，但它在他的遠眺中卻與天地自然結合爲一體，富有動人的優美。在下一刻裡，隱遁者繼續用望遠鏡來觀察那位受罰的少年，那位少年在接受許多折磨後，被摒棄在紅磚樓外。當一群一群馴良如羔羊的少男少女陸續走進大禮堂時，那位少年孤單地提著包袱離去，他搭上一部汽車消失了。

魯道夫想著：一個未成長的人被排斥於團體之後，他將走往何處？他的第一個念頭一定是離開他生存的城鎭，如他還留在城裡，就會充滿了犯罪的感覺，他的心中存在著別人以爲他是不良者的感想，當沒有人來安慰他時，他變得會自己嘲弄自己，或報復別人。但是他一旦踏上離開的途程，在陌生的城鎭將永遠懷著緘默及自卑的態度。昔日，沙河對岸的那個舊城鎭，當人犯有罪過(多麼不適切的兩個字)而想要鎭壓一般群衆時，使用那種藉口，像宰殺一隻羔羊來警惕其他的羊，那些羊就產生自保的心理而在外表表示著服從。羊群是永遠沒有自主和自由的機會，他們只有一個委諸天命的想法：就是一生難逃被宰，只希望能夠輪到最後被宰，所以便產生了一種超然的耐性來支持他的性命。

魯道夫對這一切看得非常清楚，而他自己就是一個被懲罰得最重的人，他孤單無援，在他年

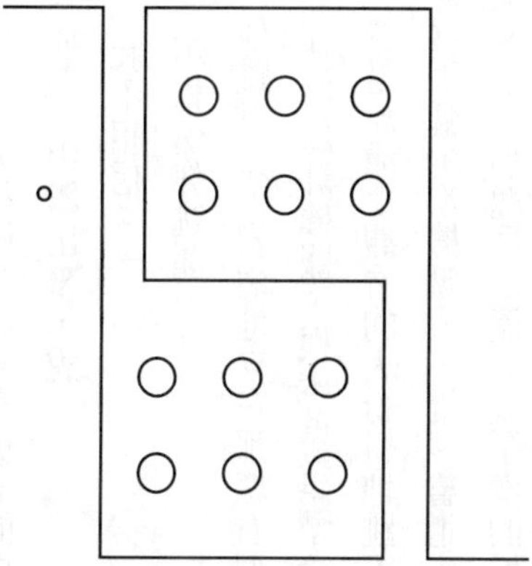

輕的時代，由一個城鎮流浪到另一個城鎮，尋獲不到自適的感覺，最後自我放逐，涉過沙河，來到與人類的城鎮對立的彼岸森林。

「我是一個自知脆弱的神明。」魯道夫這樣想。他在地面上畫出兩個對立的陣營的地盤，每一邊排上六個大石（如上圖），而在旁邊放一個小石。那個小石就是年紀幼小的魯道夫自己。他在旁邊觀看兩個陣營的推拉戰鬥，當有一邊失敗時，他便把那一顆小石放在失敗的一邊，但是並不受歡迎而被推了出來。他參加甲陣營或乙陣營都因爲他的外形的弱小而被拒絕和排斥。那兩個陣營你來我往，注定無法分出勝負。因此有一方便對另一方宣佈說：

「我們有一個所在，設有詭計和機關，你們願來嗎？」

兩個陣營的人都離開戰鬥的營盤奔向一處山坡，魯道夫無疑也跟隨在後面跑去。他們站在一處爲水流截斷的山溝邊沿，邀約的一方指著溝裡那一片平滑而柔軟的地面說：

「你們有誰敢跳下去？」

「這就是你們的詭計和機關嗎？」

「不錯，跳下去便會陷落，陷落，直到土地把你掩埋恢復原樣。」

每一個人都像是非常有勇氣的向前移動半步，更接近斷溝的崖邊，可是就沒有人跳下去。魯道夫從眾人中鑽出來，說：

「我不相信。」

「不相信你跳罷。」

他跳下去，安然地立在那塊看似柔軟卻很堅實的地面，他朝上面喊著：

「什麼詭計機關，根本就是騙人，這是自然的。」

於是斷溝上觀看的人紛紛地跳下來，嚷成一團嬉笑，且在那個狹窄的地方混戰起來。他們無處伸展手腳，都擠壓成一堆。魯道夫從一處落洞爬出來，滿身的泥濘。當所有的人都驚慌哀叫地爬上來後，那塊爲水流切成平滑的坎溝已被踏成泥濘一片，殘不忍睹。

沙河上的雲霧漸漸地由大縮小，飄在空際，然後消失盡淨。現在對岸已完全顯露出來，一條像石牆的堤壩從北至南把沙河浩瀚的水流擋住，城鎮亂雜的建築就疊砌在石堤的那一邊。一個巨大的城鎮配合著一條不平凡的水流，形成一種令人心折的壯觀。

整個城鎮已浴在光中，從各處都能發出它們不同的亮光，每個部位都豎立著它們的特殊的形貌，那些建築的式樣使人想到它裡面居住的生命，它們在遠眺中似乎都像是一隻隻帶著互不相同程度的陰森的精神以待應變的態度固定在那裡。從這種帶著熱烈的情感來審視的隱遁者魯道夫，覺得它們有種異常的沉默。他不知道城鎮本身是大是小，當他用手指架在眼前框著它時，城鎮只不過是五公分見方的圖片而已，但在他坦磊的視野裡卻能產生浩大繁富的眞實觀念。魯道夫這時才明白，當他的生活與城鎮產生著關聯時，與他現在旁觀的審視，是有著截然不同的區別。生命本身對隱遁者所顯示的第一義，不外是生命的自由。他遠離城鎮和人類，無疑是逃脫不自由的束縛。

想到在晨光未降臨之時，在霧氣瀰迷漫中企圖涉水過河的愚蠢就覺得羞愧。現在的沙河已非往日魯道夫記憶中水淺易涉的河流。新的城鎮也無可避免地替代了舊有的陋村。想到這一層，魯道夫從躺靠的姿態站立起來，在沙地上徘徊。他想，彼岸的過去與現在他踱步的所在同樣是一片沙地，而人們已在他不知不覺的隱遁裡建造了石堤，這世界無疑時時都在改變中，他想在石堤未造之前，一定發生過多次的洪水氾濫。大水氾濫和日漸漲大的水潮是築堤的最大因素。所有的建造都是人類生存奮鬥的紀錄。人類是愈來愈變成一個整體，爲一個共同的目的而愈來愈密集在一起。魯道夫爲此深感慚愧，他爲自己的逃避而卑視自己，在他眼前顯現的城鎮的一切，都足使他低首無話可說。新的城鎮沒有半點他的功勞在裡面，而且所有存在於新城鎮的理念，也將使隱遁者感到陌生。河水並沒有阻擋魯道夫的橫渡，乃是魯道夫因自己的驚悸藉故退縮回來。

每年的七至九月間，沙河會因颱風帶來的豪雨而水量巨增，從上流沖下大量的泥沙滾滾而來，淹沒在沙河河床種植的青菜，和附近低地的農田。起伏在翻滾的黃水上面的有整棵拔起的大樹，有牛羊豬和鴨子。魯道夫記得有一年（當他年紀尚幼的時候），水勢非常的洶湧，城鎮的人沒有預料到大水會越過河岸進入市區，那時有三分之一土塊築造的房子泡在水裡而軟塌下來，在驚慌中，人們的財產流失了，畜牲都跟著水流而去。但是水來得快，也去得快，沙河的水流最後是注入於海洋。數天之後，河水的泥沙，漸漸地沉澱澄清，城鎮的兒童和少年都在關心著河水的色澤；此値夏季，水勢減緩而澄清之後，他們便開始在跳水谷裡游泳戲水，成人則在較小的水潭撒網捕魚。

幼年的魯道夫第一次認識沙河是受年長的大哥玉明的引領。玉明赤裸著上身走進水裡；在水潭裡游了一圈，魯道夫站在水淺的地方觀看他。

「把衣服脫掉，走到我這裡來。」

魯道夫聽從他的大哥的話走進水裡，玉明伸出一隻手拉著魯道夫，水深已到他扁平的胸部，他感覺呼吸的沉重，顯出很害怕的樣子，但他的大哥說：

「別害怕，我會扶著你。」

玉明教魯道夫把身體放在平面，用手托著魯道夫的下顎，叫他向前划水，雙腳輪流打水。在水深的地方，他叫魯道夫別害怕，讓身體慢慢地沉下去，試試水的深度，體驗水的性質。魯道夫閉著呼吸，頭部沉入水裡，當他的腳尖觸到地底時，他又讓自己浮到水面來。他的頭露出水面，重新呼吸到空氣，撲向他的大哥，玉明迅速地將他抱住。

有一天，他們兄弟又到沙河來，那裡已經有許多兒童和少年在水邊沙地玩耍，玉明詢問打鐵匠的兒子：

「你幾歲？」

「十歲。」那個男孩說。

「魯道夫是九歲，你和他比一比角力如何？」

鐵匠的兒子遲疑著不敢決定，旁邊的小孩圍著他推他，叫他和魯道夫比賽一下。玉明在沙地上劃了一個大圓圈，他叫魯道夫站在圈內。鐵匠的兒子打量著魯道夫瘦小的身體，終於帶著凶猛的姿態也站到圈內來。

「我告訴你們，不可用手打擊，只能捉著對方使力摔，摔倒對方就算贏，但是推到圈外不算。」玉明解釋說。

於是魯道夫和鐵匠的兒子互相捉住對方的手臂，頭部放得很低，身體向前傾斜著，避免對方的腳踢過來。年小的魯道夫體格瘦小，體重很輕，被鐵匠的兒子揮了一圈摔倒地上。玉明過來扶起他，叫他注意對方的動作。第二回合開始時，魯道夫便懂得跟著對方的身體轉圈而不被摔倒。不久兩人扯抱在一起，魯道夫的身體被對方抱住，可是他用一條手臂繞著對方的頸脖，使對方如何使力也摔不掉，他漸漸地扭脫對方的懷抱，並且使對方感到痛苦而喪失了氣力，然後把他按倒在地面上。玉明走過來扶起鐵匠的兒子，他要他們再比賽一次，可是鐵匠的兒子退卻走出圈外，其他的小孩都散開了，紛紛地奔投跳進水裡。

「如果再來一次，我一定可以贏他。」魯道夫說。

「他有勇氣再比賽一次，他就會贏。」玉明公正地說。

「爲什麼？我已在第二次贏他了。」

「他總比你有力氣，魯道夫。」

「但是他看起來很笨。」

「他並不笨，他只是害怕。」

「爲什麼他要害怕，他怕你嗎？」

「也許。如果不是我在這裡，你敢接受他的挑戰嗎？」

「我敢。」

「眞的，沒說謊？」

「我敢接受任何挑戰。」

「但你剛才的力量是來自有我做爲你的靠山。」

「我知道，有你在我似乎勇氣百倍。」

「他不敢再賽是他感到害怕。」玉明又說：「他不是怕你，你太瘦小，沒有人會怕你，而是我在你的旁邊。」

「我輸了，你會對他怎麼樣？」

「我將不會對他有什麼不公平之處，但他顯然只是害怕我在這裡，如果我不是你的哥哥，他將輕易地打敗你。」

「我相信。」

「我告訴你，每一個人都要學會不依靠而戰勝，或別人有依靠而不害怕，而且什麼事都不要光爲了勝利，也不要看不起先敗的人，你必須學做一個坦磊的君子，一個自我獨立的人。」

「我知道。」

沙河在十月進入冬季後變得非常的荒涼，寒風和紛飛的細雨使人不敢接近那裡。所有在河岸的草都枯萎了。要等到明年的春天才再長青。季節風使河床乾涸的部份的沙漠逐日地變了形貌。到翌年春天，河道只剩下一條淺流，進入夏季時，河水更形乾涸，河床充滿了廣漠的沙粒和遍野的石頭，直到颱風又帶來了豪雨前來，沙河又開始它的暴漲和氾濫。沙河就是如此性情不穩的河流，一般人都討厭接近它。除了憂鬱的人在黃昏時來散步，以及喜好大自然的兒童在跳水谷一帶游泳嬉戲。

但在某天的午後，少年的魯道夫在屋子裡聽到屋後有一個叫他的呼聲，那個聲音帶著試探的意味，只爲傳達給他一個人，而不想讓別人知道。魯道夫繞到屋後，看到一個同年的少年躲在樹後，用著詭祕的眼光注視他；那個少年始終不動聲色地站在樹幹旁邊，魯道夫走向他，他知道那少年是城鎮裡最勇敢最善於游泳的人，他們會意地互望一眼，魯道夫試問著說：

「現在？」

那少年微笑地點頭。

「只有我們兩個？」

那少年又點頭一次。

「你敢嗎？」

魯道夫也學他點頭表示。他回到屋裡偷偷地拿了一條短褲，然後和那位少年奔向寂寥的沙河。

太陽的光使河水澄清美麗，像一個橫臥在那裡吸引人的胴體，使人奔投向它。他們二個人把衣服脫下放在岸邊的石頭上，只穿著短褲跳進水裡。水的表面有些溫熱，但水底卻是冰冷的，魯道夫隨著那善游的少年游向跳水谷的上流。

不久岸上又出現了一個少年，然後又有幾個少年來到沙河，善游的少年揮著手叫他們下來，他們一面奔跑一面解開衣物，拋丟在石頭上，連奔帶跑地撲到水面，他們也游向跳水谷，橫過水面，爬上土墩，然後一個接一個輪番進跳水谷裡。

到了黃昏，那些少年一個一個游倦上岸，穿好衣服離開，又只剩下魯道夫和善泳的少年兩個人。魯道夫疲倦的坐在岸邊，看著太陽將落的餘暉照耀那善泳的少年的結實的身體，從土墩躍向空際，然後挺身優美地潛入水裡，魯道夫等著他浮出來，他的目光在漣漪的水面尋索，但那善泳的少年就此隱沒。

徘徊的隱遁者魯道夫對那隨歲月改變的沙河深深地注目，然後回到樹林裡躺下來午睡。他仰望著樹葉的綠蓋，從那裡射出一點一點閃亮的白光。他閉著眼睛，但無法睡去。他開始想到他曾有過的家庭，尤其是他的父親。

有一天夜晚，年輕的魯道夫走訪湯阿米教師，使兩位正在親暱的老情侶嚇了一跳。當他抵達宿舍的庭院沒有經過通報直入屋內時，看到陳甲先生坐在沙發裡，他的膝蓋上則坐著湯阿米女教師。他們兩個人都非常羞怒地站起來，對著站在門口感到意外的魯道夫問道：

「你是誰？有什麼事？」

「失禮，我叫魯道夫，特地來拜訪湯老師。」

「天賜？」陳甲先生有點慌恐，和湯阿米女教師用日語交談了幾句，聽不懂日語的魯道夫只能猜想他們在了解誰是天賜，因爲他的父親已逝世多年早爲城鎮的人遺忘了。

「你們有事要談，我還是走開的好。」陳甲先生表示要走開，但湯阿米教師卻不願他離去留下她一個人面對這個陌生的青年。

「請進來，」湯阿米女教師說。

「謝謝。」魯道夫走進來坐在沙發裡。

「你是本地人，我爲什麼很少看到你？」

「我一直在省城讀書，前天才回來。」

「你說你是魯道夫，我希望你爲我保守一項秘密，雖然鎮裡的人早有傳言，但是我不希望因爲你剛才看到的事而在外散佈。陳甲先生也會感激你。你有什麼事，如果是要我們幫你忙，我們將十分樂意爲你去做。這種交換你一定非常的滿意。」

「就是妳不幫我的忙，我也不會在鎮裡說出一句我失禮的事。」

「我知道現在的年輕人不像上一輩的人那樣好管閒事。」

「何況這類事完全是屬於私人的一項權利。」陳甲先生多此一舉的說，馬上遭到陽阿米女教師眼光的譴責。

「那麼你來有何貴事，請你說。」

「你們一定認識我的父親。」

「是的，在日據時代他是一位公職人員，在光復時被解職。」

「我不明瞭我的父親，那時年紀太小，我現在是爲我不知道的事來請教妳，爲何我的父親會被解職？就我所知，光復那年大部份公職人員依然保留他們的工作職位。」

「魯道夫，事情已是久遠了，現在對你還那麼重要嗎？你沒有提起，我幾乎完全忘懷了那個時代的任何事物。你大概知道，先夫做了第一任鎮長，但第二年便逝世了。我到學校謀一份教職，也是因爲先夫的早死，爲了生活。」

「過去的事總是無法理清的，年輕人。」陳甲先生說。

「但是了解對我是很重要的。」魯道夫歉意地說。

「讓我想一想，」湯阿米女教師說。她已經年老了，約有五十多歲，她有一個兒子在美國學成成家，所以一個人孤單地住在學校的一間獨院宿舍裡，她成爲校長陳甲先生的老伴侶似乎是很自然的事，因爲他的妻子也早已離開了人間。「要在那些蓋滿灰塵的事跡裡摸清它的形貌是有些困難，它在我的心中沒有明顯的記憶，我年輕時從來不曾去干預先夫的處事，況且至今已經相當久遠了，我的心裡連一點微波都沒有。不過，我有一個記憶，純屬私人的記憶……」

「阿米，」陳甲先生對她使了一個眼色，似乎在警告她。

「那是什麼，湯老師？」魯道夫不想放過這個機會，他發現湯阿米女教師在說話時不斷地審視他的容貌。

「那是我個人對你父親的印象。我對於他在光復時被解職的原委，沒有確切的事實記憶，但是我像一般女人一樣，憑我的直覺，對一個特殊的男人總有一種感想。」她直望著年輕的魯道夫繼續說下去：「現在我再仔細地看你，你非常像你的父親當年的那種模樣，好像在他身體裡藏有一種特異的靈魂，就在那種樸實而端正的外表裡，給人難以言喻的印象。」

「我也認識你的父親，」陳甲先生說。「但是我沒有和他處過事，我從許多別人對他的批評裡知道他並沒有犯過職務上的錯誤，他是個很沉默但很喜歡飲酒的人，但他似乎缺少團隊精神，他不隨和，總是立在旁邊觀察別人，不屬於任何群體派別，人們不知道他內心想的是什麼，常常分不出到底是人們疏遠他或他有意疏遠別人，所以他的存在，總給人忐忑不安的感覺。有時他又有一種無畏的正義感，發表令人頗感意外的言論，可以說在那時候是愚蠢而可笑，又使人恐懼而又頗近似眞理。他似乎存在著一種這個社會裡不可能有的秩序感，一種精神理想，如果他能保持緘默，會令人有點敬畏，可是他看來又沒有領袖慾的那份狡獪，他的誠樸是消極的一種本質顯現。總之，他是一個用什麼去說明都不可能完全正確的人……。」

「他被解職也許與這種氣質有關。一個不容易了解的人，也正是遭人誤解的因素。」湯阿米女教師說。「在光復初年，派別分立，一個公職人員必須在外表上表明他黨派的態度，爲自己的利益著想，個人也需要依靠團隊的勢力。但像你的父親既不表明他的歸屬的立場，只有他個人的理念在支持他的存在，這在那個時代而言，即容易爲人誤解，也不容易覓求生存的利益。他的才幹不能配合擔當整個社會的責任，他的職位就只好讓給一個順服而庸碌的人。我的先夫在當鎮長時，所做的決定可以假定是爲了顧全整個團體的團結，不得不犧牲像他那樣有才幹的人，以便順利地推行他所要做的事。」

「我的父親有什麼才幹？」魯道夫問道。

「我不知道他確實有什麼才幹，我的假定只是爲了便於說明一件事。但我相信他有個性，如我在前面所談到的，他似乎隱藏著某種令人顫抖的精神思想。」

「什麼精神思想？」魯道夫追問著：「它會爲害別人嗎？」

「如果是個人主義思想就會的。」陳甲先生說。

「個人主義的思想應做何種解釋？」魯道夫問他。

「依照普遍的觀念，個人主義的思想是一種自私自利的思想。」陳平先生頗爲理直氣壯地說。

「我不能贊同你這種按字解釋的浮表意思，」魯道夫說。「尤其沒有經過徹底的辯解和考查之前，隨意地加以誣衊的說法。我反而有一種感覺，不知爲什麼因素，人們在這個城鎮的生活裡倡行是非顚倒的價値；人們不是應用思想來改善生活，而是遷就生活來解釋思想，過著極其僞善的日子，常常藉口爲團體，事實上是爲自己，就如同你剛才說的對個人主義的思想所下的解釋，所謂普遍的觀念就是不經思辨隨意附和的一種不負責任的態度。隨處可以見到在生活裡只有遵行動物的模式，忘掉去追求人與動物有著不同的精神，這種精神能創造一個美好的生活。」

「這是年輕人的想法，但……」

「但是你們年輕人都不知天高地厚。」陳甲先生打斷了湯阿米女教師的話，嚴厲地說：「不論個人主義它本身有著什麼高尙的精神實質，它在我們的城鎭裡是沒有辦法扎根和成長，抱著這種思想的人很快地會在生活中落敗下去，也將自絕生路，像你的父親。」

「你這樣說我還是不能了解我的父親錯誤在那裡。一個被認爲是持個人主義思想的人而被踢出社會，這種理由毋寧只是一種理由，而在我們的城鎭裡欲加某一個人一種不幸，是不缺乏理由的。極其可悲的是，東方的民族是沒有個人主義思想這樣的東西存在，個人主義是西方哲學的名詞，我們根本認不清個人主義所涵蓋的實質意義，但掛在我們的口中的說法卻像是用來分辨善惡，把個人天成的個性套上一個這樣的名義，當做排除異己的藉口。我們的城鎭是講求表面化精神的所在，可是我常覺得每一個人在內心裡似乎都藏著一把刀，這一把用法大致相同的刀是隱藏在寬大多紋條的衣裳裡面，也僞裝在笑臉多禮的面孔下，但遇到機會便集體地把刀拿出來砍倒某一個人，這種傾軋現象在時代有所轉變時便會發生，不論在那一個階層情形都一樣，你會承認有這樣的一回事嗎？」

「我反對你這種尖銳的想法，我也認爲你的說法會給自己招來禍害。我覺得我的生活或我看到的整個城鎮的生活都非常的安適美好，在世界的其他角落有戰禍，但我們卻一直在太平裡，我們的城鎮衣食充足，充滿了自由和快樂，不啻是人間的樂園。」

「陳先生，你的說法實在是背誦的宣傳語詞，我前面說過，人與動物有別，假如我們承認只是一種動物的話，的確我們應該滿足我們的動物生活，但事實上你也明白，我們不能被當做動物，被規劃著動物式的滿足，其他的事物可以不聞不問，你不要以爲你的話可以欺瞞別人。」

「誠如年輕的魯道夫所說的，我個人頗爲贊同他話中的意思。」湯阿米教師突然插進來做爲兩代之間的仲裁人，她說：「但年輕人的話往往坦直得令人害怕，與我們這一輩的人在生活中學得溫和的僞善成了好明顯的對比，我已經是接近老朽的人了，任何一切都不會再來改變我。但憑我的良知，就我所知，良知是人之所以爲人的不滅的秉賦，我已對我們的城鎮所擁有的傳統事物持著某些懷疑的想法。可是你知道如非是在這個私人的場合，我是不會表示出來的。你也許會懷疑，爲何我的生活態度完全與陳先生一致，可是在內心裡又有你們年輕人的想法，這是我也不知道的所謂女性的特質，因爲你知道，女性是男人的妻子，可是也是男人的母親。我雖沒有機會再從頭生活，但我希望我們的城鎮要有眞正的理想。即使我有機會讓我能改變我現在的生活，譬如我的兒子要求我到美國一起生活，我無論如何也不想接受這種改變。但對年輕的一代，我盼望他們不可再學上一輩人的作風，我們這一輩是眞正不幸者，無法眞正過誠實的生活，爲了要遷就兩種不相同的體制和兩個不相同的時代，所以不得不顯示卑屈的作僞和仰仗勢力的厚顏作風，所以我盼望年輕一代能創造一個新的秩序和新的尊嚴態度。你的父親是個不能適應時代改換的人，他是個徹頭徹尾誠實的人，他在英年就逝去是一種可惜，而造成他的憂患的責任，社會是應該承當起來的，在社會裡不應太聽從大多數的墮落的人性的喧嚷，而應該立法保護少數者生存的權益，崇敬個人的思想自由。」

她的一席話頗令陳甲先生驚訝，他露出敵意問著魯道夫：「你今晚闖進來有何特別的用意？」

「我看不出他有何不良的意圖。」湯阿米女教師說。

這使陳平先生更爲不高興，他望著她，懷疑她爲魯道夫說話，他又說：「我認爲他是有特別用意存在。」

「我的確有私人的用意在，」年輕的魯道夫終於說。「我個人的遭遇，當我的父親被解職後，直到他逝世，造成家庭的貧困和兄弟姐妹的分散。反觀那時在日本帝國統治下與先父一同任職，在光復後依然保持職位的人，他們的豐衣足食的生活和意氣高揚的態度，對我和我的家庭而言是一種無比的刺痛。我必須追究我痛苦的根源，我的痛苦與我的父親的遭遇有著密切的關係，毋寧說是我先父造成而遺留給我的，因此我必須去了解他，而要了解他必要借重你們的解釋。」

「你的父親的事與我們不相干。」陳甲先生大聲的說。

「請你不要誤會，我並非來問罪於你。」

湯阿米女教師深受感動地說：「你的話使我喚回了我對你的父親更爲清晰的印象，你所表現的態度，真有如你的父親再世，坦白又誠懇。」她停頓一下，又說：「魯道夫，你了解你自己嗎？」

「廢話，都是廢話，」陳甲極度生氣和不耐地說道。「你所要知道的我們都告訴你了，沒有什麼可談的了。阿米，不要和他浪費時間談那些不著邊際的話，讓他走好了。你可以走了，我想像你這種人和你的父親都是一樣的不識時務，個人的命運是天注定的，我非常討厭你那一種個人的命運要社會負責的說法，與你談論是毫無益處。」

「也許是，陳甲先生，我很抱歉來打擾你，我沒有什麼話說了。」魯道夫轉向湯阿米女教師說：「湯老師……」

「不要嚕嗦，快走，我們不歡迎你。」陳甲先生再次毫不客氣地打斷魯道夫要說的話。

「你這樣說是不對的，」湯阿米女教師有些氣憤地說。「我看你是越老越糊塗，這是我的家，客人的進退應由我來決定。」

「妳沒有看出他的蠢相嗎？和這種傻子交談我受不了。」

「我反而覺得他很優秀可愛。」

「妳這是什麼意思，阿米？」

「有時一個人必須要有點良知和正義感。」

「妳沒看出這個人是不懷好意來的？」

「不論是朋友或敵人，凡事要公正。你也有一大把年紀了，你受的教育到那裡去了？還要談教育別人，你和那些做官的都是一樣滿身的市儈氣。」

「他不走，我就走，妳和他一樣的傻。」

「這個時候也許有一點。」

「我看妳是有點不像話了，那麼我走了，好讓你們去親熱親熱。」

魯道夫望著湯阿米女教師很快站起來，轉身憤怒地摑了陳甲先生一巴掌。她的手被他捉住，並且用力地推開她的身體，使她倒退跌坐在地面上。魯道夫奔過去想扶起她時，她已經站起來又向前衝過去，但他及時從背後將她抱住。

「不要臉的女人，和他去……」

魯道夫心情十分激動地擋住了陳甲先生的去路。

「你要是動手打我，我就控告你。」

「我不會因你要控告我就不敢打你，可是你是一個不值得我動手打的人，你是一個怎樣卑鄙下流的人，剛才已經表露無遺了。」

但陳甲先生卻舉起他的手朝年輕的魯道夫打來，他閃開他的拳頭，用力推開他，他踉蹌地奔到門口，連頭都不回地離開了。

魯道夫回轉過來看到湯阿米女教師坐在椅子裡掩臉哭泣，她的樣子顯得十分悔恨和悲傷，她對他說：

「我在這裡住不下去了，我要到美國投靠我的兒子。我現在坦白地告訴你，你的父親就是他們幾個人商議把他踢除的，你的父親像你一樣都是耿直善良的人，並沒有做錯什麼事，他只是不合群，不懂險惡的人情世故……」

魯道夫並不希望聽到這些話，他沒有再靠近去安慰她，他默默地離開，留下她一個人在那間空洞的屋子裡。

隱遁者魯道夫起身給予那個不可思議的城鎮和沙河極爲深沉的注視。太陽依然高掛著，向大地投出最爲強烈的熱光。他用望遠鏡對城鎮做一次全面的索尋，一切都顯得那麼光怪陸離，他不能了解現在城鎮顯露的現象的意義——行走在街道的人機械式的腳步，以及像玩具的世界一樣到處設置的各種象徵標誌。他希望能看到昔時熟識的人，可是一無所獲。他取下望遠鏡站起來步入森林。

當他最初涉過淺淺的沙河棄離城鎮步入森林之時，他有兩隻羊和一條狗伴著他，他一直往森林深處走去，有十晝夜他都在往他理想的地方前進。當他認爲無法再有眷戀的心思返回城鎮時，才無悔意地定居下來；當他已感覺不會有城鎮的氣息流過來之時，才沉靜地定居下來。

他的行程停止在一處瀑布峽谷。他馬上置身在瀑布下的水潭中洗淨一身的汗污，他的頭從水裡抬舉望著峽谷斜伸出去的有限天空。午後的日色，天際的一角佈有凝聚的雲塊，墨藍的色澤的外沿鑲著日色的赤光。他回望著那一條像緞帶般柔美的瀑布水流，它高有數丈，注入水潭時像是一陣笑聲，他注意地聽著，卻覺得它的笑語充滿形象。他赤裸裸地從水裡走出來，站在堅實的土地，他感覺自由輕鬆，環顧四周，前面是另一個更繁密的森林的開始，而後面是前段森林的結束，這之間是兩座山的谷地，有一小片草地和接近水潭的土地。他發覺瀑布的笑語將能供他反省，不致使他太孤獨寂寞，它將成爲他對談的好手，他就這樣決定留駐在此地。

谷地的唯一光源是來自那能見到的有限天空。他坐在水潭邊，注視那成爲白銀色的水流，他的心漸漸地沉靜而安定下來，他漸漸在安寧中意識到自己的存在，他看到了自己並非第一次但這一次使他感到心平氣和。他移坐到樹林來，就在樹木和曠地的接緣的地方，鋪了一張毛氈躺下來休息，眼睛自然地望著那片僅有的天空。他看到了無數的星星，他感覺就要入睡，突然記起了幼年時望星辰的事。大東亞戰爭期間，他們全家由城鎮遷居到山區，在山區裡根本不必要躲避什麼飛機的空襲，農夫們白天照樣在田裡耕作和收穫。夏天的晚上，他們把草蓆鋪在一座叫黑橋的橋板面上，大家躺下來仰望天空，指著星群中他們認識的星辰；他們指出星的位置和說出星的名字，且說出星的故事。幼年的魯道夫沉默地躺在他們的身旁，靜靜地傾聽著他們有趣的談話，默默地尋找他們說到的星星。在幼年他認識的星，有數個現在出現在那片天空上，他注視著它們，它們的亮光一無變異，親切地用它們的眨動向魯道夫調戲，魯道夫感激它們，對它們不停地注視，直到入睡。

天空微明時他起身走到水潭邊，峽谷裡瀰漫著雲霧，在這特別寧靜的時刻，且在瀑布的沖擊的水聲中，隱遁者魯道夫從他的身體裡感覺到一種緩慢的蠕動的微響，像是一個巨大的柔軟的軀體輾壓著大地。他靜靜地低頭凝聽那似乎發生在不遠的距離的窸窸的聲音，他從崖壁的隙溝爬上較高的位置，然後朝下尋視，在霧氣的薄明中，他睹見一條巨蟒緩緩蠕動的身軀，約在數百尺外森林的邊緣處。魯道夫只是看到巨蟒身體的一段，沒有看到牠的頭部，牠已經漸漸地移入茂密的樹林，他看到一片落葉輕輕地掉落在巨蟒身上，像是一隻小舟，隨著那河流似的身體消失在森林裡。

他回到水潭邊用一條布巾擦拭身體，在這唯我自存的地方，他具備著各種保持健康的方法。他再度去環顧四周，覺得此地能使他趨向於安寧和自足。他取了些羊乳，生起一堆柴火把乳汁煮沸。用完了這簡單的食物後，他動身去尋找果實生長的所在，以便長久維持生存。他想著：如果以野兔或其他獵物爲食，他便需要天天去追獵，當附近的小野獸都因他的捕捉而絕跡時，不久便要步行很遠的路去尋索。這種肉食的習慣將會使他整日勞頓而性情趨於狂野。

他發現一處繁生野番薯的所在，泥土裡滋生著很多果實，他還發現有石榴和龍眼的果樹在森林裡，也有草莓和李子蔓生在草叢裡。這些豐盈的果實在瀑布上流不遠的地方。森林裡到處都有可以做爲食物的東西，但他希望能有一定的飲食而計劃著。

他在森林的邊緣建造了一座小木屋，門口向著瀑布和水潭。在黎明之前醒來時，總感覺距離不遠處的巨蟒的響動由地底傳來，這時他便起床，走到土崖上去觀望牠的蠕動。日子久了，他已不再懷著任何戒心，就像他心裡的欲求的幻影漸漸地變得漠然和無害；那巨蟒蠕動的優美，像是遙遠不可企及的願望，現在讓他旁觀而省悟形象的滋生和幻滅。他建造小屋是爲了防禦牠的猛然的襲擊和呑噬，且在屋子外圍著削尖的柵柱，對牠的侵擊加以拒斥。但就在這以後的安然睡眠中，巨蟒不知如何地造訪了隱遁者，牠把他圍繞在屋子中央，用牠冰冷的肌膚蓋著他的身體，輾壓著他，令他不能喘息和叫喊。他在夜半驚醒時，發現巨蟒以牠銀一般的冷舌舐觸他的臉頰。魯道夫昏茫而冷靜地準備做爲牠的噬食之物。但不久巨蟒漸漸移動退走了，像一個懂得禮貌而有羞恥心的性靈；牠滑行著，半閉慈善的眼簾，含蓄得如處女，不敢正視倒臥在屋子中央的魯道夫。然後他完全清醒，剛才的情景是實是虛，他覺得似在夢魘中。他起身，像往日一樣，已到黎明時刻，那巨蟒已去了很遠，他仍在土崖上觀望牠的隱退的姿態。

牠隱去後，天已亮了，隱遁者魯道夫開始洗擦身體和進餐，有時一整天他都在瀑布下淋水，讓水花噴到他的臉上。他有一套鍛鍊和進修的計劃。巨蟒的形影似乎藏匿在他的思想中，在他的腹內蠕動而迴旋不去，使他像對欲望一樣地懼慮著。有時他回到他的小屋子裡，像死亡一般地睡著，等待深夜巨蟒的蒞臨和愛撫。他口中會唸著：親愛的。翌日他醒來已沒有巨蟒的響動傳來。他走上高崖，雲霧稀少，牠的形影已經無蹤，森林的下方遠處出現了一個湖泊，它的形狀像一塊平滑無紋的綠玉，嵌在大地的胸脯上。

魯道夫決定用木筏渡過沙河。他無法在望遠鏡裡看到城鎮的事物，他必須渡河以察究竟，當他心中想著他們現在是什麼模樣時，他盼望睹見他們。他走進森林砍伐了幾根樹木，把它們綁縛成一隻木筏，拖著它走過沙灘，把它推到水上。他跳上去用一根長竿推動木筏，但是水流太過湍急，它迅速地往下游漂走，城鎮像一座半圓的舞臺漸漸斜轉過去，幾刻鐘後，流水轉彎，城鎮已經看不見了。他的企圖遭到水流的擊敗，他在木筏上不能夠穩當地操作那根木竿，他覺得有點昏眩，因此他跳下水裡，奮力游回岸上。

他疲乏地躺在沙灘上，一面喘息一面讓太陽曬乾他的身體。顯然目前阻止他回城鎮的是自然的因素；在十年前，他可以游水來回橫渡沙河，或在乾涸的季節走過淺流；那時河水大部份是靜止的形成一個一個水潭；但十年後的今日，沙河水流湍急而危險，河面寬闊，到處都是陷坑，把昔日的優美都掩蓋了。時間使大自然改變，也使隱遁者沒有回城的途徑。

他終於站立起來，順著河岸往回走，水流約把他走漂了幾里路。想看看昔日的熟人是個很不確實的理由。唯一促使他從隱居的住所回到沙河是他的觀念中一直存在著一條沒有阻隔的路線；他以爲他能回到城鎮正如他能來到森林一樣的輕易；他沒有預想沙河在時間中的成長壯闊，城鎮在時光中的變遷繁榮。他保留著當日離去時的觀念，但世界已經往前進步。現在不論他盼望他的親人的意念如何熾烈，而回歸的通道卻已經把他阻斷了。十年間他用他的心力支撐著他的身體，現在這心力似乎轉換成一道自然的阻隔的水道，使自己鬆懈的心志受到有形的束縛。心力和自然契合；自然是心力的顯象，他這樣認定著。

當他步行繞過沙河的大彎後，他的視線又能看見在遠處的城鎮的一部份景致。城鎮似乎高高在上，像斜著側面和他相視的女人的姿態。那裡住著他所愛的女人，他所愛的雀斑女郎在未遇到他時，她便在他的夢中預示給他，而命運牽引著他和她邂逅，但是她在他的生命中已經消失了。像這樣的事已經過去了：

對痛苦一事而言，

我是製造者，壞人；
對愛情而言，
我應受妳的同情。
我們祈求拋掉怨恨，
像一隻壞腳，期盼鋸斷。

幫助我，讓我
完成心願許諾的工作。
當世人都反對我時，
妳就做個唯一與我共鳴和讚許者；
當人們都唾棄我時，
請妳把我留住。

我將永遠記住妳：
妳將自己奉獻給我的
那最神聖秘密的儀式
是一種超越一切的絕對信賴。

我的意志也是全憑此誌努力不懈。

像這樣的事也已經過去。

柏格森的倫理學最能吻合我自知的生命的要求，他的理論在我最感無助的這個時候，突然給我一種至爲義理的鼓舞。他說道德有兩種：關閉的和開放的。關閉的道德來自最普遍的生命現象，因爲社會的壓力而產生，其適當的行爲是自動地本能地做出來的。這種非人格的關閉的道德之所以關閉，有三個原因；它要保持社會的習俗，它幾乎把個人和社會合而爲一，以致心靈老是圍繞著同一個圈子打轉。

除了這種純義務性的關閉道德之外，還有一種開放的道德，顯現於偉人聖者和英雄的身上，是人性的，人格的，而不是社會的。它不是因壓力而產生的，而是來自內在使命；它絕不是固定的，而根本是進步的，創造的。它是開放的，因爲它以愛來擁抱生命，並且提供自由感，而與生命原則相諧和，它來自一種深刻的感情體驗……。

而像這樣的事是否還存在？

親愛的：

要我不寫信給妳，就如要我停止去思念妳，這兩件事是同樣地使我做不到。假如我們之間沒有恩情的存在，我現在就不會再向妳如哀如泣地想說些什麼了。我們之間的恩情無疑地便是互相的信賴。從我們交往起，我發現坦誠是一塊無價的瑰寶，一塊提鍊中的鋼鐵，愈打愈堅硬，而且要繼續在火中燒紅，在冷水中冷卻，兩者之間的感情便是這般地來回錘打而建立起來。妳也許常常在心中這樣地想著（甚至是一種呼籲）：「痛苦需有代價」。我更是常常不忘這句話在日常中提醒我，使我堅持必須愛妳到底。妳是値得我去愛的，因爲我們已經從一種通俗的男女之愛，奇蹟般地建立起一種「美感」，就因爲它是建立在信賴的基石上。如果不是這樣，愛情會隨時光消逝。但我們已多次在各自的心中考驗對方的愛意，從懷疑到信賴，這便是永恆的感覺的證明。所有的詩人無不在歌頌愛情，但要記住唯有美感的愛情才配去頌揚，也唯有信賴所建立的堅石才配稱偉大。把凡俗對愛情的觀念或對純眞的愛情的譏誚拋在腦後，可貴的東西雖然難得，但並不是沒有。

當每天早晨我能見到妳，我心存滿意。當我能握住妳的小手，我心存滿意。當我能和妳交談表明思想，我心存滿意。當我能和妳走在同一條街道（雖然妳有時抱怨白日太光亮），我心存滿意。當我能與妳同處一屋（雖然是簡陋的屋子和家具），我心存滿意。當我能供給妳需要的東西，或妳能爲我遞來一杯解渴的水，我心存滿意。當我能與妳共賞戲劇（雖然是悲劇），我心存滿意。尤其當我能與妳同桌共餐同床共眠（雖然吃的非最美的菜餚也喪失許多夜晚的睡眠），我心存滿意。妳要知道，親愛的，這個世界唯有妳（即使妳是被公認的最醜女人）才能使我心存滿意。但是請問，我是否能令妳心存滿意呢？假如我也被公認爲最呆笨的男人的話。可是我心中知道（當我私竊地觀察妳，或從妳的朋友的話語中），我是令妳滿意的，這是無庸置疑，否則妳便不會使我心存滿意了。我們都互相明瞭對方的缺點（譬如善妒），但也非常賞識對方的優點。我們的外表雖非塑造得十分完美，可是我們共有一顆向善之心。人間有一顆巨大的利慾的心，我們卻私有一顆細小的愛情的心。讓我來歌頌妳，而妳也讚美我（雖然妳有時言過其實），使我們合唱罷。最美的戲劇的二重唱，對位和賦格是我們的曲式，艱苦的生命是我們的內容。我爲妳而存在，妳也爲我而生存。

給雀斑女郎

此時我要將最美的愛意傳達給妳
我們互愛是如此純眞和自然
從未向對方索求任何報償
我們誕生在兩個不同的地域
在此時此地邂逅之前
都已歷盡苦難
形貌留有生活刻劃的跡痕
我們相愛只觸及到靈魂

互相窺注到本質
漠視定型的外在軀骨
我們必須生活於社群之中
靈魂的交往只得隱形在外貌之下
有兩種不同的價值存在世界裡
姑且不計孰貴孰卑
它們是天平的兩端
應是同等重量

現在我要將我最美的愛意給妳
我的存在喚起妳的良知和意志的萌芽
在虛幻和短暫的人生中
這是文明的發現，永恆的價值
我和妳都能共同擁有
我第一次看見妳
便像在鏡中看到了我自己
一個人只堪能眞正地去愛一次

像柴火只能燒一次
生命只有活一次。
這是自我開拓的時代
追求生活和完美的愛
一切都回返給個人應享的自由
這一路徑已清晰地顯現

給雀斑女郎

一

現在讓我來與妳談談理智罷。

理智說出於腦，意志發出於心。

我所知道妳的所謂理智，是對理智的效能的種種錯用，因爲妳只知道用它來控制心中的慾念。

理智是一條有條理有程序的智慧，它在仁慈和愛情上，具備著無窮的力量。它照顧和引導如童子般稚弱易碎的心靈，使心靈能夠在最後獲得願望（妳最明白不能達成願望的心靈是個怎樣的模樣）；當心靈的銳眼看到它的愛物之時，理智想法使它獲得。

讓我們回味著古代的英雄，英雄代表人類向善的意志。英雄的受苦是爲了什麼代價？英雄的力量和行動不是來自理智的引導嗎？英雄的意志又是爲了什麼必須那樣受苦？英雄沒有一顆至高無上的心靈嗎？

二

再說（看來我是爲了辯論，其實我心中充滿情懷），所謂心安理得罷，它是怎樣來解釋的？妳曾經用過心思和精神研究古代的聖人嗎？妳曾經有多少次與他們照面和共鳴？他們給妳多少的教訓和鼓勵？妳有沒有忽疏錯解，像一般人抱著聖人與我無涉的念頭。

再說，人類的高貴在何處？

宇宙難道有「理得而後心安」的事情嗎？

我是一個最喜倒用字句的人，這能使人看清事物的另一層面，但是那句話，我從來不敢將它倒用於任何論說的立場，因爲違背心靈願望的人，妳知道，會遭受怎樣的折磨和懲罰。

遺憾的是，我們舉眼所見的人類都是充滿了所謂理得而心不安的人。

假使妳一點也不能表示贊同，那並無所謂，本來我就是想先提醒我自己，再推而告訴我所愛的人。

三

現在讓我來與妳談談心跡罷。

我們的心跡已經存在於時間和空間之中，它們不能隨意拂掉，也不能錯誤地加以曲解。它們在短暫的生命中卻是永恆的；而且最爲重要的是我們都懷念它們，愛它們；它們是我們生命的至寶。

心跡是我們心靈的史實；一切物證都可加以毀棄和改造，可是心靈的形象卻難以除卸。所有的話語都可以造假，心中卻會作梗，任何時刻外表都可僞裝，但心裡卻充滿了眞實。我們可以對所有的世人埋藏自己的心跡，但它永遠豎立在自己的心中。

我們雖然常常以責難的臉色對待那與我們共同締造心跡的人，可是我們心中因愛他們而更爲難受。我們多麼不耐煩再看到那不能屬於自己的自由心靈；我們也不要再看到那不能全屬於自己的愛人。既然心中空虛，任何消遣也不會獲得眞快樂。身體因運動而疲乏，心肺雖可一度塡滿新鮮空氣，但會馬上流光。任何的替代之物都將更墮自己於無望的地步；希望既然落空，人生會感到乏趣無聊，除了死，但是含悲而亡，將變成厲鬼。

四

讓我與妳來共同效法英雄的精神，讓拜金者贏得他要的黃金，讓腐朽的人爭得他要的名銜，但讓我只贏得妳的信心。

活在這個世界必須有個希望，無論這希望是多麼細小，總必要有一個。

我最大的希望是想贏得妳的愛，贏得妳全心信服的愛，贏得妳敬仰的愛，並且是贏得妳的充滿希望欣欣向榮的愛情；這一切都不是靠運氣，或靠偶然的巧合，我贏得妳全靠我的才能，且在必然的時空之中。

那麼讓我們應用理智來達成我們心中對愛的願望罷。但是在未全然贏得之前，勢必遭到種種挫折，會感到軟弱，會充滿猜疑，會認爲蒙昧天良，會認爲損傷別人，會躊躇不前，會感覺受到囚禁失掉自由，會覺痛苦和煩惱。

可是，請妳回顧往日的英雄罷，英雄不都是如此地難受嗎？英雄不都是摒除心中的障礙，更加奮勇謀求最後的勝利嗎？

五

現在讓我來與妳談談細節罷。
我們知道，有一種人只對詩或理論抱著眞摯的幻想，而對生活的事實的瑣細感到卑賤。
所謂虛榮，那便是這樣的一種感情罷。
現在請妳醒來，認清自己的面目、能力和身價，估量著自己的壽命。
妳必須捉住一點什麼，
如果能夠捉住一個與妳相等的軀體更好，
不要讓活著像是一種吊懸而絕望，

妳不必選擇世俗中好的或價錢高的去追求，
妳必須看中一個無價的去愛。
一個不能做比較的東西是什麼？如果妳沒有足夠的智能，那麼再去做妳的摸索罷。
但我告訴妳，妳可以去問妳的心靈，
因此妳能重檢那些被忽視的細節，
因爲心靈能給妳光，它的允諾便是一切的完成。

親愛的：

昨夜當我蹀步到妳的住屋時，由窗戶看到妳正在編織中，妳突然抬頭向對面那位與女兒不分彼此的母親微笑一下。也彷彿對著我，然後重新埋首於工作。妳盤腿而坐，特別引起我的愛意，同時妳像在冬天時一樣地盛裝，一切都像是知道我會來窺視。

妳當知道，沒有妳，我幾乎已沒有理想，沒有精神，沒有欲望，也沒有任何的道義，也不像這個世界的公理。我愛妳這個人，那個軀身，那種模樣，那種語音和那種眼神；我所有的愛將集於妳一身。

因此，我只期望妳，爲我而設一個地方（甚至是個將來的墳墓），讓我從此地的囚禁之所走出，投入妳溫柔的懷抱。即使將來我有榮盛的日子，假如沒有妳，我也不會快樂。

請妳相信我的哀音罷，現在我只有「死」和獲得「妳」的兩種選擇。請不要以他事來煩擾我，也不要做些傻事來激怒我；我希望妳要絕對的聽命於我，讓我做「一臣之王」來指揮妳。妳不要去接近任何向妳求婚的男人，保持妳的本意的態度，等待我。死神對我如此地親善，對我注視，對我顧憐，因此如妳不願接納我，我只有向死神投靠過去。

親愛的：

現在是輪到妳要接受試煉了，請妳勿再埋恨我的忽疏和粗心的用事，臨到妳頭上的恐怕是唯有一個堅強的女子才能免除的災禍。有三件事，事實上恐怕還要多，將很快地出現在妳的面前，妳的父親一旦知道，這是不能避免的。所謂父親的無比威嚴，以及專制的面目和嚴厲的禁錮的手段就要加在妳纖弱的身上。那三件事，我猜想是如此的：

第一，禁止妳絕對不再和我往來。

第二，強迫妳調職，送妳到省城交給妳的兄長看管。

第三，無條件接受父母所提的婚事。

任何一件妳不接受，便被指認爲不孝，任何人在這種情況中都會低頭接受。妳有一種事到臨頭不慌亂的鎮靜氣質，不過妳預先要有心理的準備，常常會在這樣的打擊下犧牲生命以了結苦惱的例子很多，當妳看透這些事的內裡，才會泰然處之。

我已有許多湧出來的計劃，來應付可能到來的時機，希望在發生任何事的時候要來和我連絡，不要獨斷獨行，使我焦慮。現在我正盼望要來的事趕快到來，也祈盼風暴趕快過去，因爲沒有一件愛情是會那麼輕易讓戀人就獲得它的最佳的滋蜜的。越艱苦越顯出光輝來。

給雀斑女郎

時光啊，趕快上前飛馳罷
假使命定我和妳是這人間相配的一對
那麼讓我應有的壽命
減去現在必須等候的這段時光
我不願望活到我應有的那歲數
只期待將我和妳相守的時日
趕快交在我的手裡
從現在起廝守二十年
或短些十年，或更短的五年
我和妳覺得滿意了
完全地覺得自由和幸福
然後死神請儘管來罷。
我滿意了，即使僅只數日
祂便可以領走我。

親愛的：

我對未來的生活，預想了一張清單，在一個星期之中——

1.酒一瓶

2.做愛兩次

3.看一場電影

4.讀一本書

5.近郊小旅一次

6.學唱一首歌或背誦一首古詩

7.每天練琴一至二小時

8.交換文學、音樂和日常生活的意見

一開始，我們在一間簡陋的屋宇中擺放一座書櫃，一年之後，便有五十四本書放在上面，也許還要更多。生活像建造一座房屋，必須隨時謹慎和校正，其結果才會比原來的計劃更美。在每一個月裡可到朋友家去做客一次或請朋友來家吃一次飯閒談。可由我下廚，或兩個人共同合作，但也許預先做好（簡單的）更好。十年之中要有點小積蓄，並且注意下一代的教育。我們在三十年之後一定可以稍微了解對方，因此愛情將更穩固，那時會崇愛所有高尚的精神，自繁瑣中退出，那時我會寫下回憶錄——一個平民的生活錄——和定下遺囑。

給雀斑女郎

請關注我心底深處的痛苦
因我的勇氣已喪失
諸事分不出孰是孰非
我在擔心著一種未來的失敗
陷我於不能寬恕自己的地步

往日的努力是一場空勞
我愛妳，又不能自由地和妳在一起
當妳把責任歸於我，令我混亂時
我失掉了冷靜。

請幫助我們自己，不要順流而下
我們應該昇華，逃出自己是水的分子
我們應該升空，然後才能獲得不拘形式的結合
才能獲得絕對的自由

給雀斑女郎

不要無理取鬧
不要不夠誠懇
妳是這樣的不夠成熟。
妳給我三分的溫柔
我會報答妳七分的保障
這便是我認爲我們之間的眞理。

親愛的：

我現在最恐懼的是：妳的種種對我的否定。每一次要求見妳都要使我擺出一個強盜的面孔。難道妳不能給我一次微笑，而且心甘情願的注視，讓我享受溫柔和了解的幸福嗎？妳必須勇於把自己的本態露出來，妳的任何優雅的款待都會使我永遠銘記和感恩，而絕不會想到的是廉價和輕易。

我曾經對妳說過，我必須努力去做一個眞實的人，一個言行合一的人。妳一定還記得，只是不肯相信罷了。我的缺點是不怕讓妳知道的；從我的缺點來認識我，咸許比從那微小的優點來認識我，更能使妳認清要和妳在一起的是個什麼樣的人。尤其不要誤用「格言」，要憑自己的良知來辨別，免得因爲自己的無知和失察而被「格言」所害，使一條本來便不太平坦的路再佈上一層黑霧。妳本身也不能當獎品來做比喻，我並沒有和誰爭奪或競賽，然後來獲得妳這個獎品。妳是一個人，一個女人，我是一個男人，我愛妳，因爲妳是我善良的心志所配得上的善良的女人，我以這個理由來愛妳。

回答

我突然一陣寒冷
我在發抖
這些珍藏的心語
雖是以文字取代
亦是筆前一番沉思與眞誠
（唯一對你的察覺與共鳴）
是神聖的默契的心聲
但今日啓開發現至寶生鏽
感到陣陣無比的傷痛
歷經數十寒暑

始遇稱心
魚水相遇何其歡躍
紅花綠葉相得益彰
上帝賦予我明智之擇愛
亦賦慈善，而人本自私
此二者衝突吾何不幸

君心似我心
定不負相思意
暗獨抱持勇氣
永恆不移
殊不知君心僞也
爲何謊言以對？

親愛的：

我回來時雖然很不安寧，但亦想到妳被我責難後的悲傷。我完全是爲了去看望妳才再到妳的面前，而責難別人今晚再一次顯現我的最爲醜惡的性格的一面。妳就是內心痛恨我，也是我應得的懲罰。我甚至想到妳將永不再私下裡以恩愛來對待我，甚至是永不再有所謂愛意的任何表露了。我責難妳等同責罵問罪我自己。我想減輕妳滯重的心胸，但是這事後的補償更加顯得我的拙笨和無才，使得我難以從妳的面前回轉歸來。

假使我們因為此次的事而產生不信賴對方的心理，那麼其損失眞是無窮了，我們互建的恩情都將傾倒，甚至難得再建同等的恩情。所以我的行為雖是粗魯，以及顯露無涵養的惱怒，但請妳一定想到那是我對妳的全然的無比的愛意的份上，而打消妳心中對我的不滿。不過經由這一次，妳一定懂得了我程度上比別人更為袒露自私的天性了，我心中無不時刻想著在任何場合都能擁有妳的那份榮耀。請寬恕我的這份過早就想獲得的私心。

親愛的：

現在妳已懂得了我的單純的習性，因此就難能獲得妳的敬重。我的希望在我的眼前似乎破滅了，因為連那小小的渴念都無從由妳處獲得滿足。常妳越向世俗傾靠，這就表示離我越遠，唯有與世俗斷絕交往，才能與我緊密貼靠。但是我知道，我的語言就像我的習性一樣，也同樣地未獲得妳的信賴。

我現在唯一能想的就是如何自省自己的一切。當愛情已在這個人類的世界出賣給政治、商業和金錢的一切卑污手段的時候，我是一個被棄的男人。我盼望獲得一種友愛的愛情，在這種友愛的關係中獲得安慰，獲得鼓勵，獲得滋育，獲得生長的力量，並且在最後獲得無憾的死亡。同樣地，我也會報以同樣的代價給與親善者。可是我知道我無法順利獲得這些，我一直堅信應在逆境中緊握這個希望，但是現在我已查覺我已經動搖了這個信念。我已漸感失望，而且看到自己在努力培植中屈辱的愚蠢面目，因此我失掉了耐心且產生了惡劣的情緒，甚至看見那不可靠近的背景，且所有的一切變成只是我自造的夢幻，包括妳的人格都是我自己向我自己假造的。

愛情在世間並非不存在，可是愛情需要時機和智慧。現在只剩下我自己和那所簡陋的矮屋，這就是我的世界。當我去工作時，就像出洞尋食的巨蟹，然後又回來守住那個石縫。我已經沒有指望，對妳更不再抱持什麼願望。我自覺過去曾經喪失了一些我所愛的事物，現在我必須像古代的農夫一樣好好地耕耘自己的土地，並且堅嗇地守住剩下的一切。我將離開城鎮，隱遁於沙河對岸的森林。

美麗的山巒

韓清攜著行李袋走下客運車後便向一家雜貨店詢問那個山區的訓練營在那個方向，那時已是日暮的時分，他在一條十分僻靜的曲道行走，舉目可望見夏日的青綠山巒和附近田園間的樹林，它們似乎在對這位年輕而帶稚氣的士兵招引他走近，但他的臉上帶著日光投射下來的憂悶的暗影，他心裡似乎明白對自然美麗的企慕，空際中永遠充塞著那無能穿過的透明的氛圍，當邁步向前對它渴求擁抱之時，它會漸漸地移動退後，像一隻你親善走近的鹿，在伸手撫摸牠時驚跳逃去。這對韓清士兵是個不能磨滅的經驗。那年夏天，距離他退伍的日期還有四個月，突然接到派他到某基地接受十週平路機駕駛與操作的訓練命令。他被分派爲陸軍工兵根本完全不合他的性向氣質，現在又要他去駕駛巨大的機械更使他感到爲難。他有些怯懦的個性與全連愛好機動的官兵不甚投合，連長出這個主意完全是要他到另一個環境去調節情緒；連長當然對他關懷備至，寧可說是報償他在連部的熱誠服務；他的文書工作與連長的指揮之間常是合作無間，甚得他的滿意讚許。富有敏捷的思想的連長是一位軍校畢業的年輕上尉，他必須指揮那群脾氣任性但對份內的工作非常熟練的老士官，對充員兵的韓清來說，這三者間常有很微妙的關係存在。

從各部隊調來訓練營的學員，年齡學歷以及個性相差很大，由於只是短期的相聚，卻顯得格外的融洽。韓清的舖位鄰居是周志昌，年紀比他大十歲，喜歡打籃球和歌唱，外表頗富英雄氣概，與不愛好運動只喜看書的韓清正適對比。他們兩個人很快成了偕伴一起的好朋友，韓清是另一位傾述曲曲折折的身世的唯一聽眾；那些埋藏在心裡的事是頗值得令人同情，他爲不能伸展心願感到苦悶，他說激烈的運動是種慰藉的發洩，總比去打架要好。韓清發現他的情感很率直和忠懇，他說他在部隊原駐地有一情人，他忠實於她，所以他到樂園去除了打撞球外，從來不願去碰那些女郎。

教練場設在一所鄉村小學校的近側，在高大的尤加利樹林裡闢出一座四方形的場地。早晨時光的樹木陰影，涼爽清靜正適供給教官講課，午後則做爲機械結構的認識和基本操作練習。所有的課程對韓清都不甚有太大的吸引力，除了四周美麗的風景。教練場南面在樹木圍繞中露出兩幢相連的木造房屋，覆蓋著的黑色瓦片下面圍繞著頗高的籬笆。有一天晌午時分，教練場這邊正在休息抽煙之際，那邊的木屋走出幾位小孩和一位年輕活潑的女郎，在外圍的籬笆旁邊繞樹遊戲。韓清獨自一人站在尤加利樹下看到那景象心中十分嚮往，他的內心早就嚮往一種閒適的田園生活，喜歡那種童稚的遊戲，喜歡山巒景色；他曾在美術學校受學三年，對繪畫有很高的興趣，自服役以來隨身仍帶著速寫冊。

在偶然看到那優雅快樂的景象和把它速寫在紙上之前，韓清和他的同伴在晚飯後的散步中，常有意的重臨那教練場附近的樹林來，但他並不把心裡的傾慕之情吐露出來，幾次之後他的同伴已不再感到興趣，他們並沒有發生爭辯，對各自的愛好和習性都能產生了解；他到樹林來時，他的同伴周志昌則轉到樂園去打撞球。之後，韓清喜歡在黃昏中單獨徘徊於樹林，偶爾攜帶一本詩集在靜穆中朗讀詩句。他心中的憧憬依然沒有離去，那快樂混淆者他本質中的憂鬱就像一隻馴良而饑餓的動物巡行於林間，企求一種驚喜的邂逅，不懈不怠地等候徵兆來臨，而能讓他專情地依靠過去。而她終於不負期待地出現了，接續一星期之前那遊戲的深刻印象，這一次將會有更深的印象，她穿著白衣和藍色長褲，披著長髮，手中提著皮包隨著腳步前後搖擺，沿著林中小徑行走。他冷不防看到她，那時他已經經過木屋外的籬笆走得很遠了，在轉身回來時才看到她從屋子裡出來，因此他站立在遠處，只面對著她那前述模樣的背影，凝望她健美輕快的腳步，越離越遠，對她投以傾慕的目光。韓清保持著很遠的距離追隨她，相信沒有讓對方察覺到。她青春而自然的姿態使他產生極大的欣悅。她繼續前走，像是要在日落之前趕回家，所以她的腳步極快。這樣的追隨結果是距離越來越遠，她已走出了樹林到柏油馬路，隨即轉到一條歧路下坡而消失。當韓清走到歧路口來眺望時，她已走過了一座架在大溪上的吊橋，她的身影愈來愈小，在日暮薄明中模糊在溪水彼岸的密集的農舍裡。

第七週開始，平路機的駕駛和機件操作已經進入了真正情況，教練場平坦的泥面升起了濃煙般的灰塵，四部平路機並排由學員駕駛，做著南北直線前進和倒車練習，教官的助手坐在學員身旁指導。韓清有些顫抖地駕著那大機械緩慢地向木屋的方向開去，機器的聲音震動著寧靜的樹林，他坐在高高的位置上，漸漸移近木屋，視線越過籬笆由一口敞開的窗戶望見裡面，那位女郎和一位婦人正在勤奮地縫製衣裳。平路機在籬笆前煞車停住，就在那操作的瞬息之間，他瞥望到她轉臉過來的不甚清楚的面貌，在屋子的陰暗裡呈現著長圓和白皙。韓清依照教官助手的指示快速地操作駕駛桿倒車，木屋的窗口在倒車中愈距愈遠則愈小，那個白色的臉影更趨於模糊淡薄不明。教官一再地警告學員不要弄錯操作桿，否則後果不堪設想。韓清又再一次地向前開去，漸漸地接近木屋，但是他覺得自己有點分心，他不能抗拒心中嚮往的窗口，在平穩的前進中偷偷地舉目投視，這造成他稍稍來不及煞車，輕微地撞到了籬笆前面的一棵高大的尤加利樹，這使他緊張得血液上升到臉部，但闖撞的聲音還是很大，招引木屋裡的兩個女人移靠到窗邊來觀望。韓清在助手的指責聲裡失掉了看清她的面目的機會，車子往回倒走，他想著：她一定反而看清楚了他當時慌亂的窘迫樣子。他每回憶這一幕便會重新羞赧地臉紅一次。

第八週他們離開了教練場到柏油馬路做道路的駕駛，這是一個極重要的課程；第九週實際地參加平整路面的工作，大多數都操作得很拙笨和不熟練，但韓清卻在離開教練場的這二星期中表現著很好的學習精神，他感覺自己有點學習的心得，不似初當的時候那樣感覺索然乏味。最末一週他們又回到教練場來做結業前的各項測驗。二週間在外面的勤勞磨練，韓清在各項測驗中表現得非常優異。結業典禮前二天完全無事可做，大部分的學員在吃過早飯後都上城市去遊覽買東西，韓清邀請周志昌再到教練場散步，這一次他們有許多的事要談，交換一些紀念物，談論通信和以後見面的事，他們坐在木屋不遠處的樹下石頭歇息。

他們最後已無話可說了，韓清注視木屋，心裡顯得無法安靜，他們有很長的一段時間的沉默，抽著香煙，他心中湧起要和他的同伴談起這十週來心裡的秘密的念頭，他不斷地注視著木屋深感失望，似乎已不會有任何的結果，他只得將湧起的念頭抑壓下去。正當他的同伴感覺無聊提議催促他回營區時，他發現木屋籬笆內那最初時候出來在樹林間奔跑遊戲的兩個年幼小孩子仍然在遊玩，那幕快樂閑逸的景象又復滋生在他的記憶中，要不是那兩個小孩子的存在就不會那麼美好。韓清迅速從衣袋內掏出手冊，撕下一張白頁，寫上幾個字，從籬笆隙縫交給一位小孩送到屋子裡去。這時他的同伴因不甚明瞭他到底在做什麼而詢問他，韓清準備向他坦白地解釋，一句清亮的聲音透過籬笆傳達出來：

「請你們進來罷——」

她就站在門口，婷婷倚靠在門邊對他們招呼，這意外地使韓清驚喜，他的同伴在大感奇異中明白是怎麼回事後，對韓清深深地注視，微笑地伸出一隻手，兩人的手握在一起，預祝他的成功，就先行回營去了。韓清在他的同伴走後，稍整理了一下服裝，帶著喜悅和惶恐的心情走進籬笆門，她仍然站在木門框中，像一張畫裡的全身像，可以看清油彩的明暗色澤，可以感覺線條彎曲起伏的惑人力量，她那親切的笑容滲透著羞澀的顫動，他終於在那一刻清楚地看見她清秀姣美的容貌。

韓清歸回連隊後，部隊正要開拔到玉枕山去修護道路，全連官兵駐紮在清雲寺的幾間廟房裡，依照平常的作息時間，白天到道路塌方的地點做修築工作，黃昏時回到廟房休息，唯一的消遣是到一里外的火洞的茶館喝茶談天。這時離他退伍剩下還不到兩個月時間，但他的心思整個還在某基地教練場邊那木屋的氣氛裡。玉枕山距離那個地方約有一百五十公里，交通路線非常不便捷，誰也不會知道他的心事，連長根本不准他在臨近退伍之前請假。唯一互通信息是寫信，然後靜待她給他覆音。

晚間他和連隊官兵步行到火洞沐浴溫泉，然後坐在茶館裡飲茶，他們和服務的小姐們有說有笑，韓清卻想到他與她在尤加利樹林的攜手漫步；他和她走到一條小溪，望著清澈的水流流過石縫間；他和她並肩坐在草地上；她讓他輕輕的吻她的臉頰。他想到他和她到底是怎樣開始交談的，他走進了木屋後便接受到很好的款待，他的字條只是單純地要求一杯茶，當然他所受到的要超乎一杯茶還更多的待遇，最重要的是她們對他的好感，他進去的眞正目的就是要知道這一點，他請求要一杯茶只是他的靈感。

「我們早先就那樣希望——」

韓清坐定之後就發現兩位和善的女士的四眼不斷地在互通默契，他只是猜著但不明白她們有什麼預謀，當她們說了那句話後，他自認他猜著了一半，他爲此而高興地追問道：

「希望什麼？」

當那位小姐回答說：「希望撞到樹的是你」時，韓清的驚喜更進一步達到受寵若驚的階段。「我和老師開始就注意你。」這句話是韓清表示要和小姐單獨到樹林去散步，他們走到那小溪邊坐在草地上時她才坦白承認的。這使韓清清楚地明白一件事實；原來希望本身並非他個人單獨的期盼，就像一眼注視山巒，必定會產生神秘的物理作用，使你覺得它的形態的美麗，它的呈現本身就是一種返回的照射，撞擊對它有所期盼的意義的心靈。「為什麼？」一百個為什麼的追問也不會讓她能說出一個字，卻能顯露在她激動的臉上。她姓廖，名美麗，十九歲，是客家人，她說她學裁縫才三個月。那天下午韓清和美麗走到山裡的一座寺廟；她對寺廟供奉的佛像表現得十分虔誠，一拜再拜，似乎對祂有所祈求。韓清看到這等模樣當然十分高興。第二天結業典禮完畢，韓清先和這二個多月來的同伴周志昌話別，然後他迅速地來找美麗，前一天從寺廟回來，他和她無所不談，也無所不說出心中的期望，決定二同第二天到市鎮去，她表示要送他搭火車回部隊才分手。

他坐在火洞的茶館一天等著一天，一個星期過去了，他沒有收到她的回信，他再寫了一封信，附寄火洞的木刻紀念品給她，幾天後，他依然沒有接到她任何音訊。她永遠沒有回信給他。

當兩個月之後韓清又在那四個月之前初臨下車的客運車招呼站下車之時，他抬眼所望的山巒是深藍色的，上空飄飛著秋天的朵朵白雲，他當然還能記憶夏日青綠色的山頭的清爽感覺，那時樹林的清新現在都被季節風橫掃而呼嘯著沙石和落葉。教練場依舊在樹林裡，經過他們那一次機械的刮削似乎感覺低陷了一些。他走到那裡來注目木屋回憶當時的情景，卻發現木屋的窗戶關閉看不似那時敞開的模樣，雖然是關閉起來為了遮擋風沙，但卻顯示著排斥和拒絕的形象。

「她接到你前後的二封信——」

那位裁縫老師告訴韓清美麗已經輟學回農家去，不再來了，永遠不再來了。「她接到第二封信後，第二天就沒有再來了。」經過韓清的一再請求，那位裁縫老師才告訴他美麗家的所在。雖然他的請求已有了結果，但他從整個感覺中察覺而疑問她們這些山區的鄉下人爲何改變得如此迅速，有如氣候使人捉摸不定，一季隨著一季變化如此快速，因爲他對她的詢問總是回答著：「不知道，不知道。」她把他看成一個不相識的人，或則認爲他是個愚笨的追求者，更似是呆板的理想夢想家。他只要回憶第一次進屋時她們的笑容和親切的態度，就可以想像自己在這夢遊的人間所見到的善與感都同樣帶著相同的面具。

韓清離開木屋，準備轉往大溪吊橋彼岸的村落，他所走的是第一次在黃昏中追隨她的背影的那條樹林小徑。他當時非常清晰地記得站在歧路口眺望她過橋後消失在村落的那幕景象，而現在他必須同樣依照這條路追尋她。他費了一番工夫才找到她家的院落。她的父親是一位年紀老邁的農夫，正蹲著編織簸箕。他端詳著韓清，只用眼睛注視他，卻不太理會他。韓清發現那老農夫的自我意識的表情是一個莫大的阻礙；他有著使人軟弱退縮的不可動搖的頑固；他毫不在乎地亦無動於衷繼續編織工作。兩個人之間且有語言的隔膜；那老農夫的客家話只可聽出那句「我不知道」；而韓清的閩南話他似乎不懂，改用國語說他根本不加理睬。一位瘦小的婦人自屋子裡走出來，她自稱是美麗的嫂子，她直截了當地對韓清道出美麗現在在山上採茶葉。他朝著她的手臂的指示對那山巒注視，再清楚地看它一眼，他心裡已有所決定。但是那位瘦小的婦人卻不斷地重複那句警告他的話；她說：

「路難走啊，路難走啊，」

韓清的要求頗爲堅決，那位瘦小的婦人用客家話和老農夫交換了意見後，終於接受他的請求帶他去見那位美麗。他跟隨小婦人行走，他到底懷著怎樣的心情走向那山巒？他那不十分穩當的腳步走在田間小徑上使身體有些搖盪起來。一刻鐘後轉進一座小山崗，現在他貼近著它，開始顯現它各個部分的面目，而他必須謹愼地去連綴它們的涵義。那小婦人頻頻回頭問他：

「你愛美麗嗎？」

「我愛，我愛。」他總是這樣地回答。

她搖頭說：「不可以。」

「爲什麼不可以？」他追問道。

她顯出頗正經的態度回答：「你和美麗之間正好相差六歲。」她又說：「相差六歲結婚是危險的，對你不利，對美麗不利。」「我和美麗相愛，我愛她，她愛我，爲何對我不利，爲何對美麗不利？」韓清顯然不能了解其中所隱藏著的是什麼邪惡和危險的因素，他追詢她要她道出理由，她反帶著鬼狡的微笑沉默不答，自顧前走繞過了山崗。她快速地往山上走，使韓清落後加緊追隨。繞過了一彎又一彎，越過一山又一山，她始終在回頭望他時臉上仍然掛著那神秘的笑容，突然她停在一處茶園，惡戲般地對韓清說：「她在那邊，」

他對那片樹林茫然地注視著。

「你走過去就能見到她。」

韓清依照指示走向樹林，走了幾步，回頭望那位小婦人已經和幾位採茶的婦女在背後談話。穿過那排樹林後韓清並沒有看到任何身影，正好面對更遠處與他站立的山頭相連的山巒，一如他站立在客運車招呼站及他走向營區時，在那條僻靜小道所見的山巒有些相識。他至此有些氣喘，有些勞累，有點灰心，好似他最初所懷命運徵兆的感覺，在此處又再次地顯示給他。他走遍茶園尋找，一區經過一區，走到一處傾斜的山坡，再下去那山坡就連續著遠山，他看見了她。她的眞實形貌是戴著笠帽用布巾圍著臉部，只露出眼睛對著走向她的韓清注視。

「美麗，美麗，」

她站立而不回答他，他知道她在那充滿濃黑陰影的臉裡，她正用銳利的眼光盯視著他，似乎在小心戒備著。他看到她那怪異的模樣，也因而站立不動，害怕因自己的走近而驚走了她。他像對待一隻善疑的動物一樣先呼出叫聲使它對他感到友善。「美麗，是我啊。」偏偏是這叫聲使她轉身往下坡奔跑，韓清以他最後的遺力拚命地追趕她，孤注一擲企圖捉住她。原先他以爲這是一場她故意安排的歡快的追逐遊戲，就像她和那二位小孩子一樣繞樹追逐玩耍。她奔進相思樹林裡，繞著那些曲折的樹幹逃避他的追趕。韓清呼聲叫她停下來，她回應著：

「不要靠近我，走開，我不要見你。」她這樣說。韓清還是在她的背後哀求地呼叫：「爲什麼？爲什麼？」她的回答是：「我變醜，我改變了，我羞於見你。」韓清在追趕的奔跑中突然跌落在一處坑洞裡，嚴重地扭傷了腳踝，無能馬上爬起來。當他勉強盡力支撐起身體來時，抬頭望著她愈跑愈遠，消失在另一座山丘的樹林裡。他坐在泥土地上，望著那些輪廓優美的山巒嘆息，有一刻他還集中視力注意著美麗身影消失的樹林，盼望著她的重現，許久許久，他知道永遠無望了，才跛著腳下山來。

諾言

森林誠可愛　誓諾更難違
——佛斯特

我親愛的妹妹，妳現在如何？日子一天一天地過去，我們已經離開童年甚遠了。我和妳到底有多少時日沒有見面，這使我無法去做精確的計算；二十多年前，妳的義父生日宴慶的第二天，我們分手後便沒有再有任何印象留在我的腦裡。我現在想念妳，是因爲我對妳所做的承諾的緣故；我答應妳，把妳從妳的義父母手中贖回來。但我始終沒有辦法做到，如今妳的形蹤無處尋覓，更使我的內心感到無比的慚愧和痛苦。我是如此地想念妳啊，日以繼夜，只要想到我對妳未現的諾言，我便會體嘗那難以形容的悲哀。

我的志趣與這虛假的光亮世界格格不相投合。現在的世界是充滿了隱憂，而在外表卻像鍍了一層光亮的白漆。這種重表的現象是隨處可以見到而令人感到難堪的；就像校園或公園中被漆上各種顏色的石頭，經過日晒雨淋和灰塵的掩蓋，一個自然的面目在戴上假面具後的頹喪便顯露出來了。現在的人們唯一的工作就只得時時去維護這些虛假的面目的潔淨，如此地勞頓，如此地不經濟，如此地作僞，且如此地戕害自我的心靈。我的憂鬱是命定的；生命短暫而志同道合者是如此地稀少，每一個個人都害怕現實的勢力。但當我認知喪失的只是一種現實的酬報時，我的心中才感到平靜。妳的命運，我對妳的諾言，我個人的境遇是連續在一起的。這構成我對妳的不能忘懷；我們倆是親兄妹，可是妳卻失掉了我對妳的照顧。現在的妳的生活如何我一無所知，也無從打聽，只有上帝能保佑妳，以及妳自己小心謹愼的生存。因爲我又回到了我們的誕生之地，我的憂傷所在，我現在倍增地想念妳。

從我們的父親的遺物，我知他是個智識份子，是一個奉公守法的自由主義者。他是一位高貴的人物，我爲他自豪，雖然他那不屈就的高超的品格致使他在英年就因貧困的煎熬而慼然離世；他知道現世人性的醜惡；我對他的早逝感到慶幸。那時我十二歲，妳是十歲，母親把妳寄養在鄉下的一位姓吳的農夫家裡。我們的童年就這樣活在同一個地區而卻住在兩個不同的屋子裡。我早年的乖戾、暴躁和孤僻妳當非常的了解，我的身體裡且完全繼承父親渴望自由的意志。我討厭生活方式受人無理的批評，理想和工作受人的擺佈，而不能眞正享到才智的自由奔馳。妳的愛心在那麼年幼的時期便已顯著的表現出來；當妳每日清晨自農莊步行來鎭上上學時，總不忘在書包裡藏些農莊生產的果物，將它們帶來給我。在我的童年裡，從來沒有零用錢，沒有鞋子穿，沒有早餐可吃，這對我的自尊心是莫大的挫折和損傷。但妳的愛有時補償了這些。每天我總會走到沙河橋頭去等妳，妳在遠遠便投出光亮的眼神和加快腳步。對我而言，妳是個安琪兒，既美麗又仁慈。妳有時責怪我的貪婪，但妳還是順從我；祇有在學業上我能淩駕妳和教導妳。其他，我所顯露的是個無知不懂事的孩子。

在我要離開小鎮到省城進中學的前一天，妳要求我去到妳義父母的農莊。就在他們慶宴的那天，我與妳步行前往，妳引領我進入山區，步入妳生活的世界，這也是我第一次從市鎮的狹小範圍延展於山巒起伏和田畝縱橫的自然領域。我生性膽怯且極度地偏食，從未敢放膽地去參加任何集會或宴席。在農莊的晚餐中，有大部份的食物是我本來就拒食的，譬如沙魚肉所做成的各種菜餚。只有竹筍是我喜愛的。我對豬肉也不太喜歡，只能淺嘗少許，這使妳頗感難爲坐在我的身邊。但那天晚上，妳在許多圍繞在露天稻場的成人和小孩子們之中的演唱歌謠，是我至今難忘的，我意想不到妳的聲音會顯示如此響亮和清晰快捷的本領。其中有一首，妳這樣開頭的：

路邊的茶
不可飲；
路邊的花
不可採。
…………
…………

那情感就像是屬於成人。至夜深時分，我們仰頭注視夏空的繁星，連連不斷地打哈欠，妳提著一隻煤油瓶火引我走入妳黑漆的臥室。農莊的屋子似乎都顯得幽寂和黑漆，時間像突然被凝固在那裡無法動顫。我們並排地睡著，感到溫暖和慰藉，在一襲灰白色的紗帳裡。沉默片刻，我以爲妳已睡著，突然聽到妳羞憤地發聲說：這裡雖然有吃有穿，但寧可回到鎮上親兄弟姐妹的貧窮家裡。我毫不思索地回答：當我長大，賺了錢，一定把妳贖回來。妳開始切切地哭泣嗚咽，我摟著妳多頭髮的頭顱，也流著眼淚。妳唱的歌如今在我的心中不斷迴響著：

有錢的人不要
譏誚窮人；
做官的也不要
仗勢欺人。

……

……

現在我們都像突然自那一天長大成人了。我已成家且在一段漂泊的時日後疲憊地回到我們的出生地來。一切都令我觸景生情。存在我心中的妳，和我對妳個人未嘗實現的諾言，使我憂鬱和悲傷。我只探悉妳和農莊的孩子們性情不和，當妳隨後考取城市的中學時，妳的義父母不願讓妳多受教育而馬上將妳許配給他們其中的一個兒子時，妳爲自己的前途而反抗而離開，背著受人指責的惡名，且在最後也脫離了領養關係。我多麼不敢將這些存留在我心中的事告訴任何生活中有接觸的人們；我們既不需要他人的同情就不必要引起他人的不快。據說妳在城市生活了很長的歲月，沒有親人，沒有知己朋友，最後妳到美國去了。一切消息至此杳然。我們的關係像是突然地斷絕了，沒有見面機會，也沒有互見的勇氣。沒有間接的連絡。沒有任何交代。一切都因悲傷的童年而沉默一無表示。在這世界裡是多麼多如此令人不可思議的現象啊。

妳的運命像我的一樣是可以大致意料的。妳將永遠感到孤單，由於童年的哀傷，這種缺失是永遠不能用物質和任何事物補償。我也是一樣。我們是親兄妹，且是年齡最接近的男女；我之知曉妳的心血的跳動就如妳知曉我的心血的跳動。我相信妳遠在美洲世界的一隅也一定十分懷念我罷；妳在生活的歲月裡也在願望著我把妳贖回來罷。這承諾像符咒深入於我和妳的心底裡，雖然現在已不需要什麼手續，可是在心靈中，那種程序是永遠不可磨滅的；如神對痛苦的人的呼求的承諾，祂亦會感到責任的壓迫。妳躲避我，遠遠地，不使我見妳而生羞慚；我亦不能直接面對著妳訴說原委，這使我多麼憤怒和心痛。我知道有一天一切會平息消逝，就如妳也知道的。

在我書寫這些文字預留欲想有一天傳達給妳之時，我已下定了決心，心中已有明確的決定：我會贖妳回來，我要再擁抱妳一次，就如那久遠的一日在農莊黑漆的床上摟抱妳；諾言就如不完全的擁抱，還待另一次才算完成。那時我們將看見生活環境獲得眞確誠實的改良，理想的抬頭，以及世界的和平。我們盼待至尊的君王降臨我們的宇宙世界，至尊的良知進入每一個人的心中和血脈；否則，我要見妳的日子是永不會來臨，我們永世也不會再相會。

代罪羔羊

一

我去赴信雄君爲我介紹出版家侯先生認識的午餐回來後對美惠說我沒有邀他今晚也同赴吳大師的晚宴，她認爲這樣做對極了，完全合乎她的意思，但她所顯明表現的態度的滿意和堅決卻刺痛我的不快，覺得這樣做有違我與信雄君的情誼，問題不在是否同嚐那一餐現實具體的佳餚，而是觸及到我們人生所追求的形上快樂的共享。要是美惠指責我爲何不乘此機會也讓信雄君認識音樂界的泰斗吳大師，我想我會認爲我對信雄君的隱瞞是理所當然的，我有充分的理由可以說明我這樣做一點也無愧於他，吳大師與我之間的交誼是直接而實際，密切於進行中的現在，對我有無法計數的利益充滿在我生活的感覺中。當然我有保留私自享有而不讓他人介入的權利，何況信雄君與我已有三年不見面的分隔，坦白說，我們之間的友誼因各自生活形態的進展和變異，已經在淡漠中褪色了。可是我的思維卻因美惠太贊同我的決定而作祟起來，有如我是爲了討得她的滿意才這樣做，這一次她完全沒有來得及感覺她又犯了侵犯我那自我獨尊的個性，事不分鉅細我不容有人的想法會與我雷同，甚至淩越於我之上，即使是美惠我的愛妻，我永遠在她的面前具有優越的感覺，在生活中是我引導她，不是她支配著我。

因此，原可預計的興高采烈的赴宴心情卻變得四處愁雲。但忙於在黃昏中盛妝的美惠卻無暇於透視我的複雜的心事，那並不是她與我生活十年而完全還對我不了解，而是近幾年來我的事業太順利了，也同時帶來生活上的美滿感覺；我們租了兩幢相連的洋房，其中一幢是我的工作室，由於我的興趣廣泛，除了在公家機關有一份固定薪水的職位外，我與藝術界結了不了之緣，無論繪畫、攝影、音樂都應算是個專家，而我與美惠一向可說合作無間，她是我的眞正的知己和得力助手。她的美麗和順從的德操在我的眼前依然明亮閃耀地存在，我們的愛情此時刻已趨於成熟而漸漸往上爬升於幸福的峰頂，在我們的社交圈中，任何人都非常羨慕我們這一對的親愛表現，給我們一個名副其實的讚語，都就是：

郎才女貌

相得益彰

可是整個黃昏肅穆的時辰，信雄君的瘦削的影像盤纏在我的思維裡，午餐時我有機會端詳他，他隨著年紀的增長留著與眾不同的垂下嘴角的短鬚，與下顎的不密的鬍子配合成一種極具典型而憂鬱的風貌；我不了解他此次的降臨具有什麼深遠的意義，但無可否認的隨著他的出現引發了我對過去歲月的不少回憶，而他的戲劇性的姿態和作爲卻使我懷著深深的慨慮和戒心。

我與他最後一次見面的情形映現於我的眼前，三年前的一個晚上，在我的家裡吃過晚飯後隨即引發了一場爭執，使一向和善待客的美惠亦僵直而嚴肅地默坐在一旁，雖然是爲了一件涉及幾百元的版稅的合理辯論，但似乎其眞正因素並非看不開那一點小利益，而我與他的這類爭吵淵源久遠，可推溯至於學生時代同學在一起時開始，我們有許多相同之處，這使我們在患難掙扎的日子親如手足，而事實上也因爲這種氣質上的相近導致人性間爭雄不相容的現象。所以引起於不快的事件的本身雖然隨歲月累積，但並不值得一一加以追索和重視。可是每當我在最寂寞的時候獨自沉思，卻會從最深的意識裡浮出溫慰的感情，因爲互相的磨擦而產生的認知會像一道光輝照耀著我的心田。那夜晚的爭辯之後，我們的友情關係陷於最幽暗的低潮，由於夜深天寒，他仍委屈於在客廳臥眠；我與美惠回到樓上的臥室，我不知道樓下的信雄君是否同我一樣整夜清醒未眠，我恨不得趕快天亮，以便能和他趕快分離；但他頗能沉著忍耐直到天明，如果是我早已悲憤不計黑夜奔出離去。第二天我們淡漠地在屋前的道路上分手。他的沉篤凝重的面目神情，至今依然給我內心一層警戒的印象。

而這一次他的出現的前兆是半月前藉託著一位傾慕於我的才藝的人士而來；那位人士攜來他自己的譜曲請教於我，交談之下才知道他是聽信雄君的描述而懷著敬仰的信心前來的，他一再表現的誠懇態度終致使我接受他的委託的酬報。然後是昨日在我下班回家時美惠告知了我信雄君要親自來訪的消息，而幾致使我嚇然一跳。我冷靜思考之後，吩咐美惠備晚餐等候他的來臨。他如時而至與一位頗具姿色的年輕女郎同來。當他們離去後，我曾與美惠詳談這一次我們對他的觀感；當我們回憶信雄與他那位賢惠溫馴的前妻的種種時，不料美惠突然這樣說：

「你知道我送他們走到道路時他有什麼表示嗎?」

「他有什麼表示，美惠?」我說。

「他伸出手來想和我握手，」

「然後?」我再問。

「我故意沒有看見。」

「妳故意?」

「是的，我故意。」

她就為這件事得意地整夜怪笑不停，使我不得不疑慮而另眼看她，有如使一個男人丟臉受窘是女人們的一項心滿意足的勝利。

二

我會和吳大師的關係變得緊密和投合，是他知道我也寫小說開始。在我未專事於作曲之前，有一陣子我和信雄君在文藝圈中，因此也試寫了幾篇作品刊登在那時的文學雜誌上，後來我們的友誼關係時散時聚，信雄君是個很特殊而難以揣摩的男人，他的熱情氣質使他成為一位異常出色的小說家，但他生活浪漫而常遭落魄的情況，自他和前妻關係斷絕後，也就是那次我們在清晨中的灰黃道路上慘然分手之後，我認為我再也不會重遇到他了。此時期我亦停掉寫小說，專心於攝影和作曲這兩樣東西，而竟然成為我現在樹立於社會的名譽的事業。有一天我在午睡時，電話鈴大作，美惠急奔上樓來告訴我是吳大師的緊急電話，我到底是滾著或者躍跳著下樓我已經忘記了，或甚至我有沒有來得及穿上衣服也不重要了，總之我握著話筒回答說：

「是，我是哲揚。」

「你快來，我有話對你說。」吳大師第一次用命令的口吻，說完即掛斷電話。

我叫美惠趕快準備一道上華岡，我不知道吳大師想對我說什麼這麼重要，但我心裡卻有著從未有過的佳妙感覺。那是一個炎熱夏日的午後約四點鐘的時刻，我們走向吳大師公寓的後院草坪，他只穿著短褲全身赤裸地曝晒在陽光中，躺椅的旁邊我馬上認出幾本我書桌上也有的文學雜誌，他以非常怪異而明亮且帶著笑意的眼睛審視著我們走近他。我深覺奇怪，他竟然沉默無語，只一味地盯住著我。然後他突然從躺椅躍起來，牽著我的手走進他的客廳，從酒櫃裡拿出一瓶威士忌，倒了三杯，在舉杯時才說道：

「我幾乎看錯了你，哲揚你這小子。」

我還是不知所以然，因此顯得有點無措，事後美惠回憶說她當時嚇死了。然後又回到後院的草坪，他呼叫我坐下來。

「你看我的皮膚是在不覺中晒紅的，你知道爲什麼嗎？」

我聳著肩膀，微笑地和他對視。

「就是爲了你寫的小說。」牠說。

那晚他留我和美惠共進晚餐，延續談至深夜；我從來未曾遇到過在長輩群中有這樣的一位博學而不鄉愿且豪爽的人。從此我和吳大師成爲莫逆之交，他交給我做的事無不以欣賞的態度來讚美我。這次的晚宴算是一個慶功宴，因爲他特別要我爲他的演奏做拍照的工作，而午間信雄爲我介紹出版家侯先生就是爲了我想出版我的那些爲數不多的小說。在席間我對吳大師宣佈我的小說將成集出版的消息。

「那應該，太了不起了。」他說。「有沒有找到出版社？」

「我的一位寫作的老友爲我介紹了一家。」

「那位朋友叫什麼名字？」

「連信雄。」我說。

「我曾聽說過，也像你一樣是個怪傢伙是罷？」

「是，是，他蠻好。」

他想再說什麼而沒有說出，只深沉地瞪了我一眼，我心裡想到信雄，並極欲向吳大師描述一些事，但席上群人的笑談聲馬上遮掩了這件事，這也顯示佳餚滿席的晚餐已到了尾聲。事先我曾約好幾位席散後再到畫家老楊的寓所去聚談，到了那裡已是十點鐘，老楊拿出蘭姆酒要大家再上坡。這是幾年來我們聚談的習慣，在吃飯時喝一種甜淡的酒，而飯後的交談則拿烈酒來引興。但至此我的心緒已達到窒悶的頂端，無法有過往的興致；當他們發覺我的異樣時，反而把我當成他們的作弄的目標；經過數度乾杯後，我已到無法控制的階段，我迅速拿起電話撥叫信雄君。

「信雄，信雄，救救我罷！」

「到底什麼事，哲揚？」

「請你過來，來救我，否則他們要把我灌醉了。」

「那不是很好嗎？人生難得幾回醉。」

「不是那麼一回事，信雄，快來救我。」

「好啊，我馬上就到。」

一刻鐘後信雄君和那位女郎又出現在我們面前，他未到之先我已誇言地對夥伴描述我的這位老友的種種優點，但在這深夜時分才到的信雄君垂著眼神充滿悲憐的臉色；我心裡固然因他的來臨而感暢快，但在這交織的複雜的腦影中，又覺得實在不該在他上床的時刻再把他拉來。他看到我們雖很表歡迎，但幾乎每個人都顯露著疲憊之色，因此他直率地說：

「啊，看來你們的高潮似乎已經過去了，」

「不不不，」我說。「還有無數的高潮在後面，但我們大家先乾酒。」

於是我要老揚把他的精采幻燈片拿出來，並且打開唱機以現代的前衛音樂作配樂。首先是放映從西洋的黃色攝影雜誌上拍照下來的照片，然後是老楊巡禮美國各大城市美術館的華美而珍貴的紀錄，他一面換片一面解說，再度引起我們處在局限的地域而從事自己亦感到十分曖昧的藝術工作的人的虛誇的興奮。然後是他的鄉土的主觀涉獵，只放映四五張破壞的牆和污穢的屋角，而那燒得太熱的燈泡熄滅了。於是大家談到近日在眞善美戲院上映的《衝破黑暗》這部影片；我站起來模仿卡拉揚指揮表演一段貝多芬的〈艾格蒙序曲〉的演奏；一位貌似英國喜劇名星彼得席勒的同事，也模仿指揮家托斯卡尼尼、查理斯杜律特、杜托伊尤金約夫姆；突然信雄君的聲音壓住了大家的狂舞：

「今晚最好放醉了。」

他宣佈說，舉杯對著大家，連飲三杯。我們全都注目著他，他卻沉靜地坐著，閉著眼睛，開始唱出他在學生時期就已拿手的歌曲，歌劇《瑪莎》中〈恍如一夢〉的一段，我們全都凝神聽他那富於感情的誠摯音色，且贏得我們的掌聲。隨著有人打開鋼琴彈出〈老黑爵〉，以及流行歌〈五百哩〉，整個客廳混雜著互異的歌聲。此時我的意識已十分模糊。朦朧的視界瞥望到信雄君和美惠兩個頭顱靠近著私語什麼，他的手舉在他們兩個面孔之間。有人拉我到鋼琴旁邊，要我唱舒伯特的〈老樂手〉；天啊，我這一生已經唱它有一百遍了。當我意識到美惠的哭泣聲和我的歌聲互相交錯對位與賦格時，我回身發現他們全都靜立如木雞，只有信雄君和他的新歡女郎坐在美惠的斜對面，我奔到她的座椅旁邊，握著她豐滿的雙肩，詢問她為什麼豪聲哭泣，她搖動著肩膀，不理會我的疑問，眼睛的方向直視著信雄君。

「連信雄，」她憤怒地大聲說：「你為什麼打我？」

「我沒有打妳。」他有點慌張地說。

「到底怎麼一回事？」我說。

「我只輕拍妳的臉一下。」信雄君解釋說。

「我問你，你有什麼資格這樣做？」美惠繼續發問。

「這表示親愛而已。」他說。

我說：「對，信雄沒有其他的意思。」

「你還幫他說話，哲揚？」美惠說。

「我也看到了，美惠，妳不應該說他打妳。」我說。

「我故意說的，」她回答我，使我不僅再度吃驚，和想到昨夜她的得意笑聲。

「爲什麼要故意？」我心裡開始惱怒。

「我是爲一位偉大的女性抱不平。」她說。

「什麼偉大的女性？」信雄不服氣地說。

「這是什麼地方什麼時候妳提到她？」

我把美惠的整個身體提起來，我的意識已完全清醒，明瞭她的搗蛋是爲了什麼事，最好我趕快把她帶回家。

「她太偉大，我不能不想到她，我的心裡懷念她……」她嚷著。

「我錯了，」我面對美惠說：「這完全是我的錯。」

我拉著她朝門口走去時，瞥見信雄君從座位站起來，低垂著頭，似乎想發表什麼私人的意見，但我和美惠已經走出門戶，在巷口攔截一部計程車。

當車子駛離市區，在郊外的漆黑山野奔走時，我注視著在寒冷的氣候中猶出現在天邊的幾顆稀落的星子，想到數年前我的一次外遇事件的揭露，引發她有一段時間，每到半夜，她便從床上起身坐在鏡前沉默地獨自化妝；塗敷成當初我們結婚那天信雄君的前妻爲她化妝的呆板模樣，那位漂亮的女性的確如美惠所說般偉大和感人，可是信雄君在他的性格中的另一面卻是非常孤獨的人；像我從求學到現在二十年間與他的辛酸波折的情誼和認識，亦難了解他的所做所爲所依循的他那內裡的神秘思想。我在沉默和冷思中想著，在這一次僅兩次數小時的見面之後，我不知還要等待何年何月何日，再和這個常爲人誤解的信雄君相見言歡？

山像隻怪獸

一

我從不失信生活中的任何微細的承諾；當我走進廣場抬頭望著火車站的鐘樓，時刻是下午二時差七分鐘。雖是春天的季節，天氣是無法想像的悶熱。我把外套掛在手臂上走過人潮擁擠的火車站走廊，前面迷你褲下的一雙均勻的美腿引誘著我，它在人群間的隙縫裸露著，我有些奇怪，無論如何無法趕上或近前那雙緩慢擺動的雪白的腿。我想看到那位擁有這樣優美的雙腿的女人的臉孔，卻看著她的背影走進火車站大門，消失在聳立和密集的人群裡。我走向走廊那一頭的鐵路餐廳，意外地看到餐廳的玻璃門敞開著，人們川流不息地走進走出，失掉它在夏季緊閉著玻璃門的高尚模樣，那印象一直保留著許多年，現在覺得它十分可鄙，猶於擁擠，舉目四望都覺得毫無秩序和標準；人們的面孔不是高興之色，為等待而煩悶的苦惱所取代。價目表陳舊和骯髒，但我發現價錢已經塗改；我的腦中馬上閃過一年來的物價上漲情形，覺得到處充滿勢利而卻又毫無改善的面目。我走進去，站在室中環視一周，對每一個座位的人注視，但沒有任何發現，反而印著非常窒悶的感覺走出來，覺得外面的室氣要暢流許多。我想羅倫和她要帶來一起旅行的朋友歐陽劍芬沒有早到。

我又沿走廊走過去，因爲廁所設在另外的一邊，正好和鐵路餐廳分佔兩個盡頭。不是去吃東西，就是去解手，這兩者間連通著一條很長的廊道。我想羅倫和她的朋友歐陽劍芬能早到定會使我驚喜，但這幾年來我從未獲得這種奢望。我和羅倫保持斷斷續續的往來，這之間有一個長達四年的完全斷絕，直到去年我和她又恢復通信；我住在中部的鄉村，羅倫依然住在她生根的北部城市。羅倫一直表示能和我住到深山去的願望，過著隱居和簡樸的生活，但我不得不駁斥她這種對幻想生活的嚮往，羅倫如離開城市的生活便只有趨向死亡。當我表示這種見解時，她的端莊的面龐呈現出哀怨的色彩。這一次會面對我來說依然充滿矛盾的心理；我雖喜歡見到羅倫，但又擔心會見她。

當我再從火車站正門走過時，原已忘掉那位穿迷你褲裸著雪白的長腿穿著高木屐似的鞋子的女郎，這一次卻讓我瞧見了她的側面；她從我的面前扭過，走向廣場停放的一部綠色轎車，那裡有幾位俗氣的男人等著她，原來她也十分俗氣，肌膚雖很潔白細嫩，但態度卻十分的炫耀，那種缺乏教養的嬌嗔之氣充滿在那張平庸的圓臉上，我再由她的背後望著那除臀部外赤裸的雙腿一眼，心裡頗覺遺憾，便毫不流連地走開。這是一件在等待羅倫和她的朋友歐陽劍芬時的掃興事。我總喜歡看到這個世界的美麗和均衡，以及外表和內在的統一諧和，但是一切的顯示總是有些缺德和窩囊。此時正值四月，天氣實在不應該那麼悶熱。

二

老柯：

我和我的好友歐陽劍芬和她的男友決定搭乘六日（星期六）上午十一時的對號快車從臺北出發，到臺中的時刻是下午二時左右。希望能見到你，請你務必在鐵路餐廳等候我們。如果改變車次或行車的延誤，也必須等候我們到來，你知道我是多麼盼望見到你，就是這樣。

F·羅倫

這是前幾天羅倫給我的信。我回到鐵路餐廳，做忠誠的等候。我沒有帶錶，也沒有再看時鐘，但時間已差不多了，正是應該端坐在位子上等候她們降臨的時候。我把灰色外套放在一張空椅上，走到櫃臺買一杯飲料，我付十二元買一杯橙汁，走回時把票券交給一位交臂而過的男侍應生，用手指著我放外套的那張桌子。但是桌子已經被三位矮胖的男女佔住了，我把上衣拿起來轉到最裡面的一張長桌去，那裡早有一對年輕的男女斜角地坐著，我在另一邊坐下，正面對玻璃窗外火車站月臺的出口地方。我想：在這裡望見羅倫和她的朋友通過出口是件意想不到的賞心的快事；這是一個可以很旁觀地觀察羅倫之處，也可以看到她的朋友歐陽劍芬是怎樣的模樣；凡事有預先的觀感總比突然而來較易對付。

在等待的時候我傾聽著對面男女的交談。那位臉色蒼白頭上蓄留長髮的青年時時對我投來愼戒的眼光，而那位碩壯端莊的女子卻只注視著對方，臉上掛著故意的笑容吐露一些違心的話語，其中有一句頗引起我的注意，她說：「我從不管別人如何觀感，我好就好，管他人死掉。」這當然不是指我說，而是指著他們生活中的事。我好奇地審視她一番，才發現是個已經懷孕的女人，從她那健壯的神色，我以爲她不是如她說出那種話的一般女子。她的笑容也就告訴別人她實在不是那樣；可是我想：她也許就是那樣。實在賭不定她到底如何，一時我突然迷失了判別的能力。他們交談有關工廠和做工的種種事情，他們實在是新的一代，其生活情感也許如她所說出的那種冷酷的結論。我所曾交往和結識過的女人中，從來沒有遇到像這位懷孕的女人那樣坦率的；我根本沒有機會邂逅這種本能強烈的女子；我的妻子雖沒有進過高等學府，也沒有進過工廠做工，是屬於家庭的維繫舊式情感的那種溫馴的典型；在這樣的新時代中，二十歲左右的女人要比三十歲以上的女人更能適應環境，也更享有自由和發言，我想我的妻子算是被時代的陰影掩蓋了的挫敗者，只能在她的日子中守護家庭和子女，她的腦中有宿命的意識，這使我在邁向前程的時光中產生徬徨，讓我獨自去做我所要做的事，讓我想到我所要的恩典，但她永遠不能與我步履一致，不能參與我的工作，不能與我做思想的交談，而這樣的兩種世界竟然結合在一起豈非怪事？會形成這樣的情勢，既不能奇怪我的性情的多變，也不能嘲笑她的愚蠢；我們之間曾經過一場辛酸的掙扎和折磨，現在則安於繭狀的日子，互守自我承諾的義務，一切都趨於平淡和乏味。我的生命像是一隻蝴蝶，展翅於山坡廣闊的空間。我突然向對面的蒼白青年投以憐憫的眼色，我想：在這新的男女互爭的時代中，他必將是屬於弱者，當女性走出家庭邁向工廠之時，男性已失去過去所扮演的尊嚴角色，像蜜蜂和螞蟻的社會，雄性看來無比的滑稽和可憐。我又想：但願不要這樣，這種跡象或者會及時挽救回來。

我繼續觀察，那位看來也必定是個工人的青年，這時從放在桌上的煙盒取出香煙，他的舉動正如我所感想的，只有在衣著和吸煙的動作上，他才有那種男性的本色，但他的語聲和那蒼白的臉孔，正顯示他內在的懦弱。他們留給我的印象非常深刻。這一切不在話下。侍者姍姍來遲把橙汁端來，正好滋潤乾燥的口喉。

月臺上數分鐘前除了少數人走來走去外，現在漸漸充滿站立候車的人。時間必定超過了，但羅倫和她的朋友所乘坐的對號快車並未進站。在這之間，別的月臺有二部火車由南駛來，下車出站的旅客在這數分鐘走光了。我的視線穿過玻璃窗，預定在某個地點來觀看羅倫和歐陽劍芬。上個月在臺北的一次會面，羅倫曾約略談到歐陽劍芬。現在我又在對那位未曾謀面的婦人產生著諸種想像，我唯一害怕的是她會比羅倫漂亮，我也害怕那位陪她旅行的男士的一切要比我優越，為這些事，我頓感憂患重重。羅倫對我所描述的歐陽劍芬的現狀和過去，在當時沒有，現在卻使我為自己焦慮。羅倫說歐陽劍芬剛由美國回來，她的丈夫在哥倫比亞大學任教，可是他們之間現在有了問題，因為鮑治平時沉默寡言，甚少和她交談同樂；羅倫說他們已經相處十四年，在臺灣大學時是同一個科系，同進哲學研究所，到美國後，歐陽劍芬做事讓鮑治完成學業取得博士學位，而現在他們有了問題。對這些描述我當時覺得味同嚼蠟。羅倫那時沒有安排我和初回臺灣的歐陽劍芬見面實在是一大幸事。直到她通知我她們要來臺中到日月潭旅行才使我再想起這些事。為什麼現代的所有婚姻都有問題？我想，像羅倫自己，一切都不如意。這個時代為什麼那麼讓人不快樂？在世界的任何之處是如此，對於思想、行爲、體制和規律是不是需要通盤的重新釐定和改革？在這樣的世代中，誰是快樂的人？上帝雖被判決死亡，可是人類爲何還是那麼愚蠢和紛擾不安？高漢是誰？那是七等生的癡人說夢。我想：這類問題是永遠不會有結論。哲學家既不爲婚姻下定義，他們根本上也輕視婚姻的事。

三

我無法想像歐陽劍芬是怎樣的女人，但我曾讀過鮑治的有關哲學邏輯的著作；我想一個在十四年間長期陪伴一個內心嚴肅的男人的女人，一定有她的獨特的夢想和苦心的行動。祇有從這點去探測她形貌以外的質素。但這點頗使我的內心感到顫慄，把她想像成一個十分完美的女人。我充滿對女人的想像，無論從任何角度我對於這個世界的女人都有幾近喪心病狂的指望，從我的夢想和接受誘惑出發直落到我最後的失望。但丁說：絕望是最大的罪惡；我的心常臨近這個邊緣。我存在與活下去是居於內心永不懈怠的盼望，屢次由挫折中站起來，且堅信我擁有的信心。羅倫看清我這一點，把我當爲精神的信仰；她想依附我，佔有我，而我卻不得不拒絕這種最終會失去自由的束縛；在我的理念中，這個世界便是一個完整的女人，而沒有千千萬萬個別的女人；所有的事物都只是我個人的理念。我曾清清楚楚地對羅倫表示過：我的生命所追求的理想可能是一個完美的女人，如果沒有這樣的一個象徵，也會是存在於某種事物的眞理。我是個活生生的血肉之軀，我必須忠誠服從內在的血脈的跳動，除了這，沒有其他違背意志的生存。羅倫宣佈世界上沒有我所盼望追求的所謂完美的女人；她認爲男人都不完整，爲何指望女人完美，但是我心意甚決，就如保羅所言：我們得救是在乎盼望。我與羅倫便這樣地戰鬥起來，演著我們之間的智力競賽。要非我秉性中有抱持原則的鎭定，否則面對羅倫早已崩潰於無形了。

在瞬息之刻，一位高大英俊的青年，穿著異常整齊的服裝，態度文雅而莊重地由餐廳門口直接走向我來；我抬頭欣賞他，也甚感驚慌。他的容貌體格和顯露的教養，是新世代充滿希望和樂觀的象徵，與其比較，在這樣的形態上而言，我老柯是遜色多了。我嘆服對方的年輕和高大。我將近四十歲但長期生活的打擊已經使我自主的規劃了未來有限的時光。

「他是不是就是他？」我想。

他是不是歐陽劍芬在台灣的男伴，我竟然十分幼稚且百分老練的妒嫉起來，但那位青年選擇我背後的一個位置，正好與我相背。我側身瞥望那青年脫下上衣，卻沒有在他臉上看出他對室內窒悶的空氣的煩厭。對這點我頗感慚愧。我又看著他以溫和的態度走到櫃臺買他需要的東西。他是否也像我來此忠誠的等候，而他晚來些卻顯得更從容適當，因爲火車始終未到。我回望月臺，覺得那麼多人都沒有很好的站姿，他們甚少移動，只呆板地守著他們站立的位置。

「他不是，」我想。「他是又如何？」

只有等候羅倫和歐陽劍芬的到來才能證明。我常自鏡中端視自己，毋需對身外的事物強加比較而產生恐懼。他當然不是，羅倫信裡明白表示他們一齊來，這整個完全是我心裡的幻覺。這時火車緩緩地進站，我看到火車頭出現又滑出我的視線，車廂所示的標誌，無疑是這部車，她們將到來，爲這部火車所帶來，羅倫和她的朋友歐陽劍芬一定是乘坐這班車，憑我的感覺她們是。那背後的青年是誰我已經把他出拋腦外。我看到月臺上的人突然激動起來擁擠到各車廂的門口，下車和上車的人混合在一起，有些人已經通過出口而去，後面又有一簇一簇的人，我在預先準備的視線地點看到羅倫了，後面跟著一位身材略高她的婦人，她們的肩膀垂掛著皮包，手中提著布袋。我靜靜地坐著，把兩指間的香煙放在煙灰缸。

羅倫全身很有情調地走進鐵路餐廳，她在進門後便張望著，但馬上見到我向她招手。她吐了一口氣，這一點我清楚而熟悉地看到了。我迎上去接住羅倫的手提袋，當我朝她的後面注視，我像見到一具骷髏那麼靜默而可怖的臉孔，那張臉的氣氛是如此地淡默而無情。我轉身把手提袋放在一張空椅上，羅倫急於要把尾隨著她的人介紹給我。她總是那麼快速和性急，這完全是她的個性。

「她是我的好朋友歐陽劍芬。」

我愉快地傾聽羅倫這樣說。我這一次才清楚地辨識到她的鼻子很小，雙頰凸出而構成我剛才不可磨滅的印象。

「這是我所說到的柯。」羅倫對她說。

我和她相視點頭，但她並不表示喜悅也沒有笑容，把一本手中的書放在桌子上，坐下後只是搖頭感嘆她的眼睛。她從手提包裡拿出一隻光亮精巧的白鐵盒子，打開它，把頭俯下來照著盒蓋裡的一片小鏡子，她又哀嘆地把隱形眼鏡取下來，小心地用食指頭的肉貼著小薄片放在盒子裡，並解釋說：

「已經超過四小時了。」似乎只對羅倫。

「妳戴隱形眼鏡有多久了？」我開口問她。

「還不到四星期。」她抬起頭來。

「在臺灣？」

「是的，在臺灣才開始戴隱形眼鏡。」

羅倫說：「車子慢分了。」

「你等多久了？」羅倫問我。

「我二點鐘前到這裡。」

「你不在乎是不是？」

她在桌下握住我的手，當有另外的人在場時，這樣做已經成了她的習慣。

「人太多了，我討厭人多。」

羅倫的朋友歐陽劍芬這樣說。

「妳們要喝點什麼？」

「只要飲料就好。」羅倫說。

「妳呢？」

她想一想，看到我面前飲過的橙汁。

「我要橘子水，」她說。

「我只能喝橘子水。」她又說。

「那麼就是兩杯橘子水。」我說。

我站起來，從羅倫的椅背後過去，走到櫃臺對服務小姐說：

「我買二杯橘子水。」

我一面說一面從衣袋掏出錢來，那位服務員忙於從冰箱拿可樂給其他的人。

「現在廚房沒辦法做橘子水。」服務小姐看我一眼對我這樣說。

「那麼有什麼水果汁？」

「罐頭的百樂果汁。」她說。

「好，二罐百樂果汁。」我說。

「二十四塊錢。」她請。

我粗魯地把錢丟在櫃臺上，她從冰箱取出罐頭，迅速地開了二個洞交給我，我一手握住二個，走回來時發現歐陽劍芬已經不在那裡。

「只有這個。」我對羅倫抱歉地說。

「沒關係。」

坐下來時她又握住我的手。

「你不在乎？」

「什麼事在乎？」

「讓你等候。」

「當然。」

我把手抽回來，無意識地把桌上的香煙推了一下。

「你終於上癮了。」羅倫說。

「還沒確定。」

「你說是JADE，這是總統牌。」

「我說過，開始是JADE，後來發現總統牌很好。」

羅倫說：「我好想你。」

「我也是，我看了鮑治寫的書。」

「你覺得歐陽劍芬如何？」

「爲什麼她的姓和名字這樣奇怪？」

「這就是我們不能把她單叫姓和名字的理由，合起來說最代表她。」

「現在我不能說。」我回答剛才羅倫的問題。

「我也不要你說。」

「那麼爲什麼要問？」

「沒有。」羅倫說。

她不停地望著我，我也回望她那有特徵的臉：在任何公開場合，羅倫的臉總是那麼好看而有個性，突然她說：

「你好嗎？老柯？」

我覺得奇怪，但深深體會她的深情，因爲她的朋友歐陽劍芬不在這裡。只有我們兩個人，所以我也說：

「我很好，妳呢？」

「我一樣。」她似乎頗覺安慰。

「妳說有另一個男人一回來。」

「是的，但臨時他不來了。」

「他是誰？」

「她的小叔，她很喜歡他，我不知道爲什麼，現在也沒法解釋，但一切都過去了。」

四

歐陽劍芬從洗手間回來，我注意到她穿的是一件很別致的娃娃長褲，倒很適合她的文靜的外表：她的外表是如此的平凡，幾乎有點故意的平凡，而內在則不然。羅倫正相反，她外表很不俗，但內在我知道實在太平凡了。

當羅倫和歐陽劍芬低頭飲著百樂果汁時，我突然地掠過一陣思潮；我想：我必須堅守我意志上的原則，尤其和羅倫在一起，我必須艱辛的抑制所有一切狂妄不羈的行徑，我那開放要接受誘惑的心靈，最後總會適得其反地斷絕了誘惑而關閉起來。羅倫發現到了，她問我：

「你想什麼？」

「沒有。」我望著她。

「我要你說出來。」

「我只覺得熱，空氣不好，我們應該換個地方。」

「那麼去找一個涼快的地方。」

她臉上顯出失望。

「如果妳們要去日月潭就不要再浪費時間。」我說。

「怎樣去法，老何？」她說。

「我想現在只有僱一部計程車。」

「妳以爲如何？」她問歐陽劍芬。

「我沒有意見，只要能到沒人的地方就好。」

我對她的回答感到十分驚奇，不知道那是什麼意思。她說話很少，但已經第二次這樣表示過她的意見。我想：她憎恨人類嗎？還是憎恨自己？也許根本不是這種問題和這種答案。我很喜歡她說話像在宣佈重大消息的緩慢和嚼字。這一點又與羅倫快速富於感情的話語成爲對比；她是完全冷酷無情的，我想。

「把飲料也帶到計程車去吃。」我說。

我毫無考慮的提著羅倫的布袋，羅倫卻慇懃地去提歐陽劍芬的提袋。這一點歐陽劍芬顯出絕對的優越感，她沒有拒絕，像是一件極自然的事。我和羅倫一起走出鐵路餐廳；歐陽劍芬像一個鬼魂般靜悄悄的尾隨著。

「今天眞是驚險萬分。」羅倫說。

「什麼事？」

「上午到九點鐘，車票還不知道在那裡。」

「原來是這件事，後來怎麼樣？」

「我就是有信心。」羅倫說。

「等一下再說。」

幾個計程車司機向我們圍過來。

「到那裡？」

「日月潭。」我說。

「幾個人？」

「三個人。」

「這邊來。」

「多少錢？」我問。

「包一部五百塊。」

「太貴了。」我說。

「多少？」其中的一個說。

「四百塊。」我說。

「沒辦法。」

我們要走開，一個唇上留鬚的司機對我們招呼起來。

「他們不去，我去。」那司機說。

「四百塊？」我問他。

「四百就是四百。」他說。

我們折回停放在走廊邊緣的汽車，他阻止著我們說：

「不在這裡，跟我來。」

那個司機走過斑馬線，我跟著，羅倫和歐陽劍芬走在一起。那個司機一直往大樓走廊走去，我暫停下來等候她們兩位。我發現羅倫穿土黃色套衫很配合她棕色的皮膚，那件無領的衣服在胸前繡有奇異的花草延伸到背後。羅倫很適合穿長褲或長裙；她正好穿著一條淺灰藍的長褲；她是那麼健康碩壯和活潑；她實在更不像是女人；我高興她這樣，使我從心底裡拒絕和斷念。可是她身旁的歐陽劍芬則顯得更富誘惑；她不美，但她看來是個十足的女人，有點拒人於千里的高傲和不可侵犯，這一切正適於引發我的好奇之心。

五

「他們不行，我行。」那司機說。

我對羅倫和歐陽劍芬問如何乘坐。

「都坐後面。」羅倫說。

「妳在中間。」歐陽劍芬說。

她們坐進車裡後只剩下狹窄的空位。

「我還是坐在前面。」我說。

司機已坐好他的位置，我把放在前座的行囊遞給羅倫接住，我坐下來對司機說：

「可以走了。」

精神活潑的司機神氣十足地用英文說：

「OK，Sir。」他發動馬達駛出去。

我覺得好笑。羅倫又繼續說她和歐陽劍芬早晨搭車的驚險故事。她說前天已經告訴她的老爸爸一定要買十一點那班對號快車，今天早晨九點鐘她打電話給辦公室的老爸爸，他說他忘掉了這件事，現在只好叫工友快到火車站辦公室買兩張公務票，到十點鐘時工友還未回來，他在電話裡說可能沒有買到票，怎麼辦？羅倫說她心裡想到的是我，萬一不能如時到來這比殺了她更嚴重。她們乘計程車趕到老爸爸的辦公室，那位工友沒有回來，她要老爸親自和她們到火車站去，到了火車站，那位副站長說工友剛剛拿走了票。老爸爸走出來便訓了羅倫一頓，他說：「到底爲什麼一定要搭這一班車？」羅倫回答說：「諾言比什麼都重要。」她不在乎老爸訓她這一頓，她心裡只掛慮著我在沒等到她們時的疑惑。她說她的老爸又說：「我越來越不了解妳，我看不出妳到底在幹些什麼有益的事。」羅倫在敍述這些事時我心裡想：歐陽劍芬必定站在旁邊沒有插嘴，她心裡必定這樣想：「柯是誰？何致讓羅倫這樣傾心？」羅倫說他們站在火車站的前廊下，望著來來往往的人，盼望那位拿走車票的工友能夠早些轉回來；他來了，羅倫才舒嘆了一口氣。她說老爸故意向那位勞碌的工友打了一場官腔，才歡歡喜喜地看著她們上了火車。

車子駛離市區，在一條筆直的大道行駛，車子裡的錄音機放著流行音樂，我叫司機把聲音轉弱，以便能夠和後座的羅倫交談。我們現在感覺舒服很多，任何朝向旅程的心緒都會因爲一種流動的事物而覺得舒放，道路上的樹木和房屋衝向我們，然後分開流過去。我想閉目休息，但不能夠。我轉過頭最先看到的是歐陽劍芬那冷默的臉孔；我不能轉得太過來看羅倫，那太困難；我只能把頭左轉，於是我向右邊的窗外觀看流動的房屋和樹木。

「我不能忍受。」

羅倫在我的背後大叫。

「什麼事，羅倫？」我說。

「我不能只看到你的頭髮，我不能忍受這個。」她說。

「妳的意思是——」

「這麼長的路，我不能忍受只看到你的頭髮。」

我聽到歐陽劍芬的一聲笑聲。

「妳可以看窗外的景物，羅倫。」

「但你的頭髮正面對著我，我不能忍受。」

「妳要我坐到後座和妳一起？」

「你最好是坐到後面來。」

「我非常抱歉我的頭髮使你難受。」我對司機說：「請你停一下車。」

司機把車子停在路旁，我開門出去時羅倫已把行囊放到前座，儘量讓出空位給我。我坐進來時嘆了一口氣，歐陽劍芬側著她的頭看我一眼，這是她第一次自動看我，我回看她時才發現她的頭髮中分兩邊，顯得十分動人，我再也不感到她臉上有一個奇小的鼻子，我心裡早先對她的鼻子感到有些遺憾，現在覺得她的臉很自然，她的外表的沉默和保守也許就因爲她自覺鼻子小的緣故。車子再向前駛時，羅倫能依貼在我身上感到很滿意。

我向前問司機這段路有多長：

「八十二公里。」

「要開多少時間？」

「二小時。」他說。

「我記得畢業旅行時道路十分崎嶇。」歐陽劍芬說。

「現在是一條新鋪的路，不再從南投、水里經過。」司機說。

「那就很好。」歐陽劍芬說。

她望著窗外，車子似乎正在經過一個市鎮，道路兩旁都是整齊的樓房。

「這是什麼地方？」

「霧峰。」司機說。

車子飛快地經過市街，兩旁的風景又恢復山林和田野。

「那是什麼樹？」羅倫指著說。

沒有人領會和看她指的樹。

「那裡？什麼樣？」我說。

「在山邊，正在開花。」

我看到一些棕綠葉子的樹在山腳邊，黃色的花叢一簇一簇呈現著，陽光使它們發出亮光。

「是龍眼樹嗎？」她又說。

我的印象中龍眼樹是十分高大，童年在戰爭時，我家由市鎮移居到山村，那裡有許多龍眼樹，車子不停地往前開，繼續在田園上有那種羅倫說的不高的果樹出現。

「是枇杷。」

我們看到樹上有些是用紙紮起一包一包。

「龍眼樹需到五六月時才開花。」我回憶說。

「妳喜歡吃那一種水果？」羅倫轉臉過去問歐陽劍芬。

「我只喜歡橘子。」

「你呢，老柯？」

「有時我喜歡香蕉。」

「我最不喜歡香蕉。」羅倫說。

「嫌它沒有水份嗎？」

「它的形狀使我……」

我心裡覺得好笑，當我依羅倫的說法去想，我感到憂鬱。

「它的皮讓人輕易的剝開。」羅倫又說。

「我所喜歡的水果種類很多。」我說。

「你不覺得香蕉的形狀很氣人嗎？」

「一點兒也不會，羅倫。」

「水果必須像水果。」她說。

「我只喜歡橘子。」歐陽劍芬說時頗像病婦。

「我最喜歡的是一種新品。」我說。

「什麼新品？」

「芒果和蘋果的混合。」

「我覺得橘子最好。」歐陽劍芬固執地說。

「可惜臺灣沒有榴槤果。」羅倫說。

「我想到梵樂希的石榴。」我說。

「保羅．梵樂希？」

「當然是他，我佩服他是因爲那首〈石榴詩〉。」

「但石榴不好吃。」羅倫說。

「但是……」我欲言又止。

我望向窗外，羅倫的手握住我的手時，我心裡感到生氣，但我沒有拒絕，反用力回握它。她依貼著我更緊，使我覺得十分難受。我望著左面一簇密集和參差的山峰，車子開始沿著一條大溪快速地行駛，那位司機告訴我們說：

「那邊是火燄山，西螺七劍的火燄山。」

「它還有一個名字，我曾記得——」歐陽劍芬突然說。

「九十九峰。」司機回答她。

「山像隻怪獸。」羅倫說。

我保持沉默。

逝去的街景

一

那年夏日海浴中的一天有一陣狂潮把吳素妹女士的兩位剛長成的女兒捲走呑沒了，當大家聞知了這件不幸的事，且熟悉那兩位女兒是在大學就讀而她們的容貌是受到注目讚美時，惋惜之聲在黃昏裡喧嚷傳遍了全鎭。但是你要是加以細聽和觀察那些三五成群的私語的人們，就會在他們的動作和語聲中察覺那是帶有著積久的妒嫉所顯露出來的幸災樂禍的濃厚意味了。這些當然都是朝指著吳素妹女士一人。對於那溺死的不再有知覺的兩位而言，嗟嘆是多餘的，但對於活著的人，總會在此時利用著事件來表示他們的恩怨情緒。經過二天的撈尋，屍體才在港尾的石隄腳爲漁人發現，看到的人說兩具屍體是緊牢地相擁抱著，心地善良的人聽到時的確頗表安慰；可是他們又說耳朵被蟹蝦咬掉了，卻又產生懼怖的想像。總之，在那幾天裡，這個尋常事件是一陣又一陣地煩擾著人們的思緒；如果不是吳素妹女士而是普通的人家，恐怕只當做天上的一塊浮雲無聲息地在不知不覺中過去。有些人眼珠睜大地在討論吳素妹女士的財富，一併把那位短命的丈夫也無端地被道及了可咒咀的流言。好像罪過都是她；他們這樣說到她的長相；兩顆烏溜溜的大眼睛，高凸的顴骨，再加高大豐腴的身體。他們的竊語模樣倒有點像鑽洞的老鼠群。

「她還有一個男孩子，」

「只有八九歲懂什麼？」

我們走到那幢別致的漂亮的房子的門前去觀望，看見那男孩沉默乖順地在紗帳前燒銀紙錢。就在這個機會裡我們才能看到吳素妹女士一家人所居住的有些神秘和高貴的白牆壁和褐色木柱的無數大房間，裡面擺設的高雅的家具，迴廊和內院的花園，許多人好玩地在那裡穿梭瀏覽，骯髒的腳步印滿了乾淨光滑的地板。

二

那幢屋子的前門總是關閉著，吳素妹女士自從失去了兩位女兒之後就沒有在街道上讓人看見，我們猜想她大概有五十歲了，有人說她深夜才出來，和一位身材不高的中年男人沿著山腳的相思樹林散步。那幢別具一格的漂亮瓦房側壁有一條水溝，那一邊是一座尼姑庵智福寺，寺院後面就是長滿相思樹的虎頭山的山坡，因此那說法使人不能不信。

星期日早晨約十點鐘左右，鎮上國民小學的美術教師李厚德先生帶領了三位小學生來叩門，對摺的鑲門只打開了一邊，一張不很陌生的男人的臉孔被人瞧見了。他就是鄭森先生，一位很特殊的人物，日據時代年輕時曾就讀臺北師範美術科，他擅長水彩畫，作品屢次入選大展；光復初年鎮長出缺時，他代理過鎮長的職務；現在在鄰鎮的中學任美術教師。

「我把他們帶來了。」

「請進來，李老師。」他說。

鄭森先生還穿著束腰的晨袍，引他們走進一間臨時做爲畫室的寬敞的房間，他親自佈置了一個臺子，放擺著幾樣眞實的水果和蔬菜，對他們講解水彩的畫法，他親自畫了一張做爲示範，據李老師說畫得比實在的更美好。這之間，吳素妹女士出現在畫室門口，端來一個茶盤，上面有糖果和茶壺茶杯。李老師後來對同事說，她實在是個高雅而有教養的女性，態度溫柔而謙虛。

之後，大家確定他們是一對情侶之後，我們總覺得那幢屋子靠街道的窗戶，晚上燈光總是光亮著，不似以前站在屋前的那排龍柏樹旁幽黑得看不到亮光。可是現在的光亮是透過一層窗簾和玻璃，還是看不到裡面熱鬧的情形；我們想：鄭森先生是一位有學養的紳士，他總會邀請他在傍晚時分打網球的朋友到這舒適的屋子來喝茶談天。有時，我們的確看到由外地駕車來的很有體面的男女，被他引進到那幢屋子裡，晚上那裡面必定燈光明亮到深夜或凌晨。於是開始時的繪聲捉影的閒言被實在的情形替代了。人們總是朝著那幢房舍投出羨慕的目光。

經過幾個月，有一個晚上，突然一位穿長裙的瘦弱的婦女悄悄地走近吳素妹女士的那幢房子，她在門前猶疑了一下；當她叫門時吳素妹女士的廚婦來開門，那老廚娘不讓她進來，但那婦人突然地強硬地衝了進去。幾十分鐘後，那位婦人出來離去，因爲太晚了看不清楚她的面容的神情。可是第二天有人說，她就是鄭森先生的妻子，由鄰鎮趕來捉姦的。而講這事的人又論，鄭森先生是由臥室的天窗爬到屋頂上去。後來沒有人再看到過鄭森先生在那幢屋子出入。那幢座落在鎮上北面的大宅於是又恢復先前的寂靜，沒有亮光由窗簾透過照亮那些龍柏樹。晚上那一帶顯然十分的肅穆和寂寥，智福寺後面的山坡也沒有人在那裡出沒散步。

三

數年之後街角的地方開了一家麵店。大多數人在夏季的時光裡非常重視晚飯後在走廊或街邊乘涼的習慣，閒談喝茶直到午夜；在秋冬的時辰，晚上只能坐在屋子裡，尤其是冬寒的時候都提早睡眠，街道上約在晚上九點鐘已經甚少有行人，但十點鐘左右未睡眠的人卻會溜到麵店來吃碗湯麵，才能安下心地再回家去睡覺。就在那個忙亂時刻，開麵店的戴眼鏡的老頭子突然地想明白一件事，一個鐘頭以前他的兒子，那高個子火生提著板箱送麵到吳素妹女士家去，爲什麼到現在還沒回來？

「難道送麵去還要陪她睡覺？」他說。

他抬頭望見火生腳步蹣跚地回來，低著頭眼睛望著地面，顯得虛弱懶散；老頭子回憶一下，這情形自入秋以來已有一個多月。首先吳素妹女士差她的廚娘來叫麵，幾天之後火生告訴他的父親每天要在那個時候送去。

「那麼你在這個鐘頭到底在她那裡做什麼？」

「我不在那裡，」火生說：「我到藥房去看人下象棋，然後我再回去把碗收回來。」

那個老頭子是個精明鬼不再追問他。白天他偷偷找一個機會去藥房打聽火生是否來看下棋，藥房的人回答說：

「罕罕的只有一二次來過。」

「什麼時候？」

「午後的時刻。」

於是他轉去找里長陳瑞木先生談他心裡懷疑的事。

「你何不試試捉一次，」陳瑞木先生說：「現在無證無據叫我如何辦事？」

那晚老頭子趁火生提麵去後半個鐘頭，偷偷潛進了那幢房子，而一切眞相都清楚了。可是老頭子面對吳素妹女士的時候，他的氣憤消失了，由衷地對她敬仰和憐惜。

「這件事我們只能冷靜和理智地思量。」吳素妹女士說。

她的態度自若而嚴肅，請他們父子坐在臥室的椅子；她的樣子似乎準備和他們做一番誠懇的交涉。

「你會守住這個秘密嗎？」

「這是一樁罪過，我希望到此爲止。」

「當然，」吳素妹女士說。「我知道。」

「這個無用的孩子我要打發他到城市去。」

「那麼我要給他一些錢，多少我希望你們不要和我斤斤計較。」

「算了罷，」老頭子說。

「這是我的一點意思，並不如你說的是一樁罪過，要我用錢來賠償你。他已經成年了，沒有什麼受害人，這事你也無權訴之於法。我和他只是有緣在一起而已，你是應該明白的。只怕宣傳出去，有關係的是風俗的問題，我希望你守住秘密。」

這席話把老頭子說服了。

四

一位天主教的外國神父和陪伴他來的本地人走遍了鎭上的所有街道，觀看了所有大大小小的建築物。當他第一次睹見了吳素妹女士的那幢房子時，他駐足了片刻，很欣賞它的式樣，在他的腦中盤算著面積，房屋的寬窄和高度，覺得它有點歐洲的風味，卻是爲日本人的尺度所修飾的。當他繞完了全鎭又回到那幢房舍門前時，他和那位陪伴的人就站在街道上交談了起來。

「這間屋子像是爲聖母準備的。」

「是爲您準備的，神父。」

「是聖母。」

「是您，神父。」

「聖母。」

「神父。」

然後他們像是兩個打賭的人走近去叩門。

當我們第一次看見白色十字架豎在那幢房子的前廊屋頂上時，實在頗表意外。最感興奮的是小學生，成群結隊去找慈祥的神父乞討有聖嬰和馬車滑過雪地的美麗卡片。聖誕樹和銅鈴第一次給我們很深刻的印象。有時在那裡發放一些奶粉和舊衣物給生活貧困的人們，那幢屋子變成了十分熱鬧的場所。那是自從吳素妹女士的兩位女兒的葬禮後，大家能夠自由的出入那幢特殊的屋子。這離她的那次被隱密起來但終究有所傳聞的不光彩的戀情也有數年了。事實上大家只記得更早時候鄭森先生和她的事，那時我們深以爲他們一定會結合，事後有人批評鄭森先生根本不是一個有膽量的聰明人。吳素妹女士個人搬到智福寺去吃齋拜佛；對這一點一定頗不能滿足某些人的愛好邪想的癖好，他們總喜歡把人定成一種固定的性格，也喜歡判別非善即惡，而忽疏了生命的歷程是會自然地尋求平衡與合諧。她的兒子經神父引進到基督書院去讀書了。

復職

復職的事沒有問題，受委託的議員從縣府所在地打長途電話來，九月八日早晨十時二十分，岳父從對街的家奔來通告我，要我在中午以前攜帶證件趕到縣府教育科。

爭論是沒有用的，我對妻的父親說。爲什麼早在兩個月前，由另一位委託人本鄉的校長備文附上證件呈報縣府，至今會發生承辦人沒有看到證件的事呢？曾經有人告訴我，由學校申報不會受理，終於得到了事實的證明；當時認爲公公正正地由學校推薦復職，大概是不會受到擱置的情事罷。當時亦抱著疑問的態度，恐怕眞的不會受到理睬，又用另一個方式親自到縣府去登記，再委託本鄉選出的議員從中說項。現在事情是眞的如某些人說的那樣。那麼我的證件的去處，只有再到學校去問詢，必要時請學校的幹事一同到縣府追索證件，再送到教育科去。

臨走時岳父吩咐我，到縣府如看到那位受託的議員，一定請他去吃一頓午餐。這樣的話又得必須多帶些錢，雖然我心裡有點躊躇，但是並沒有在岳父面前露出我已經是山窮水盡的地步。有些人也這樣說：事情要辦得順利恐怕要花費一些錢。因爲固執著自己是師範畢業的資格，一切證件齊備，而且今年的報紙上屢次登載著目前教師缺乏的嚴重事情，因此不相信政府辦事眞的已到了完全黑暗的地步。在這臨時要趕往縣府的時候，心裡無端地恐懼起來，不知道這一次到縣府後，他們要以什麼樣的藉口來刁難我，也許就指著我的衣著訓斥一頓也說不定。這時才深深地體會到早先沒有用錢去辦是多麼不聰明的事。記得當時也曾和年紀老邁的岳父爭辯過所謂敬重別人和自我尊重的人格問題，但這一次他的吩咐，再怎麼樣有困難也不敢不順從，任何德行的問題再也不敢去想了，越想只是越感自己拙於處事的呆笨的樣相。岳父又說，那位受託的議員在電話裡說明復職的事只剩下最後的手續，因爲看不到證件，便無法說出派令。事實如是這樣，那麼此行是非常非常的重要了，任何的一舉一動都可能影響著承辦者的決定。那麼證件到底現在在何處呢？一面在岳父面前擦亮皮鞋，一面思索著。此刻再轉去理髮店剪頭髮是來不及了，只能塗些髮油把它梳得整齊罷了。就這樣匆匆地步出家門，要先趕到本鄉的小學校去查詢證件的下落。這時大概是十時三十分鐘，傳話中既然指著在午前趕到，那麼時間是必須謹慎地計算，不能讓它不知不覺地溜過去。

到達學校，看到那種混亂的情形備覺親切，雖然四年左右沒有再與小學生發生直接的關係，但學校的情形畢竟是自己很熟悉的一件事，而且一生之中無論如何也忘不了的印象。九月五日開學就遇到了神經病一樣的颱風，帶來自十年以前八七水災後最大的雨量，因此停課到九月七日才復學。在報上已經看到省府轄區之內各縣受水災迫害的嚴重程度，有的學校整個被沖走的慘相，相信本鄉自光復以來未曾改建的大部份校舍一定落雨得很嚴重。我是曾經在這所本鄉的學校畢業的，情況的了解就像才是昨天的事情一樣的記憶清楚。剛踏進辦公室的門口，曾經當過我的老師的那位教師和我碰面便問道：「派令接到否？」我搖搖頭，他便皺眉頭走開了；因爲是這樣的話，再扯談下去也沒有用處。

證件的下落找到答案了；校長親自從他的辦公桌抽屜拿出來遞給我，上面多了一張縣府來文的答覆表：

○○縣政府來文簡便答覆表　　59830府文人四字第04889號
原發文機關　○○國民小學　文別　呈　原發文編號　5972○國小人字第382號
簡由　盧義正復職案　附件　到文日期　59年7月3日
答覆事項　該員申請復職須待暑期教員調動及新師範生分發後視出缺情形才能辦理本案應暫緩議　發還附件　證件乙冊
附記
○○政府
○○縣○○鎮○○國民小學用箋

看到後我心裡非常難過。一方面心中焦急著必須儘快趕去縣府，所以校長無論解釋了什麼，我只有一個感想：你欺騙了我，你一定是知道這事不必這樣辦，但你還是假裝道義的形式延誤了我。你知道無權，但你還是沒有坦白說出來，甚至這樣對我的岳父說：「像義正這般有專長的人才，我要把他爭取到本校來服務。」的漂亮話。現在姑且不去理論縣府的來文是否官樣的表面文章，對於教師的缺員十分孔急，尤其技能科教師的嚴重缺員的事實，報上的登載和全國教育會議的決定，讓人體會起來不過是口中的焦急而不是內心的恐慌罷。對於一個四年之間兩次申請復職至今無著的人而言，難怪要對政府的辦事感到義憤不已。好在早已提防這一著的受騙，已經有了另一條途徑，要是這一條路再無望的話，再來咒罵社會的無情也不遲罷。但心裡突然浮起報上報導議員與縣府官員為教師調動收受紅包的案件，竟然沒有勇氣公佈他們的姓名；那麼我手中的縣府答覆表，不是可以解釋為無酬便不受理的正常理由嗎？這一點什麼人都知道他們是狡計多端的，當本案應暫緩議後，等到開學再一次備文申請時，那時人事調動和新師範生分派已畢，缺員由代課教員已經補足，人事宣佈凍結，一切又週而復始，永遠沒有叩開復職的門戶的希望。這個生存的世界正如四面皆牆，黑漆一片，無路可通了。

我上衣袋子塞著證件冊子，在本鄉的街道奔跑著，對於本鄉的人將以什麼樣的想法來忖度一個離職後失業的人，過去我是全然不予理會，但是現在竟然服裝齊整地匆匆在街道上奔跑，突然地有種難以說明的被人疑問的感覺。可是事不宜遲，一個人的私事無論怎樣動用口舌也沒法說到別人十足的相信的地步，也沒有說給別人聽的必要，自己的事總要採用自己的辦法，因為有別人的批評而萎縮實在不必要，對於事關生活緊要問題的我，時間是非常寶貴的，尤其現在更顧不到儀態的問題，必須加速地跑到車行。

司機站在車門旁邊，笑著臉迎著我奔向他。現在時刻是十時五十分，我要求他在一個鐘頭之內趕到縣府門口，所以他說了什麼價錢，我已經無能再跟他去計較按程計價或包車打折的瑣碎事了。當車子開出本鄉後，我和司機聊談，他說生意今時不比昔時，同是本鄉的居民絕沒有加倍苛薄的道理。他指前面暗藍色的柏油路面為水沖裂的段落給我看，我同時抬眼看到左面有點崩塌的山丘，右面是一條淺淺的沙質的河流。他說路太壞了，只四十公里的路程再怎麼樣的慢速也不必要一個小時的時間，何況他們又是以時間算金錢的計程司機，能開快當然儘量向前衝去。車子突然地飛奔起來，從一位騎摩托車的男士身旁超越過去，搶著通過前面的一座非常狹窄的橋。呼嘯過橋後依然走飛奔的速度，車子裡好像沉默了約有一個世紀，我偷偷地斜眼去瞥望駕駛盤下方的時速表。指針在八十至一百之間不斷地顫抖著。

「聽你剛才那麼說，今天這段路平均時速可能有多少？」

「有四十公里就算順利了。」

他的眼睛望著前方說，現在的時速已快接近一百公里，他這樣的回答豈不是有點過分謙虛嗎？

「現在路面是稍微好一點，車輛又少，才能快速地駛。」他又說。

我從窗子望著外面的風景，兩旁都是比路面低數尺的綠油油的稻禾，心裡還是有點懷疑司機的誇大的口吻的時候，車子竟漸漸地慢下來了。原來這條山路愈來愈窄，迎面駛來了數位騎摩托車的人，加上路邊也站著肩架鋤頭的農夫，以及挑柴木的農婦。幾天的豪雨後，小童也把動作緩慢的水牛牽到路旁來嚼草。車速降到四十和三十之間，我才有點相信司機的話。

「前面的路不知怎麼樣？」

「更糟透了，還有一段四公里的石子路。」

「你怎麼知道？」

「昨人載客人到平頂，就是走著這條路。」

「噢！」

我把身子向後靠，再去打擾司機畢竟是自己吃虧，讓他專心地去駕駛，他居然答應午前可以到達縣府，那麼就放心去信靠他罷。也許他專心一些，在時間上又縮短了些也說不定，這樣自己到縣府後還有一二十分鐘的時間，才不致給思慕午飯等著十二點正的鈴聲下班的承辦人拒絕接辦和捉到發脾氣打官腔的機會。這時心中又爲了種種的顧忌擔憂，心臟和精神又開始撞跳和不安起來。

記得兩年以前，也正是這個季節的時候，全家三口租居在首府市內的一個六蓆大的小房間裡，生活惟靠妻在美容院做事的收入過日，自己盼望能獲得滿意和勝任的工作始終沒有實現。這種情形彷彿與妻調換了身分，自己像女人在家看孩子煮飯，妻像男人外出去工作。正在這樣悶居的時候，關心的友人奔來通報，說附近〇〇管理局轄內的學校今年缺員甚多，他們的作風一向較其他縣市開明，催我趕快前往登記，必定能夠受到採納，獲得分派的機會。這樣的消息畢竟使人聽得非常的興奮，可是自己卻納悶存著懷疑。因爲不久前也接受妻的意見，好不容易握持一張〇〇部主任的名片，前往鄰縣去要求會見那裡的〇〇部主任，請他幫忙安排一個教職，要是自己學歷不夠的話，是怎麼樣也羞於前去的，而自己總是認爲是個離職的教師想復職而已，一定不會使對方安插職位時傷透腦筋。第一次去正適那位主任公差出去，第二次終於得到會見。他一面拿著我遞給他的名片，一面好像要趕我出來似地，沿著走廊從裡面走到外面。他說：「你是黨員嗎？」我說：「不是。」他一面臉上笑著，一面矛盾地結結巴巴快速地說：「這我不能幫忙。」一時間不到二分鐘，一件事很快地得到否定的答案。關於這件事自覺好像受到了愚弄，或不明內理要進行著事，回來與妻會有數天的不愉快。友人也知道我的這段經歷，所以他們來通報〇〇管理局有這樣的機會時，特別對我表明他們的作風很開明。接受友人的建議的理由，也不外是認為這是首府地區，辦事一定非常謹慎公平。要是自己抱著前事會被愚弄和白跑的心理，結果不是這樣，不是要被好意的友人指為偏見所誤嗎？我一口答應接受下來，動身前往辦理登記。

為什麼這種自我的事不容易從記憶中消失，把一顆脆弱的心撫平得到正常的跳動呢？這樣檢討著的結論竟然發現自己是心胸狹窄，志不高、想不遠的普通男子而悲痛不已。一味自溺於這樣的哀咽，不是變成一種懦夫的慰傷嗎？去你的，自己是個七月末旬出生的男人，雖是巨蟹的本質，仍屬於太陽的有創造力的刻度的性格。如把一切遭遇都責怪環境的話，相信也有把環境改善移轉命運的可能。雖然心中常常這樣想像著，卻始終未見機會的來臨，而一直還是讓黑沼沼的環境包圍著。會做一個長遠的奮鬥計劃的人。往往是個百經風霜的懦夫罷。

登記的事既然已經完畢，證件也齊備帶去給他們看了，現在只有好好地在家呆呆地等著通知寄來。這一等居然從九月初等到十月二日，終於接到了一封信。如果以那時度一日算一年的感覺計算，大概約等了二十多年罷。這之間也親自去了二三次問詢有沒有結果，但那些什麼也不能亂做裁決的科員，一方面必須把科裡的事情保密，因此從他們的口中總是聽不出什麼意思來，也許其中有暗示之處，但自己卻是個愚直的沒有和社會混深的人，只懂得人家說等就乖乖地等，人家說要辦什麼就辦什麼來。

接到那封信實在是高興得把妻抱了起來，但打開一看才知道只是一個開始而已。事過境遷才知道是個到各處奔勞結果還是徒勞無功的開始。重新驗交證件，寫自傳，尤其是寫自傳簡直要挖空自己，而且又得假裝正派的人物才行。連夜寫著自傳，第二天便趕著去接受驗交。今天想起來那天搭車前往竟然是一個決定性的日子，當時是萬萬也料想不到。首府在夏季的天氣實在可以比喻爲一個大熱坑，自從服務兵役以來，在二年的膠鞋裡染上了腳趾疾後，至今沒有完全痊癒，試用多種藥膏，還是時好時壞，尤其夏天會嚴重到難以入鞋的地步。那天我便裝，腳穿著白襪，套著輕便的涼鞋（不是拖鞋），便不知好歹地別妻而去。記得妻那天爲了我需去驗交證件，沒有去工作在家看孩子等候我。到達科裡會見了數面的課長和科員，不料課長突然引我拜見了科長。當時我幾乎嚇得全身顫抖起來。科長是個出奇莊重和謹愼的壯年男人，他的臉面的陰沉是我一生也不會忘記的印象。他叫我坐在沙發裡等他電話完畢。現在我還能記住幾句他對電話筒說出的話。

「……是的，是的，我不能答應你，如果你能取得廳裡或局裡他們的批文，我便照辦，但是現在已沒有缺了呀……是的，是的……」

當時我一點也聽不出所以然來。他放下電話筒便翻翻我的證件冊，轉過臉來對我問話：

「你來登記是慢了些，我們已經派出去好幾批了。」

他不斷地用他那細小的眼睛看我的臉我的衣服我的鞋子。

「現在沒有缺了怎麼辦？」他說。「山上你要不要去？」

「可以。」我說。

「如果只是代課的話呢？」

「好。」我像飢不擇食般沒有挑剔地一口答應他。他再翻看證件冊，再問我：

「你服務過沒有考績嗎？」

「有，但那些紙張都丟失了。」

「你趕快到服務過的學校拿考績證明來。」

「是的。」

他問我爲何離職，我把當初想當畫家追求藝術生涯的事告訴他，但兩年來生活的逼迫不得不想復職減輕妻的負擔。他點點頭再打量我一番，示意要我離去。抄寫了一夜的自傳，加上精神上的興奮，到凌晨二時才入眠，睡了幾小時便醒來，趕到○○管理局是九時左右，所以回轉到家的時間還是當天的早晨十時左右，匆匆告訴妻必須去離首府四十多公里的礦區的小學校，和另一個更遠些約有五十多公里的海邊的小學校，請求再補發考績證明，這樣一說就轉身再從斗室的家裡奔到街上來。像這樣的時刻，去吻妻的唇和吻孩子臉頰的事是一定沒有的。相信妻看到我這種情形一定比我更加的操心，這是一定可以確信的。像這樣的時刻，妻的眼睛望著我的表情，是我一生難以忘懷的。

走在街道上，外面十月的陽光光明地照耀著，使我的雙眼瞇閉了起來，打從商店櫥窗經過，暗綠的玻璃映著自己一張萎縮不開朗的面目。袋子裡是妻幾日來的收入，將要在那未知結果的旅程中花去，感激妻的辛苦的愛情從心底裡湧現出來，居然潮溼著眼眶。心中同時懊悔著最初當小學教師時那份輕卑的心情。以致那些紙張，除了一紙師範藝術科的畢業證書外，一概隨著離職的決心和行動全都丟棄。幾年來男子氣的豪壯之情，轉換到今日居然成了易碎的傷心；要是對人說出來，實在是非常不光彩也不體面的事。走到首府的公路車站，看時間已經十一時過一刻，想到生活的辛酸，竟然毫不知覺地從家走了那麼長遠的路。看到被人數廣眾所佔滿的車站，實在氣餒得不得了。自己著裝隨便，與他們有點氣派的外表到底有什麼不同呢？這樣的疑問著。如有發現服裝較差的人，或是乞丐之類的人物，總是仔細地觀察著他們的行止和表情。買了票站在一條人蛇般的隊裡候車，再度想到妻的錢在袋子裡，於是午飯的事便想辦法把它擱置腦後。上車後，最切身的事，是昔日在那個礦區的種種感情湧上了心頭。

向前行
不再回轉

坐在不是人力而是由機器推動向前的所謂汽車，是有種離心的感覺，心裡的模樣因爲這種離心作用大大地改變了。但是畢竟不是那種旅行的人的輕鬆愉快的心情。此刻自己是身負一項切身的任務，搭車前往目的地——礦區的小學校。兩年前和今天前往縣府的旅程，居然不約而同地疊印了起來，有著不願回轉的心思，把目的地（無論是縣府成礦區的小學校）推遠到永不能到達的所在。這些目的地像是仇人一樣地不願相見的。把自己從生活的責任中跳出來，永遠不要再回來。這種脫逃現狀生活的心思，居然把最重要的對妻的愛情推到像看不見的一旁。那些每日在報章上被登載的，斷然拋棄了妻和子女或離開了丈夫和子女，而走往到某個不被尋獲的地域的人的心情，不是不容易體會到那種酸楚的滋味。這樣的人居然還被人們稱為「無情的人」或禽獸不如的謾罵，想想把這樣的名稱武斷地加在這些人的身上，一定是少數初出茅廬沒有生活經驗的無知的新聞記者罷。那些由鄉下湧到城市來的工人，大部份是這樣的人，每當夜晚躺在鋪地的蓆上，從心底裡便會升起一股對遠離在家鄉的妻和子的懷念。他們有時會去買醉幹些荒唐事，實在是多麼值得人的同情啊。這是在繁華的城市擁有房舍和得到保障的職業的人所畏懼的人間的痛苦。可是大部份還有定時回鄉或把所得的勞資寄回去，去抵償分離的苦痛。至於那些斷然不會再有音訊傳到家鄉的人，他們的痛苦大概可以稱為深淵的深淵，痛苦裡的痛苦罷。甚至也可以到處看到一些像是在這裡生根，而心底裡仍然還懷念著遙遠的國土的人，他們心中有另一番不能言喻的滋味，不是這種人，永遠體會不出來，他們外表樂觀奮鬥。內心恐怕是絕望也說不定。這到底要責怪誰呢？

因此坐在這部有著離心力作用，使人產生輕鬆感覺的車子，我並沒有像一個旅遊者一樣喜歡到那個目的地——無論礦區的小學校或縣府，我希望車子永不停地駛，也永遠沒有到達目的地這件事。

礦區的小學校是我有生第一次與一位年輕美麗的女子發生強烈的戀愛的所在，因此我抗拒著再到那個地方去；它是我第一次當小學教師的所在，因此我抗拒著再到那個地方去；它是我首次面對社會的面目的所在，因此我抗拒著再到那個地方去；它是第一次發現有我的存在感覺的所在，所以我極力抗拒著再到那個地方去。啊，礦區的小學校，你在我的心中已經死亡，但是我現

證明書

查本校前教員盧義正自民國四十八年八月一日起至五十一年九月一日止在本校服務期間各學年度考績分列於後：

學年度	考績等第	考核總分	備註
四十八	貳	72	
四十九	貳	76	
五　十	參	69	

此證

校長○○○

中華民國五十七年十月三日

在坐在一部不情願乘坐的車子駛往你那裡。只有在睡夢中，礦區的小學校才再度令我感到狂喜；也惟有在睡夢中，才不致令我神傷。可是現在我坐在一部不情願乘坐的車子駛向那裡，去面對那裡的熟悉的陌生人。

像這樣不情願做的事，卻有非去面對不可的情勢，僅僅只是去要求一張考績證明書，沒有人相信我會勾起這般如赴跳傘的恐懼；如果當時就向科長說出這等長度的感情，一定會遭到他的嚴重的誤解。

眾所周知，考壹等八十分以上是親近校長的教師的份，而且不能超過全體教職員三分之一的人數；考貳等是本分已經做到，沒有話說；考參等，一定是發生了重大的事故。我站在旁邊默默地望著礦區的小學校那位教導主任伏在桌上抄寫著證明書，當他寫到五十年度考列等第參、考核總分之後，就停下沒有繼續再寫，抬起一對非常懂得別人心理的慈善的眼睛望著我，終於沒把記大過一次塡寫在備註欄裡，在下一行寫著此證兩字。

發生什麼事在那個礦區的小學校服務的第三年會記

大過一次呢？是對女學童過分親熱嗎？還是花光代辦費呢？都不是。那麼爲什麼呢？年輕氣盛，向一位同事揮了一拳；一拳一大過有些過分罷？實在不願再去申訴什麼理由，第一句話就對那位來調查的督學招認了這件事。事後勇於負責並沒有獲得一般的諒解。那一拳不管打重打輕總是一拳。據說女教師都發出有名的女高音也難於唱出的尖音；也有人說被打的人流了鼻血；也有人說他哭了。到底因什麼事要揮那一拳？是他先把茶杯當石頭猛力敲打桌子，這有什麼關係，是的，平時誰會去理睬他這種放肆的作爲呢，那麼是什麼時候？還不是開校務會議的時候。告訴他別這樣做不是得了嗎？我坐在他的鄰座已經勸了他好幾次。是不是和他先有發生意見的爭執？我在開會從來不發言怎麼會去和他發生意見的衝突呢！那麼他和什麼人動氣？還不是和眾矢之的的校長。是和校長的話就讓他去發洩也應該。玻璃碎片都幾乎飛到眼睛裡來了，勸他不要這樣敲杯子，要罵校長儘管大聲罵個痛快，他居然轉罵到我身上來，什麼校長的走狗了，這樣令人不能忍受的不白之冤的話，突然加在頭上來，於是站起來一拳向他的嘴巴推過去。豆腐做的也不會流血，據說他平時猛吃補藥，所以往他的皮上一摸，血就奔流出來了。在那個時期做個校長實在也不簡單，每天的早會都有人起來攻擊幾句，何況是校務會議，簡直成了四面楚歌的場面。

記過就記過，當時接到記過的通知，一點也不傷心氣憤，別人怎樣地說這對將來會大有影響的警告，也不去理睬，因爲自己總是那種想法與人不同的性格的人。當時在礦區的小學校生活，是什麼身外物都不關心的，除了愛繪畫，愛那個有著一對明亮的黑眼珠的女子。薪水是賺一個月花一個月，把鈔票裝在硬皮的信封裡，用一隻圖釘按在書桌邊。這個秘密只有我和她兩個人知道；她會在白天我到校上班的時候，溜進我的房子，然後從信封裡抽去一張或二張鈔票。我總是希望她多抽幾張，但是高中剛畢業的她，用錢還是很謹愼。可是有一次，我發現她一次拿去約三分之一而嚇了一大跳，但馬上由她親口來對我說是買了新衣服反而高興起來。

考績證明總算拿到，今天的任務已經完成了一半，還有一半需待自己再趕到那個海邊的小學校。想想上車前來這個礦區的小學校的途中，心中是萬般的不情願，可是事情辦完竟站在操場的邊沿，觀望這一帶本是熟透了的風景。學校是座落在高處，我的位置正好能夠清清楚楚地看到這個優秀的山丘的村落的任何一處。要是此刻自己依然生活在此地多麼好，竟不禁這樣在內心喟嘆著，現在反而不情願離開都做不到了。清晰地聽到自己的心臟快速地撞跳，實實在在想哭泣起來。突然背後傳來呼叫：「義正，義正，義正！」兩聲細嫩的音節，回身一看原來是昔日的同事好朋友明榮兄。

「什麼時候來，爲何不先寫信通知一下？」

「來時是午間，只有教導和校長在。」

「抱歉，我回家吃飯，你吃了沒有？」

「吃過了，吃過了。」

「你今天來正好認領一件東西。」

「我還有什麼東西留在這裡？」

「你到禮堂的倉庫來看就知道了，去年清理倉庫，才發現到它，卻一直沒有打聽到你的地址，你現在到底在什麼地方高就？」

「不瞞好朋友，已經多年沒教書了。」

「恭喜，恭喜，當教員像當妓女能跳出這個火坑最好，還是你有辦法，早就料到的事，像你這樣有才能的人，是應該去闖闖天下的，我是沒有這種本領，只有死待在這裡。」

多年沒有信息往來，難怪他這樣說。自己的內心反被他無意的中傷勾起一陣一陣的哀愁，自己緊緊地咬著牙根，一隻手搭在他的肩上。

「請你別再說下去。」

「到底怎麼一回事？」

「我今天來是來拿考績證明，準備再……」

說話突然中止。原來是一個裝奶粉的紙箱，可以認得出來確實是自己的。可是不明白裡面放了一些什麼東西，完全想不起來。解開那條縛成十字形的細麻繩，明榮兄又用他特有的柔細的聲音叫起來：

「豐富的財產呢！」

自己也不得不笑了起來。可是心裡卻變得非常非常的嚴肅，一睹那些有點霉味的紙張，愁緒再度糾結起來。裡面是一大堆八開紙的水彩畫。一本惠特曼詩集，一束信件，隨便翻翻才知道全都是遇到那位女郎時期的創作，以現在的目光審查，都是不能上眼的劣品，於是又隨便把它塞回去，將那條細麻繩再縛成十字形。

「我還要到另一處去，這些笨重東西不方便帶在身邊……」

至此明榮兄大概已經了解到我的不如意的狀況罷。

「你給我地址，我替你寄郵便去。」他說。

此刻自己的心情萬分感激看這位誠意十足的好朋友，於是匆匆寫下地址遞到他的手裡，便離開了那個礦區的小學校。

這兩部同樣載著我的車子，因爲換回了時間的作用，彷彿成了相疊的影像並進，到底現在的我是坐著那部駛往海邊的小學校的車子，還是坐著駛往縣府的車子，大概自己是一個人化成兩份罷，不然也是跳來跳去，輪番一會兒坐那部，一會兒坐這部。那位頗爲專心開車的司機，大概認爲我仰靠睡了，因此他從駕駛臺抽取香煙的時候，從鏡子看我一眼，就自個兒燃起來。我是個沒有抽煙嗜好的人，他的舉動一點兒也不引誘我。我繼續仰躺著，身軀是在這部駛往縣府的車子裡，但另一個不容忽視的我，卻在那部駛往海邊的小學校的汽車裡。

三個年頭在那個礦區的小學校度過，算是償還了國家培育的恩澤，但並沒有硬性規定調換另個地方服務，要是我沒有提出申請調動，便表示我想繼續在原地工作，但是如我想離開而提出申請調校，也沒有那麼容易就可以調成。這是凡是教員皆眾所周知的事。這樣看來像是派任制有調節人事的優點，可是也同時限制教師自由選擇工作環境，終以怠慢教學來反抗的劣點。一切事物再沒有比剝奪自由一事更能發生不良的作用。環境的優劣因人的性質而定，就像城市和鄉村孰好孰壞之辯的難以定論一樣。而教育事業再沒有比學校的校長和教師間的通力合作更重要了。派任

○○縣政府令
(51)828◎府文人一字號87423號
令○○國民學校教員盧義正茲調該員充任○○國民學校教員
暫支月薪壹佰陸拾元。
此令
縣長○○○

制之造成互相猜疑和互相爭鬥，且產生工作的苦悶情緒是最大的弊害。教師們的互異的才能也因派任制而得不到調節和發揮。據說派任制的存在是爲防杜校長的權力過大而有額外的收入，但是派任制依然有主權機關人員的紅包的額外收入。長期實施派任制以來，人性變成得過且過，只有活命而沒有理想。聘任制的制度廣及全世界，且上至大學下至小學幼稚園，均通行有著長遠的歷史，當初實施派任制延續日本統治時代的措施，想來便明瞭不是因地區的特殊情形，而是爲了爭權奪利的緣故。沒有人能否認眞理是來自體驗而不是杜撰的事實罷；眞理總是擺在眼前，毋庸去爲私心爭辯。

我是一點也不情願離開那個礦區的小學校而到他地去工作生活，是這樣的一張沒有說明原因等於莫名其妙的命令，突然要我離開的：

到底是因爲揮拳記過的事成分居多，還是那裡愛管閒事的議員、代表之類的人物，不順眼一個他鄉來的男人把他們的美麗公主佔有的成分居多？有人說兩者的成分都有。當初長山過來的人不是遇到難以娶到太太的情形嗎？可見地域的觀念還是非常的濃重。想起那時也花去了不少錢，身邊無半點積蓄，而現在快樂何在，不禁感傷不已；我要求美麗的黑眼珠的她和我一起走，她拒絕了，我明白自己在礦區的小學校的一切生活就此完全結束了。當時從首府的師範學校畢業，隻身的來，現在也隻身的離開，只留下永遠難以補償的愁悵。

記得調到那個海邊的小學校的第一個印象，非常意外地就看到一個愛飲酒醉、動用了公款被調職的校長的哭哭啼啼的場面；因爲是歡迎新來的教師，同時也走歡送調走的校長的宴席，當然他在這樣的機會還是不放過飲醉耍寶一番。

別了明榮兄趕到海邊的小學校的時候，大約是下午四時左右的光景。這是一顆非常焦急的心才能趕到的最快速度，路程是經過瑞芳到基隆，再由基隆搭公路局車趕到的。黃昏美景的序幕已經罩在海洋上廣闊的天宇。我預計要是順利拿到考績證明的話，當夜趕回首府，明天就可以到〇〇管理局，一切便OK了。這樣想著等於增加了此刻的焦急。急步要踏進學校，啊，是放學的時候，和逆行過來如潮流的小學生擁擠在校門口。兩位學校的主管都在，卻是自己從來也不認識的人；幾年前自己在此服務的那位校長和教導主任都調走了。我對那位眼睛上方有著兩道粗眉的教導主任說明來意，他的不耐煩的態度頗使我擔心。

「你是幾年到幾年在此服務的？」

「五十一年九月至五十四年十二月。」

「五十五以前的教師考績存冊都沒有。」

「爲什麼呢？」

「五十五年調動交接時並沒有辦理交接手續，至今也不知道它們放在那裡，現在學校有的是我來後五十五年度以後的考績。

簡直是胡說，自己心裡這樣想著。他帶我去見那位非常矮小的校長，看他們急於要下班回家的樣子，又是這等令人沮喪的話，那時的心境大概只有天下和我同等遭遇的人才能體會出來的罷。校長揮手叫我親自到縣府去抄一份。

翌日去縣府，人事室那位鐵板面孔的小姐說：教師的考績證明一概由學校自發，縣府不辦這等瑣碎事務。記得當時自己是小聲地告訴那位小姐，是因爲遭遇到那樣的事，特別來請求的；不說還好，說了竟引起她抬高頭顱來另眼相看。我一再低頭請求的時候，她站起來，態度像要對一個糾纏不已的求婚者下逐客令。人事室的全體職員都轉身來看我，我看出大部份都是黃黃的女性面孔，只有知難而退。

我到○○管理局去回稟這一件事，就如我所擔心一樣沒有被了解和相信，看了看那張有一年是參等考核的證明，更加深他們的猜疑。自己在他們的面前竟然成爲一個企圖想瞞騙他們的拙笨的說謊者。我記得當時曾經表示，無論如何也要努力再去取得海邊的小學校的考績證明來澄清這個事實。想讓他們從我的離職書中去證明也沒有受到採納。沒有那一份考績證明就不能分派嗎？不能就是不能，他們居然認定我是個有問題的人物。

友人在自己六蓆大還堆放簡單家具的房間裡也變得緘默起來。想來那個在自己時運不濟的時候，出世做爲我的孩子的男嬰，是唯一眞正的幸福者；這個男孩特別獲得我的友人的好感，在這樣的時候友人爲了撫慰我，而轉去關心那個男孩；每次來看我，總是奶粉的、餅乾的，假藉的名堂也特別多，竟使我都難爲情起來。

友人的意見像諸葛亮般誠懇而高明地獻給我。〇〇管理局的這番誤解是非澄清不可的，沒有獲得復職是另一回事，把誤解的事澄清是做人的態度。雖是這樣立下決心，但爲我去奔走這件事的友人始終沒有得手，可見他們已盡了最大的力量，心中對他們一直感激不已。

假定自己過去是個不肖的教師罷，〇〇管理局的教育科並沒有伸出寬容的手讓我去緊握它。他們辦事謹慎固然是謹慎，卻冷酷得近乎無情的面目呢。推理起來，他們也是一些漠視情理的辦事者，而這種人一定也會做出過分放情的事來，把許多空缺的教職，只准在家放閒的女性親戚和友朋來塡補。

就這樣持心等候復職已經無用，把希望拂開，回到自己屈辱的生活中來。是的，一個人生不逢時，時運不濟的時候，當然也陰陽倒錯。回憶海邊的小學校附近海岬的怪石，和雲彩滿佈的天空，常常構成難以形容的奇景，顯示著各式各樣至眞離奇的心象。不知道爲什麼自己總是不喜歡那個地方，當然一定是自己個人主見觀感的因素。

其實自己在那個海邊的小學校，時間是從五十一年九月至五十四年十二月，可是眞正生活在那裡合算起來也不過是一年有餘，中間足足的兩年是生活在軍營裡，因此也就沒有像在礦區的小學那樣深入地將感情投入在那裡的風土。那些自然的美景一天一式，至今回憶起來也沒有印象特別深重的，這一定是身在那裡而心不在那裡。自己往後的運途在那個海邊的小學校生活的期間醞釀的，大概是沒有錯。

臺灣省國民學校教師證書	國登字第123355號
茲登記　盧義正　爲國民學校高級級任　教師　此證	
臺灣省政府教育廳廳長兼國民學校教師登記及檢定委員會主任委員　劉眞	
照片	
中華民國五十一年九月　日	

記得自己剛調到那裡不久，第一件事是取得了教育廳發下的教師合格證：

這一張紙對別人說恐怕是非常的至寶，但是自己接到它時，實在說不出有什麼特別興奮的心情。這足證在那時已經有點看輕教師這一門職業；在那裡缺乏一種專業的精神，許多因素是自己已經注意到了教育上的虛敗現象；許多延續了頗久的不健全的方針不談，在那時第一次看到新增加進來的一項危機；那就是被派來鄉村的師專畢業生的狂大和不滿現實的姿容。這種原因當然不外是他們想和眞正的大學生比價。自己是個舊師範畢業的教師，看來好像比他們多佔了一點便宜。他們是不會體諒政府想提高教師素質的措施。

那年十月中旬我便應征入伍，國校界的實際情形便突然斷去了了解。再從軍營回到海邊的小學校，已經是經過兩年之後。這個世界是分秒都在改變的，何況兩年，但海邊的小學校給我的感覺是相同的，有什麼進步之處也許一時看不出來，但一眼便清楚地看到大部份的校舍都圍著鐵絲網，禁止學生出入，牌子寫著危險教室，校長像導遊者對視察的人指出牆上龜裂的痕跡。

自己自認從兩年的軍營回來是完全變了另一個人，不知道爲了什麼緣故，從小頂不喜歡看書的人，竟然在那兩年中讀了將近半百的專門書籍。在那個海邊的小學校最後生活的一年時光中，做夢的日子比清醒的日子居多。居然愛上了歌妓，只好拋棄了原配夫人罷，是這般情緒下定了決心，飽經風霜的校長也嚇了一跳，好端端地在這裡服務的人，突然說不幹了。

「天下烏鴉一般黑，走到那裡都是那麼回事。」記得他這般眞誠的挽留著我說。

「請你不要誤會，是自己的興趣轉了方向。」

「天下間沒有得志的人，義正。」

他又下了斷語投過來，畢竟自己和他是相處很合諧的人，才能聽到這種珍貴的勸告。

「我已經下定決心了……」

「再去考慮，今天不要和你談這個問題。」

「已經想了很多很多的時間了。」

「再想一些時候，義正。」

大概是再想了一個月罷，正好得了急性盲腸炎住在醫院裡。從醫院出來，心裡無論怎樣總是抗拒地再回到海邊的小學校。

「既然要走，我們要歡送你。」校長說。

「不要，不要，校長。」

「不行，一定要接受。」

○○縣○○鄉○○國民學校教職員離職證明書	○
國○離字第○二○號	
離職人現職　教員　姓名　盧義正　性別　男　年齡　二六	
籍貫　臺灣省苗栗縣	
到差日期　民國五十一年九月一日　離職日期　民國五十四年十二月一日	
最後薪額　新臺幣壹佰捌拾元　備註	
右給　盧義正　收執	
○○縣○○鄉○○國民學校校長　余慶龍　　職章	
中華民國五十四年十二月　　日	
○○縣政府令	59921○府文人四字第066661號

「今天一定要回去首府面妻。」與妻認識是在軍旅中，退伍後即公證結婚，要離職的事是和她討論多次的結論，不料事後才知都是涉世不深的天眞的人。

「來得及，那麼隨便來塡個離職書罷。」

這等勇氣的離職，實在是對全面生活之缺乏了解，對自己缺少客觀的認識，悔恨莫及是最終的代價。

車子突然顚跳起來，我從躺靠的假眠中把身子坐直，睁開眼從擋風玻璃看出去，原來走一條兩旁直立著尤加利樹的石子路面，這一定是司機先前說的四公里長的石子路。我瞥一眼時速表，已經降到二十至三十公里之間了，但遇到有陷坑的路段，料想又會減速。這條路可以看得出被多量的雨水洗過的跡象。

「你說你是本鄉的人，以前沒有看過，是住在城市的罷？」司機突然開腔問我。

「小時就在城市讀書，才回來幾個月而已。」

「準備長住下來嗎？」

「是的，但說不定。」

「你幹那一行，我猜猜看，是老師。」

「你猜到了，從那一點看出來的？」

「做老師的和別人都不一樣。」

「這一點我不能同意你。」

「是回到本鄉的學校罷？」

「想是這樣想，不過……」

「當老師是大好了，今年薪水又提高很多。」

「恐怕物價也會跟著漲罷。」

「那是一定的，最苦的是勞動做工的人。」

「你們開車的是最好的了。」

「好是好一點，可是辛苦得很，沒有時間性，有時半夜也要走。」

車子左轉上坡，像這種石子路還要上坡，當然車速是更緩慢了。通過一座狹長的水泥橋，一看便知道前兩天水量一定很大，今天已經露出了變樣的河床。有數位當地的人倚靠在橋柵眺望。車子滑行了幾十公尺便轉了方向，駛在一條呈藍色的柏油路上，從此又恢復平穩，速度也加快起

茲核定：

姓名	原任職務	動態	新任職務	暫支薪額	備註
盧義正		委派	○○鄉○○國民小學教員	一八○元	

縣長　○○○

來。

「到縣府不會超過十一點四十分。」司機看了他的錶對我說。

「是不是馬上可以辦完，轉回來？要是可以我便等候你。」他又說。

「不知道。」我說。

「回程既然不趕時間，我再招攬二三位乘客，便給你免費乘坐。」

「不過可能還有耽擱。」我想了一下又說：「到了縣府你等我十分鐘，我沒有出來，你便開走好了。」

遇到一位這樣和藹可親的本鄉人是多麼感到高興，可是志趣上，不，職業上兩相差異，不能常在一起，實在是多麼遺憾。

復職之事終於如願以償。

夜湖

一

車子駛過埔里平原的邊緣，他們開始商討今晚投宿的問題。柯希望能住涵碧樓，因爲那裡是日月潭唯一有酒吧的地方。但艾梅早就暗示過柯，珍妮希望一切都節省。珍妮已經是個千萬臺幣富翁的太太，她的選擇無疑是故意要艾梅掃興。艾梅從不會在玩樂上節省以影響情緒，但從開始，這一對早年的朋友卻總是互相牴觸；艾梅只好擺出謙讓的態度，並且說好這一趟旅行的一切費用平均分攤。柯有點清楚，在日月潭除了觀賞上的享受外，其他一切都無法和城市相比，那裡晚上沒有好的咖啡室，沒有好音樂可聽。珍妮許多年來住在國外，對臺灣的所謂高尙情調有些看不順眼，那些生活上的一切均無法趕上國外，所以她寧可大唱反調。艾梅十分爲難，她希望柯能精神愉快，願意順他想做的事去做，但珍妮是她的老朋友，她考慮應該稍事奉承她的脾氣。這一切的爭論都沒有用處，因爲事實上想要的不一定能獲得；今天是星期六，那司機說涵碧樓一定沒有空房間留下來，如果沒有預先訂房，他十分肯定不會有房間了。柯認爲涵碧樓如無房間，可以試試教師會館。司機說教師會館也不會有。柯實在不願意住那些街道上的骯髒旅店。艾梅急而珍妮淡然。車子很快地到了目的地，司機答應帶他們各處去尋找住處。

二

「這是德化社。」司機說。

「中國飯店在那裡？」艾梅問。

柯和珍妮由兩旁向窗外尋覓，他看到那飯店的招牌在右邊。司機把車轉進一條小路，然後停在一家草棚的庭院前面。

「這就是中國飯店。」司機說。

他們下車站在庭院前觀望，覺得這個地方十分奇特；他們步上石階，走上涼庭；司機在旁邊告訴那裡的人說他們是他帶來的旅客。

涼庭擺滿桌椅，有一個長形櫃臺，牆壁掛著山川花鳥的字畫，玻璃櫥櫃裡面放著畫冊和洋煙酒。一位身材豐滿臉上有青春痘的小姐帶引他們參觀後面的臥室；那些房間都十分窄小，但衛生設備很齊全。他們決定訂下兩間房，把行囊放在其中的一間，然後轉回涼庭來休息。

柯坐在一張籐椅裡覺得又渴又累，有一個擴音箱在他的旁邊，正朝著他的耳朵放送傳統鄉樂，相隔幾張桌子有幾個年輕男女在那裡飲茶談天，不久他們站起來離去，他靜靜地望著他們走下涼庭的石階，一位莊重的瘦小老年人獨自佔住一張桌子抽煙，女主人從廚房走出來，她是一位肥胖的可愛婦人，在涼庭邊側的廚房忙碌，柯最大的發現是一位婀娜多姿的年輕小姐，她的細腰和可愛的臉蛋吸引著他。

「這裡很好。」他說。

他招呼那位小姐過來，請她爲他倒茶。

柯躺靠著，警告自己必須自持和鎮靜，他開始抽煙等待艾梅和珍妮由房間出來。這時約新時間的下午六時左右，他越來越覺得來這裡是十分幸運。他早先對這偏僻地方的卑視隨著香煙吐出來，這是個讓人憩息和沉思的所在，但他的眼光始終在注意那位苗條的小姐的舉動。那位瘦小的老頭現在離開他舒服的座位，走到角落拿起一隻水壺，他沉默而有秩序地開始灑涼庭前的花樹。柯想：他是誰？這裡的主人嗎？否則他不會有權利爲花樹灑水，他有一位臉蛋像娃娃的妻子，這很不錯。那位女主人看起來雖溫柔和能幹，卻讓人覺得她沒有受多少教育，這一點總是能從她的眼神看出來。珍妮走出來，她手上帶著一本書。柯想：珍妮雖不美，但可以看出她受很高的教育。他想這是很奇怪的現象，使男人無法單從一個女人上去滿足，這點使他迷亂和痛苦。艾梅也跟隨著出來，她總是那麼爽快，無法相信她是個單純的女人，她的友善和熱心的態度使人高興和她在一起。她們坐在柯的對面，用新奇的眼光審視他那沉默冷靜的態度；她們想，這傢伙眞像個大少爺。柯終於臉露微笑，先看看艾梅，再看看珍妮；珍妮還是那派漠不關心的模樣，而艾梅卻顯得熱情如火，只等待人家將她點燃。

艾梅馬上察覺柯在注意那位娉婷玉立的山地小姐。

「今晚假如我要和女人睡覺的話，就是和她。」他這樣對艾梅說。

無論聲音多麼細微，這句話珍妮亦聽得十分清楚。

「剛才我對艾梅說好，今晚你們在一起。」

「我絕對的反對。」柯大聲說。

「你們兩個是多年情侶，應該睡在一起。」

「現在我完全否認妳說的話。」

「你和艾梅也許有話要私談。」

「也許，但不是在今晚。」柯說，「假如我有話要特別對艾梅說，我和她應該選擇約定在另一個我和她單獨見面的時刻。」

艾梅說：

「我對妳說過，他會反對；妳一點都不了解他。」

「他也不了解女人。」珍妮說。

「那是另一回事，不應該在此時討論。」

「總之，我要一個人睡。」她又說。

「妳們兩位在一起，我單獨一個人，或者我和那位山地小姐……。」

他的這些話頗使艾梅十分難過。

「我請你最好和艾梅在一起。」

珍妮朝柯注視一眼。

「我說過，關於那件事我可以和艾梅再另定其他的時間，今天我們沒有分別。」

「艾梅需要你。」她說。

「不，」艾梅痛苦地說。「我們最好同一個房間，讓他保持他的原則。」

「我永遠對陌生的女人有興趣，而不是對和我熟識的女人。」柯說。

「我對妳說過，這是他的原則和情緒，現在妳親自聽到他說出來了。」

「喂，老柯，」珍妮說，「我覺得這不公平，艾梅對你很好，但你並沒有同等對她。」

「珍妮，」艾梅說。

「眞的，我看出來。」珍妮說。

他並不理會她們爲他而爭論。他抬頭望著籬笆外的一棵聖誕樹的一片紅色葉子，他想到一位在城市偶然遇見的女人，他回頭時正聽到艾梅在問他。

「你記得嗎？」

「記得什麼？」

「那個酒吧女郎瑪麗安？」

「當然記得。」柯說。

「她死了。」艾梅說。

「我知道。」其實他並不知道。

「你還想念她嗎?」

柯突然說:

「妳看那位女侍。」

艾梅轉頭去審視那位可愛的山地小姐,她說:

「的確長得不錯,比瑪麗安純潔些。」

但那位女孩子似乎並不屬於這家旅店,她自動地走下涼庭石階,以閒適的腳步走到延伸的小街道;柯已不再看她,他點燃另一支香煙;艾梅還不斷地注視那個漸遠的背影,充滿留戀的表情;珍妮低頭翻看她攤開在桌上的書;庭外逐漸灰暗。

三

他們在碼頭的地方租了一部小舟,此時所能見到的事物都是灰黑模糊的,除了燈火。對岸似乎又遙遠又渺茫,但燈火十分美麗。在灰暗中有數部小舟划離碼頭,那些人的嚣嚷聲音使柯感到厭煩;除了那些騷擾的旅客,所有事物在灰暗的氣氛中都美麗。珍妮跨進小舟,然後是艾梅,柯掏出一百塊錢給船主,那兩個年輕兄弟,一個握著手電筒,另一個蹲在膝蓋上寫字,名片上寫著時間和押金數目,柯接到那張卡片把它放在衣袋裡。

「OK,」柯對他們說。

那兩位青年合力捉住舟舷,柯把腳跨過去,他坐在中間划槳的位置,其他人都在等著,他停頓著摸索口袋，他對她們叫著：

「我沒帶來香煙。」

珍妮在笑柯的惱怒樣子，艾梅覺得歉疚，她應該提醒他，她自己也忘了該做些什麼事。

「這裡有，」那兩位青年中的一位這樣說，從他的衣袋裡掏出一包香煙，另一個還是拿著手電筒照著他。

「我只要兩支。」

柯說。那青年遞給他二支，再遞給他二支共四支。

「已經夠了，謝謝。」

然後那青年又遞給他一盒小火柴，柯把它和香煙都塞進衣袋裡。

「多謝你們。」他再說。

「不用謝。」那青年說。

「等一會兒我來找你們。」

「我會等你，先生。」

那青年把他們坐的小舟推出碼頭。

「謝謝，好兄弟。」柯說。

「你是一個好人，先生。」

柯動槳划開去，一切都呈現灰黑的美麗之色，他面對著德化社這邊的少數燈火漸漸離遠；碼頭已經看不清楚了，沒在黑暗中，但他還能辨識那兩位青年的影子走回小街去，碼頭已毫無人跡。

山是灰色的，山上有一盞燈火投影到水面，成爲一串橙色的珠鍊；所有的山影和燈火都投到水底來。天空也是白灰色的，月亮還未出現。他們盼望月亮出來。水面是灰色的，燈火的投影變成一串串流動的珠鍊。柯一面划槳一面想到往事，他曾經畫過北部海灣的黃昏，除了燈火都是一層層灰調的影像，他把那張水彩畫配了一個小畫框贈送給一位恩師。此時湊巧所有的能看見的物體均呈灰色，除了燈火，所以勾起他的往事。那些逝去的歲月是憂鬱的，而此時一切都是美麗。他發現艾梅和珍妮在對面注視他，他和她們之間隔著一層透明的灰霧，他感覺她們很遙遠，像在夢裡見到她們，她們沉默時是非常美麗和憂鬱，眼睛露著期望。他想這世界是多麼美麗，但顯得憂鬱些。他把槳停下來，小舟似乎停在兩座山之間，水面上有著微波拍擊著舟腹，先前出發的那些小舟已經在前面遠去。

「我們只到這裡，回去時較近些。」柯說。

兩個女人只是沉靜地望著他。

「不要看我。」

「爲什麼？」艾梅說。

「我不眞實。」柯回答。

「我覺得你此刻很眞實。」珍妮說。

「妳們不要那樣看穿我。」

「你是我看到最難忘的男人。」她又說。

「我們能在這裡很幸運。」他說。

「這是一種緣分。」

「我們不虛此行。」

「今天是農曆三月十四日，月將圓。」柯說。

「不知道它會出來否？」艾梅問他。

「爲什麼不出來？」

「灰霧很重。」

「所有的事物都很美。」

「妳們覺得如何？」

「覺得很好。」

「不只是很遠離市囂。」

「不只是如此，但霧很重。」

「我們也遠離戰爭。」

「我要躺下來一會兒。」柯表示說。

「我來划。」艾梅說。

他把身體輕移到舟首的地方，艾梅從末端移到中間來，珍妮的身體像蛇腹斜曲在原來位置。一部馬達船從左邊駛過，一波波的浪水打擊著小舟。

柯躺下來後仰天唱著：

「I took myself a blue canoe,」

「唱下去，」艾梅說。

「And I floated like a leaf.」

珍妮打斷柯的唱歌，她說：

「你們倒是洋化得很，沉迷西洋音樂。」

「不如妳所想的。」

「我回臺灣就有這種感覺。」

「妳要這樣想是妳的事。」

「我看到，現在聽到，不止是你。」

「我不想爭辯，」柯說，「誰願意去否定生活？」

恢復沉默時艾梅划向左邊的一座山。

「我要抽煙了。」他打破沉默。

他劃亮火柴點燃香煙，把火擲到水面，它發出一聲輕微的觸擦然後歸於寂靜。

「此時抽煙最好。」他又說。

艾梅輕輕的划著不驚擾他。

「看，那座山，」柯喊著。

「它像隻怪獸。」艾梅說。

那座臨近的山靜靜不動，但他們似乎可以聞到它的聲息，它審視他們的靠近，小舟划進它的陰影中。

突然她收了槳猶疑著，他們全都注視黑黝的樹林，發現水邊和山壁接觸的地方形成圓弧的曲線。

「繼續划，艾梅。」柯的聲音帝有些顫抖。

艾梅聽他的話又划動舟子。

珍妮帶著興奮的表情說：

「so crazy,」

小舟慢慢地靠近一個凹處，輕輕地撞到山壁，它停止，但他們依然在舟裡微微地搖晃。

「我想上去。」艾梅表示說。

「等一下，」柯對她說。

「我要，」她站起來，使舟子搖動得很厲害。

「坐下來，艾梅。」他說。

「我必須上去，」她說。

「艾梅。」他把她拉住。

她坐下來，躺在柯的身邊。他繼續抽煙，事實上他一面望著那山壁一面沉思；他把煙抽到盡頭，把它拋向岸上。

珍妮在對面靜靜地注視他們靠在一起，艾梅的頭枕在柯的腹部上，只有這樣她才能顯得安靜。

「你會不舒服嗎？」艾梅問柯。

「這樣很好。」

「我不能相信。」珍妮加進來說。

他仰著頭望著白灰的天空，他的頭靠在船頭的一塊橫板上。

「我不相信，」珍妮重複說。

「什麼事？」柯抬起頭來問。

「你們有點虛僞。」

「我們正爲了誠實，這是妳看不出來的。」

「我不相信這些話。」

「那麼妳完全不了解我們。」

「你們只是在浪費時間。」

「我們正在等待。」

「等待什麼？」

「爲下一刻等待。」

「什麼事也不會發生。」珍妮說。

「它會發生。」艾梅說。

她起身終於跨出小舟，柯可以聽到她的腳踩在草地的聲音，她走進樹林時很快消失了影子。

「妳愛他嗎？」柯問珍妮，他連頭都沒有抬起來，他正在注意她的表情。

「誰？」她顯得有些慌亂。

「那個和妳相處十一年的人。」

「我愛他比愛任何人更甚。」

「現在是嗎？」

「我想念他，但我和他已經完結了。」

談話終止，柯沒有再說下去，沉默片刻後珍妮站起來，臨走時問他：

「你來嗎？」

柯望著她，但沒有回答；他望她動人地轉身踏上岸。

「艾梅，妳在那裡？」她朝樹林呼叫。

「來啊，珍。」艾梅在黑漆的某處回答她。

柯繼續躺在舟裡沒有移動，他感覺到自己的心臟在加速地跳動；他了解艾梅先前躲在某處窺視，現在他知道她們蹲在那裡守候著他。

四

月亮出來了，當小舟又划向湖中時，水面比先前明亮。天空與湖面之間仍存在著茫茫的霧靄，月光僅使灰色明亮些。柯把小舟停在湖面上，懶散地點燃香煙，同樣把火柴拋到水面。他們在舟子裡的位置稍有變動；柯在舟首很欣賞她們能依靠在一起，他爲此十分感動。艾梅和珍妮在那一頭喁喁私語，月亮照亮她們的臉部。那些早先划到對岸去的人們，現在又划著他們的舟子回來，他們在一起，像個小船隊，大聲地囂嚷著。說笑和唱歌。柯現在覺得他們很幼稚可愛，佩服他們天眞的結合力，當他們列隊經過時，水面又生起微波湧過來輕輕地撞擊柯的小舟。

「我們也該回去了。」他說。

艾梅和珍妮只望著他微笑。

柯望著碼頭的地方，那群人的瘦小影子已經上岸走回德化社的街道。

「看船人在那裡等我們。」他又說。

他點燃最後一支煙，半閉著眼睛看著艾梅和珍妮各握著一支木槳，然後舟子左右搖晃地划向碼頭。

寓言

一

中國飯店老闆夫婦爲旅客忙了一天，照例爲他們自己做了最豐美的晚餐來享受；他們吃晚飯約在七時半左右，在所有來投宿的旅客吃飽之後；那時那三位特殊而怪異的男女已經出去散步，有一個廣東籍的家庭約六七個人也離開到各紀念品商店去參觀東西，其他零星的旅客有的還坐在那涼庭飲茶，有的在後面的房間裡洗澡。老闆夫婦和兩位小女兒及一位女侍是應該吃那一星期來最好的一頓飯，過了星期六和星期日這兩天，便恢復整個星期的清淡時光，直到下星期六再來。有限的房間從來不曾住滿，甚少人在未住過這個地方之前會喜歡這個地方，奇怪的是人們不願離開對岸熱鬧的地區來此享受寧靜，人們來到這山區的湖邊依然對寧靜懷疑。星期六大多數旅客找不到住宿才懷著不安的心情前來一試，但這對那三位結伴的男女來說，這個隔離的地區帶給他們意外的驚喜，像這樣的旅客不多，會覺得它好過對岸。任何事物都因人而異，甚少有客觀的評價；只要有一部份人不贊同對某種事物的看法，便喪失了客觀意義。現在的時代無法從愛因斯坦的理論去獲得新的啓示還很平常，依然陶醉在平面空間的生活觀念。事實上由嶄新的知識逃回來的還是那批自認爲知識的份子，他們大都在罪惡淵藪而不自知，一旦看到這世界愈來愈大，他們便嚇得眼光越來越小，他們逃回到傳統的情懷中，用一股文字和語言的外在熱力做宣傳和傳授，而內在裡只僅僅是做著活下去的自我打算。老闆夫婦在享用他們的晚餐的時候，爐火正在熬著一鍋紅豆湯，依照老先生的淺薄的營養常識，認爲紅豆湯補血，最宜在睡前吃它。今天對他來說，自從開幕數年來，還未有過像今日的豪情和滿足的感覺，他雖不是很懂謙卑的人，卻還有一點爲人服務的精神；今天他和大多數來投宿的旅客都做過交談，從地理環境到法律的常識，他們對他講過的話，頗能鼓舞他，他喜歡高尚而懂交談的人，今天對他來說似乎是個很好的開始。他在未吃飯之前，自從那三位男女在黃昏降臨之後。他已經和客人乾杯了數種酒，尤其那個廣東籍的老鄉自帶的洋威士忌，使他更加得意非凡。約九時半左右，客人紛紛回來了，他們自遊樂場所和商品店回來後繼續在庭院的桌子飲茶談天。潘和二位女士回到中國飯店已是十時光景，老先生吩咐女侍把紅豆湯端出來免費招待所有在場的客人，他也爲他的獨特的營養知識做一番解說，使大家感到無比的滿意。

他們三人受到人情味的招待後回到房裡，潘表示他已經萬分疲倦了，橫臥在床上說最好能仁慈地讓他一個人單獨睡在那裡，以便恢復精神和體力來應付明天似乎還有一天的旅遊的勞累。那兩個女人輪流上洗手間，並且抱怨紅豆湯太濃又太甜恐怕會影響睡眠。璐璐倒開水喝時，發現熱水瓶已經沒有多少水了。安芬對潘表示，要潘接納她的意見，把璐璐留在房裡，她一個人到另一個房間去睡；潘看不出她說這些話是眞誠或是故意，還是另有一番心算；她的態度自始至終令潘感到迷惑不解。璐璐換了另一個裝滿開水的熱水瓶回來，看來睡覺的位置沒有解決之前，她的內心和外表都不會安寧。安芬坐在床邊，好像她隨時可以睡下抱著潘。三個人暫時同在一起談天；潘重新調整他躺臥的姿勢，璐璐和安芬另坐兩邊床上，背部都靠著牆壁。

這種僵假持是浪費時間，安芬一直堅持自己要到另一個房間去，讓潘和璐璐在一起。潘反對這樣做。璐璐十分爲難，拿起枕頭準備到客廳去睡，潘警告她不要出洋相，她才轉回來。潘叫她們兩個女人離開，讓他單獨一個人，否則兩個女人都留在這裡，但必須趕快準備就寢息燈。璐璐贊成潘的意見，只有安芬不願意，她說今晚只有一個人需單獨擁有一個房間，那就是她自己。潘開始惱怒，建議抽籤決定，璐璐也贊成這樣做；他說已經是偌大的成人，爲何爲這種事爭吵。安芬聽到後拿起她的皮包衝出門去，璐璐跟隨著出去，但安芬已經把自己鎖在另一個房間裡，無論如何不肯讓璐璐進來。

二

「請睡下罷，璐璐。」潘說。

潘根本漠不關心她們兩個女人之間的鬥法；對他來說，他只需維持他的原則，現在情況演成這樣，並非他的責任；他需要休息和睡眠，是璐璐或是安芬睡在他的身邊都是一樣，他不會將他心裡自定的原則打破。但是對璐璐來說，能睡在潘的身邊似乎是命定的結果，在她與安芬的爭鬥中，是早先就存在的不能更改的決定。她剛才的不安無非是害怕失去佔有潘，或讓安芬在另一邊分享，直到安芬把房門鎖上，她才放心地回到潘的身邊來。

「你要喝點開水嗎？潘？」璐璐說。

她還不能馬上睡下來，她不能把內心的緊張露出來。她倒了半杯水放在床頭桌上，潘只好感激地把疲倦的身體翻過來喝一口。潘喝了那口水後，發出一聲嘆息，璐璐換穿睡衣，被他的聲音驚疑了一陣，她把身體轉過來看潘；她的態度似乎是要看出一個明顯的理由出來不可，她敏捷的神經想獲知是否她的內心秘密被他察覺到了；潘望一眼她那一本正經的模樣，那種外表走爲了某種關切而設的。

「我太累了，妳知道。」

「那麼就好好睡著罷。」

她把燈光熄掉。

三

璐璐內心突然吸取一股窒悶的氣氛，她所驚懼的潘的精神的逆轉現在顯現了，瞬間傳達到她的身體裡；她告訴自己，一切都過去了。她懷抱的夢想消失了。這一切全都在她不知不覺中轉變而來，假如還來得及，她願意逃出去，她甚至願意在此刻和安芬交換位置，任何人都可以把潘贏去，她無法承受一個不屬於她的軀體。而現在她必須接受，因爲一切都太晚了，潘已經掌握了全部的權力，他的冷酷的原則就緊握在他手中，與他面對的一切都成爲他支配的奴隸，她準備喚出來，但潘命令著：

「讓男人在外面，」

她只有聽從，把身體移到裡面，潘動作橫蠻地躺下來。她像一隻馴良的羔羊般接受引導。從潘身上說出來的嚴肅的溫柔使她無比的緊張，是他那不可侵犯的孤僻精神使她窒息。她再度想哀號起來，但空氣像凝固的水泥把她封住不能動顫；她猶如冰凍在北極的厚雪中，把她的熱心僵固了。

潘呆板而筆直地躺著，像一具屍體眼睛望著天花板。璐璐無比的不安和難受，她不知下一刻他要轉變成如何；他是那麼善變莫測，她從來無法預先知道和提防。她的心只期待著潘對她的侵襲和緊貼，像最初的一次一樣，她無法忘懷那種突然的快慰，而從此之後，她的精神每一刻都盼望那樣的形式再度重臨，她的每一個細胞都爲那遽然的雨露而耐心的活著，其他的一切都爲她所忽視。

但潘對任何生命的形式都只堅持那最初的一次，不計成敗地只行一次，他的精神厭於同樣的事做兩次，他的行爲猶如殘酷和決斷的武士在決鬥中命定的一砍；對於在他刀下倒下的人毋須再費不乾淨的手腳，他連看都不，就往前走，繼續去做他的醞釀和修行，準備再遇到另一個命定的敵手，以及準備著如何對他的目標使用著斷然無誤的砍劈。璐璐現在對潘來說，猶如他刀下喪生的幽靈，一個纏繞他，使他時時刻刻重憶那罪過的往日的不善的鬼魂；在潘的意識中，她那同樣姿容的迎奉的委身，其中埋藏看無比淵深的危險和詭詐，讓他在無味的瘋狂砍殺中衰萎和落敗。這是那看不見和隱藏著眞面目的幽魂的最終目的。但實體中的璐璐卻獻出了她的溫柔和寬容，展佈著俗間無比優美的愛網，一切都爲潘預備著，除了他沒有第二個人，只有他使她的生命再造和延續。

潘側過身從小桌上拿香煙點燃。他的這個舉動象徵著他的無所做爲，她看出他似乎想從香煙獲得痲痺，想從它切斷他本有的熱情而進入思維；他已不再爲她而做使她歡欣鼓舞的事，他已墮落在不斷的省悟中而顯露著令人傷心的疲憊；沒有新的和改變的環境，他已從他的舉動中預告著絕望，唯一使人還覺得他依然可愛之處是他的溫和外表，他不會眞的在絕望中傷害別人。璐璐早就知道他在黑暗中是個沉靜的人，他懂得在牢困中休息和保持清醒，好像他知道必有曙光會來臨。這使璐璐對他的肉體的企望中轉爲對他的精神的無比嚮往，只有這點證明潘對自身的愛和對人類的愛。

當璐璐漸由觀察而獲得心理的轉變之後，她由對潘的埋怨轉爲對他的全新仰慕。潘的孤獨是他的最具權威的力量，這一點使璐璐改變了她對他的指望。她總是經由他認識到個人生命與宇宙的聯繫，她愛他已超出那狹窄的範圍，她希望自己是一座山，讓在心路歷程中流浪的潘獲得最後的棲息。所以她想：愛潘的唯一途徑是了解和寬容，並且需要產生比他更爲廣闊的智慧，憐憫和同情已非對潘的愛的泉源，更不要指望肉體的反覆狂歡了。

「告訴我，你想什麼，請你說出話來。」

「我現在只想到自己，今天妳使我幾乎面臨絕境。」潘說。

「我也想到今天現在是我們過往一切的終點。」

璐璐在輕輕的飲泣。

「你想到什麼幾乎等於我想到的。」她又說。「你已不必覺得有所愧欠。」

「我沒有。」潘說。

「你幾乎是如此。」

「屬於我個人的歷程還沒完。」

「我清楚這點。」

「妳像一座山；我現在無從愛妳是妳像一座山，要我走向妳，之前有許多錯綜復雜的迷路，我無法直接靠近妳，我需尋找路徑，賣力砍除荆棘妳知道這點嗎？」

「我知道。」璐璐說。

「我還不認識妳。」

「如我是那座山嗎？」

「是的，我賣力的奔跑，但依然如此遙遠。」

「爲什麼這樣艱難？」

「是氣候和距離。」潘說。

璐璐嘆息。

「妳對我的顯現是幻影不是實體，有如我們在風景所見到的。」

「但我很願意清晰的顯現給你。」

「未到時候，我的步伐太緩慢。」

「我承認你是。」

「妳顯現在雲霧中，只有模糊的輪廓，看來如此逼近，事實上我無法觸撫到，中間隔著雲霧，我賣力跑，妳仍然在雲霧之上，我找不到路途登上。我現在在人生的森林裡，在迷亂的狀況中邁步。」

「如你說的時間未到。」

「智慧不夠，」潘說。「愛是一種歷程，我必須砍。」

「砍誰？」

「女人。」

「爲什麼？」

「那是妳，璐璐，全是妳的僞裝的化身，不是妳的眞體，所以我需像個武士揮刀。」

「我確信如此。」

「在我到達妳處之前，有許多的誘惑。」

「我幾乎完全相信。」

「我希望是個女人，不是想像中的山。」璐璐悲泣著。

「妳是個女人，但只是個幻影，璐璐。」

「我不懂爲什麼是這樣？」

「我曾把妳視爲一個女人，而且我們曾經像男女般地愛過，後來我感知妳不像一般的女人是個女人。」

「我只盼望做個女人。」

「妳無法做到這點。假如妳眞是像一般的女人的女人，我們現在不會在一起，而且讓我面臨絕境。」

「那麼我是座珞珈山。」璐璐說。

「對釋迦來說，妳是珞珈山。」

「這不能更改嗎？」

「這是命定的。」潘說。

「面對你，潘，我也許不必再加否認。」

「我知道我還不能歸隱於妳，時間未到，智慧不夠，我即使賣力奔跑，妳仍然遙遠，妳對我顯現只是在我疲憊中告訴我不要忘懷我將應得的歸處。」

「如我是那座山，我就靜待你來。」

「珞珈山是爲釋迦而存在的，而他的到達它才配做聖山，否則天地毫無意義。」

「我明白這點。」她哀怨而冷靜地說。

「爲了這個寓言，我現在多麼愛你。」她又說。

「做爲武士，經過劫難才能獲得正果。」

「你要砍多少女人，潘？」

「我不知道，但我知道歸於妳之前需要砍殺。」

「我爲那些道路中倒下的女人哀憐。」

「妳應明瞭我生命的混沌。」

「爲什麼你會是這樣的男人，潘？」

「只緣於我最初見到妳，就像釋迦偶然間瞧見了珞珈山而改變了他的生涯。」

「生存是如此難耐啊！」璐璐呼號著。

「我現在充滿砍殺的欲望，……」

「我想這是這個時代使然。」

「不，這是宇宙生命生成的樣像。」

「爲什麼不能單純？」

「對於宇宙生命的現象我們一無所知。」

「我要爲這點哭泣。」璐璐說。

四

「幾點鐘？」

潘問璐璐，她起床跨過他到鏡臺上打開手提包，拿出一隻舊式圓面的手錶回到床上，重新躺下來，藉著微弱的光線看著模糊的錶面。

「五時一刻。」璐璐說。

「夜已經過去了。」潘輕聲地宣佈著。

璐璐嘆息一聲。

「這一次之後，我們不要再見面。」她說。

這時安芬出現在他們的面前，潘望著她那張被折磨過後的憔悴和敗喪的臉孔；她轉身又走開，羞於見到他們容光煥發，生趣盎然樣子。

致愛書簡

請你耐心地傾聽，也許我不能用最簡潔的語言，甚至不足氣力把它說完，對於現在觸引我想說出的，我的許多遭遇之中的一節，不僅使我多麼以爲和嚮往畫家Marc Chagall離開了那使他痛恨又懷念的俄羅斯家鄉的幸運。你應了解我的生活充滿了我正要說出來的遭遇，我的性格使我與這種腐蝕我的心靈的不合理制度連結在一起，而升起抗衡的情緒。我是如此單薄孤獨，沒有一絲旁的助力，能使我鼓足勇氣堅持我的立場，因此就陷於顫抖和氣憤，使我的情緒昇達到無比的複雜的悲哀。我的幻想無止境地朝著生命的哀愁擴展，我需要（在現實中無助力的情況）愛情的撫慰，並且是所求最爲無條件的溫柔的服侍，讓怯懦的身心得到安寧。

我如要把它說出來，便需把細屑的情節一一道出。我有這傾吐的欲意，卻發現沒有表達的力量；就像在現實中，沒有任何人站在我的一邊。這提醒我，即使我用最無誤的文字寫實出來，也不會感動距離甚遠的你。所以我徘徊在要與不要之間，我感到無比的痛苦。唯一的希望是，當事情在我身上發生時，你站在我的身旁觀睹，即使你不能在當時插進一句話緩和事態，也能在事後讓我坐下來，爲我倒一杯安頓作用的酒，且慢慢地用你的能力，使我對你感到愉悅，而暫時忘懷那遭遇的無情打擊的挫敗事實。做爲一位現代文學的寫作者的我啊，早就卑視那浮表的事件的記述的不能共鳴的事實，這使得我必須把心靈演化成形式，用幻想做內容直接來感應你，當你接住我的傳播的感應時，能使你從我的幻想再恢復到現實，那麼你看到的將不是發生在我身上的單獨的特殊遭遇，而是生命的你也同樣會遇到的普遍事實。藝術藉形式傳達，以便使你也發現你的心靈的滄桑；而我，本是一個拙笨又不幸的人，卻轉變成爲單薄孤獨的你的支持者；我由弱化勇，只因我們同處在生命之中。但是我自私的希冀並沒有達到，對於在觀念裡相愛的我們而言，我們並不眞的在一起，我不能獲得你親手的撫慰，我在火獄中成爲一個寫作的藝術家，揭露我的心靈在這天地間。

相愛與了解而不能在一起，我不能相信這是眞實。我們是相互陌生才合乎邏輯和實情。那麼讓我有勇氣嘗試說出那遭遇的事實的一個小片段，像新聞報導一樣地直接說出來，不要讓詩情做爲橫阻我申述的理由；但是我已在過去的歲月發表了許多寓言，我已經習於如此表達，我在過去的時光中沉默而孤獨地活在現實裡，我似乎無勇氣站起來在公眾之前說話一樣，我萬不能把事實經過洩漏一點點。讓我活著成爲一個自封的寫作的藝術家罷；這個變態已經替代了我的身軀；我的眞我就是一個寫作的藝術家。但我還是多麼祈望愛情的可能，即使要我放棄擁有一個寫作的藝術家的名銜的虛榮，我寧擇現實中的愛和溫飽的生活，就像一個僧人多麼欲望再恢復爲俗世人，就像一個涉急流的人多麼希冀彼岸有一隻伸出來攙扶的手。我生存一日，便對這種愛情的企望永不斷念。

我對盼顧的愛情的信約是銘刻在心裡，它不能撕毀和磨損，它隨時日的長久而愈來愈擴大，像刀刻在幼枝上的創傷，在樹的成長中變成浮凸顯明的記號。我唯一的喜悅，就是有一天你的到來，當你看到記號而記起我們的邂逅，我將從植物的冥頑轉化爲鳥的鳴唱。請你相信罷，沒有愛情，人類的心靈將日漸枯褪而消失。我是爲我的自私呼求你，但這不外乎是自私的人類在呼求他們的人類嗎？違抗社會是我的痛苦淵緣嗎？誰是正確分析我和透視我的作品的人？是一位姓雷的聰明而才智的人嗎？我在前面已經說過了，我的遭遇是我成爲寫作的藝術家的激情的刺針，我對愛情的願望才是我的痛苦的全部內容。我要自命爲寫作的藝術家，那就是我對我所追求的事物的一本無知，就像爲幻想而無知地航向美洲的哥倫布。這不能是人人嘲笑我的理由；請認清事實的眞相罷，這也不是虛榮，這是發自我內心的使命；因爲我對這宇宙世界的無知，對神的無知，成爲自迫性的冒險，是值得令人同情的；請讓我爲這使命而知覺我的生命的存在罷。

也讓我在這盲目和黑漆中知覺我的航行的神聖爲唯一的報酬罷。在這不能預料未來的茫然日子裡，孤單產生了恐懼和怯懦，因爲凡有過航行的只見其行跡卻不知結果如何，我也不能逃過這注定的命運。而我正處在即將同趨一途的無痕消失中的自知裡過日子，我等待那一刻的到來，恐懼浩瀚得整個淹蓋了我的神聖使命；我在無助中有時陷於迷信的陷阱，有時走入混亂的歧途，有時受到逃避的引誘；恐懼成爲我緩慢自毀的疾病，但我相信愛情是治它的藥石。

讓我說清楚罷。而你也會以爲我只不過想用這種理由容易的獲得愛。我愈迫切祈求愛情救我，給我力量，我會在最後變成只有依賴。我如此智昏，已經不能說清楚我自己而陷於前後矛盾。就在此刻結束罷，自言自語像一隻徘徊森林上空的鳥，是不會尋求得到任何的同情和諒解，人們將會因我無條理而騷擾人的文字而進一步反對我。你也顯露了不耐煩；不如收住，在狹小的斗室閉眼靜默片刻。我突然在這渴望的時刻證實了心電感應的說法，而認爲你的靈魂散佈在我的周圍；我在這虛無中的求愛，在現代的智識裡是能夠成立而成爲眞實的。

真確的信念

——答陳明福先生

拙作〈我愛黑眼珠〉以「人類愛」和「憐憫」非男女愛情爲主題，其中李龍第的人格和信念爲許多文評家所曲解，從葉石濤先生開始至周寧先生爲止，已令我十分訝異和納悶，最近《中外文學》第四卷第十一期又出現陳明福先生的大作，對李龍第這個人物提出他另一套看法，其中有我不盡同意之處，不得不做一番剖白。

陳明福先生在他論文的第四節，關於李龍第的基本理念，有一個極淺顯和簡單的範圍做開始，使你頗爲信服。他往後的陳述也是這樣的明白和易解，然後他在你完全沒有防備時說：

（A）曖昧的信念

在他的論文裡這是一句題意和前提。這個題意是用「我」文中的一段話做爲代表，然後做爲往後滿篇邏輯陳述和結論的前提，強硬地緊緊地咬住不放。這句話從何而來呢？並不是從「我」文的了解上來，而是方便地從「我」文中斷章取義，當做讓人無可辯駁的明確的證據。

在這個自然界，死亡一事是最不足道的；人類的痛楚於這冷酷的自然界何所傷害呢？面對這

不能抗力的自然的破壞，人類自己堅信與依持的價值如何恆在呢？他慶幸自己在往日所建立的「曖昧的信念」與現在卻能夠具體地幫助他面對可怕的侵掠而不畏懼，要是他在那時力爭著霸佔一些權力和私慾，現在如何能忍受得住它們被自然的威力掃蕩而去呢？那些想搶回財物或看見平日忠順呼喚的人現在爲了逃命不再回來而悲喪的人們，現在不是都絕望跌落在水中嗎？

就是我括出的那一句。這整一段話我自信著，是說明李龍第在面對洪水災難時（有如我們面對考驗要做抉擇時）成就了一個眞確的信念，假使這段話前面，不有意的去掉

他暗自傷感著：

則更爲明顯的顯示李龍第的秉性，明白地說出他的痛苦有甚於四周衆人的驚慌。對於會死亡的人類而言，同有生命的萬物一樣，對死亡皆抱著恐懼而不會無動於中的情感，可是在整個自然界來說，死亡一事是普遍而不足道的；人類的內心雖對死亡的情景感到痛楚，冷酷的自然界卻依然固我，不受移損。至於人類自己堅信與依持的價值如何恆在呢？無疑其所謂價值乃是指俗世之權力與私慾而言，更具體的說（在故事中顯現的）是權勢和財物。因此他慶幸自己「往日」所建立的（思考和編織）曖昧的（還處在模糊猶疑中醞釀的）信念，「現在」卻具體地（得到肯定之抉擇，終於完全具形）幫助他面對可怕的侵掠而不畏懼。這裡我們特別注意「往日」過去式和「現在」現在式。考查一個人的某種思想人格之形成，除了第一要素他的「秉性」外，有他的醞釀期，和那重要的使他突破的機遇。這裡要引出一段聖．芳濟的歷史書中的身世和得道的描述（威爾杜蘭原著，幼獅翻譯中心編譯，《世界文明史：基督教巔峰的文明》，〈第三章：修道僧與

托繻僧〉，第三節：聖．芳濟。）

Giovanni de Bernadone一一八二年誕生於Assisi。他的父親Ser Pietro是一位經常與普洛凡斯從事貿易的富賈。Pietro在那裡愛上一位法蘭西女郎Pica，並迎回Assisi爲妻。當他再度由普洛凡斯返回故里時，發現Pica爲他生了一個兒子，爲表示他對Pica的愛意，將小孩的名字改爲Francesco（即芳濟，Francis）。小孩在意大利最風光明媚的地區長大，對於安布利亞地區的山水也無法忘懷。並由他的父母學習了意大利及法文，自教區神父學得了拉丁文；此外，他並未受過正式的教育，即輔佐他父親的事業。Ser Pietro對他入不敷出，揮霍無度的表現十分失望。他是城中最富有的青年，且最爲慷慨大方，一群酒肉朋友終日與他爲伍，吃喝玩樂，哼著抒情詩人的歌曲。芳濟經常是一身五彩繽紛的吟遊詩人裝束。他原是個俊美的少年，有烏黑的雙目及頭髮，一張溫和可親的面孔，並帶悅耳的聲音，他早期的傳記作家斷言他除了與兩位婦女有一面之緣外，與異性概無任何關係存在；但這實在是冤屈了芳濟。可能在啓蒙時期，他已由父親口中得悉不少有關法蘭西南部阿爾必金西華及爾多異端。及他們所傳有關安貧樂道亦新亦舊的福音。

一二〇二年他參加Assisi攻打帕魯查的軍隊時，不幸被擄，於是在「沉思默想」中度過了囚牢的一年。一二〇四年毅然加入教皇英諾森三世所號召的志願軍。進抵Spoleto。當他發燒靜臥於床席時，覺得有聲音向他說：「你爲何背棄神，而服事神的僕人，背棄王而服事王的家臣？」「主啊，你要我做什麼事呢？」有聲音回答說：「回到你的老家；在那裡你會得到指示。」於是他即脫離戎馬生涯，回到Assisi。此後，對於他父親的事業益感乏味，而宗教熱忱相對提高。

Assisi附近有一所貧困的教堂，名爲St. Damian小教堂。一二〇七年二月，當芳濟在此教堂禱告時，感覺到基督自聖壇上對他說話，並悅納他將生命、靈魂獻上做爲祭物。從那時候起，他覺得自己得著一個新的生命。遂將身上所攜帶的金錢，悉數捐獻給教堂的神父，才回家。某天，他遇上一位痲瘋病人，下意識地他即掉頭而去，然而，良心上的自我譴責，使他感到不忠於基督，所以再度回首，傾囊資助痲瘋病人，並且親吻其手掌；芳濟告訴我們此種舉動正標明他屬靈生活的開始。……

這個記載可以見出信念在醞釀時期未具體顯現之前，是有著異乎一般人的形象，爲一般人懷疑，且不明白他的用意，把它形容爲「曖昧的」並不爲過；可是在面臨選擇時以及確定之後，曖昧已消失。芳濟返身回吻且資助痲瘋病人，與「我」文中李龍第扶起病弱的女子，背負她到安全的屋脊，那時所獲的信念是意義相同的；芳濟告訴我們此種舉動正標明他屬靈生活的開始，我亦可以說李龍第的此種舉動正標明他有一個眞確的信念，且視這信念爲他生命最高的價值於焉開始。因此「我」文中的含意不能再用「曖昧的信念」來統括和做爲前提是至明的，更不能像街坊罵人的潑婦老是咬定李龍第所抱持的信念是曖昧的才會幹出什麼事來。再說「曖昧的」是作者客觀對人物以他過去的模樣所做的形容詞，是意指他在「往日」那一段孤獨面目所醞釀的思想是不成熟的，未經考驗的，還未具形付出實施的（一句老話：做了才算），混沌的，不能讓人相信的，使人懷疑的，他還猶疑或與現實的思想做著掙扎的籠統的形容，決不把它視爲他思想信念的性質和意義。但這「曖昧的」形容詞，卻被陳明福先生頗有用意說成帶「好」「壞」「善」「惡」

的性質，但做爲性質用應爲「曖昧」或「曖昧地」，絕非「曖昧的」；但他在往後的陳述裡雖然仍留著「曖昧的」，卻有當性質用法之嫌，明察的讀者必會感覺到這一點。

從這開始，他咬定李龍第的信念是「曖昧」的之後，一切都會很順利地把任何事都能解釋爲「反面」而能滿足他陷害與排斥的用心。包括那有點賣弄意味的「罔民」的邏輯。這一點留到後面再來揭開其別有用心的面具。好在，李龍第在他成就了眞確的信念下所爲的事蹟上是可以完全判定價値的。現在我要逐步把明福先生確定李龍第的信念是「曖昧」的之後，所牽引出來的他私自埋設的用詞列出來；那些設詞很明顯地在他應用的陳舊邏輯裡是很「武斷」、很「脫節」、很「突然」。首先把「我」文的一段和陳明福先生強行更動移植的一段拿出來比較，就可看出他所做的解釋，其目的是想使讀者看不清原故事的含意，然後在無可思辨下能順服他的意旨。這兩段是：原故事：

面對這不可能抗力的自然的破壞，人類自己堅信與依持的價值如何恆在呢？他慶幸自己在往日所建立的曖昧的信念現在卻能夠具體地幫助他「面對」可怕的侵掠而不畏懼。

明福先生的解釋：

李龍第基於自然力之不可抗拒，而懷疑起「人類自己堅信與依持的價值如何恆在？」懷疑之餘，他乃肯定人類自己堅信與依持的價值是不可能恆在的，於是他「慶幸自己在往日所建立的曖昧的信念」使他在洪流災難之中，「感受到的只是最少的痛苦。」

這是何等流暢通順簡明的散文翻譯（意）。這「面對可怕的侵掠而不畏懼」，他翻意爲「感受到的只是最少的痛苦」。這是很漂亮光滑卻是一種「粗心」的解釋，在考查細思之下，「不畏懼」與「最少的痛苦」是完全不同的兩種心境。在故事裡「不畏懼」是與「勇」接近，完全屬於精神面；「最少的痛苦」正好失掉精神面，無「勇」的存在。

他要我們留意兩點：

李龍第之懷疑、否定人類自己堅信與依持的價値的恆在，乃是透過他那狹隘且畸零的眼角所見所得的；

他所慶幸的乃是，他的價値取向與俗世所追求的大不相同。

試想：一個在災難當頭而能鎮靜不畏懼的人，其眼光與思想那能狹隘且畸零，是不是明福先生親眼看到李龍第天生的形貌有點醜陋和眼斜？我敢保證李龍第和聖・芳濟都是長得俊秀的男子，不相信請到沙河鎮來看。但明福先生的解釋卻如下：

這些並沒有充分的理由，好教我們相信李龍第的價値取向，或籠統地說，李龍第的哲學，要比俗世的更高一籌。因爲由與我們可以進一步地理解，李龍第只見到他個人特殊的外在條件組合與特殊的心靈狀態之下，所能見、所能肯定的。至於在他的情況「以外的理念」呢？他實在沒有想得太多，甚至，我們可以說，在他畸零的心態之下，對於「其他人類」爲什麼要肯定「某些價値」，實在是未經思想，而已先懷疑，已先否定，而這些乃統統涵蓋在他的「平日所建立的曖昧的信念」裡面。

這些曲解之偏激和蔑視是十分明顯的，因爲他又重複了「畸零的」這非客觀的用語，在這種頗具主觀的情感之下，當然他可說不比俗世的更高一籌，沒有想得太多。試想：一個沒有思想的人是否會採取與一般人不同的行動，其理甚明，也不可能未經思想就先懷疑先否定，但是我們不能忽略明福先生所提出來對比的那「以外的理念」及「其他人類爲什麼要肯定某些價值」的「其他人類」和「某些價值」。要是不把他的「以外的理念」「其他人類」「某些價值」加以探明和考查，我們是無法將李龍第的「眞確的信念」拿來和他做「價值」的對照。可是我們回想和檢視一下，明福先生在他的論文裡是否曾將他的「以外的理念」「其他人類」「某些價值」是什麼拿出來給我們看？或是僅僅曖昧地就這麼說便想來排斥李龍第的信念，以自己的「曖昧」反來批評別人的「清晰」。我想如果要想與李龍第的眞確的信念比價，就得拿貨眞價實的東西出來，赤手空拳空口說白話無異是無理性的罵街，只想挖別人底牌，卻不自己先拿出牌來，只說「以外」「其他」「某些」是不能算數的。至於他的那些「以外的理念」「其他人類」「某些價值」是什麼，雖可輕易地感覺出來，但我不想覆轍他的作法，那樣只說他人之非，不說自己之過的錯誤。他的那些「曖昧的東西」經我一提醒，一定會有話說的，我希望它們在我還不知道之前所稱的曖昧的東西不是眞正的「曖昧的」。那麼李龍第之眞確的信念在我本文裡要對比的是什麼呢？後面就要討論，但依然不越出明福先生論文中所具有的範圍。他的習慣是先提出要點，加以解釋，然後是一個驚人的結論，譬如前面他要我們注意兩點，而後有一段頗長的解釋，現在接著就是他的結論（只是目前這一個部份的結論，因爲連綴這些部份，他還有一個總結論，也就是法官的判決。）

他說：

因此，我們還可以說，李龍第的價值取向與俗世所不同者，只是他以無價值取向，否定價值取向為最後的價值取向。

這是不用結論的語法所做的結語，他要人認為「語意」的「跳躍」或「變反」是合理的，但稍懂邏輯的都知道這是「詭辯術」，是正統的哲學家以外的人所用的邏輯。附帶說這種「詭辯術」用的最多的是歷史中的野心者和煽動家，羅馬帝國時代，安東尼和布魯塔斯就曾利用凱撒之死演說煽動羅馬的民眾，其言辭是如何感動人，不用我再多稱讚。只要回憶到〈我〉文中的故事，任何有閱讀能力的人，都會感覺和認可李龍第的行為是有價值取向。「陳」文中的「以無價值取向，否定價值取向為最後的價值取向」，不但在單項來說是曲解李龍第的信念，另方面這個句子「似通未通」，只是說起來很嚇人，造成錯覺，是少數自誇有學問，有知性，崇拜某種主義的知識份子喜歡出口的章法。問題出在「價值」身上，一旦我們知道這「價值」是什麼，我們也就知道他應用邏輯的用意在那裡；這句話仍有它邏輯的效用。那麼在這裡要論到「價值」。他說：

因此，俗世所追求的，不論是權力或私慾，其中所可能涵蘊的一點希望、理想、衝勁和狂熱，在李龍第的信念中，是完全不存在的。

在這裡我要以最廣涵的心靈來了解他所說的除權力與私慾外，所可能涵蘊的被當做為希望、理想、衝勁和狂熱所追求的事物，而且我也迫切希望他在前面提到的「以外的理念」「其他人類「某些價值」是真真確確的包括在這裡面；唯一遺憾的是：同樣摒棄權力與私慾的李龍第的那種信念，卻為他拒絕納入這樣一個高尚的使命範圍裡，而且還否認李龍第的信念不具有希望、理想、衝勁和狂熱；如果是這樣，李龍第的故事或聖・芳濟的事蹟應如何了解？如何能納入人類文明歷史的價值裡？「價值」豈可容忍陳明福先生這樣地霸道和專斷？在這裡我不得不仰首嘆息，對於人類的自私何時能低降，人類何時才能透過寬廣的心靈了解而和平相處，相愛。我不得不對現世的人類投以憐憫的眼光，懷著最深的憂鬱。

的確，在李龍第的理念中，是排除所謂俗世所追求的「權力」與「私慾」。我想故事的結構也是爲了充足說到這種「理念」。因此以新聞般紀實的情節看它將完全錯誤。那裡沒有男女愛情的倫理學存在，只有聖・芳濟式的「人類愛」和「憐憫」的理念。看來，這種理念在未被體認和考查之前像是「狹窄」的。但是這種理念是頗富隱密性，潛藏在實際的人生中，眞正徹底的像聖・芳濟的實踐者也許很少，可是我們能體認大多數的人們是走著中庸之道的，既不放棄追求權力與私慾，同時也想這些事物不易保持長久，將隨生命的結束或時代的變換消失，所以在佔有小小的權力與獲得小小私慾之下，持著保持現況摒拒無窮追求幻想的想法，而能使他獲得安定的力量。換言之，也就是保有摒棄那權力與私慾不使其過分伸張的理念。環觀世界的人們，利慾薰心者有，但保持現狀持中庸之道者多數，那麼這種理念的存在是一條「狹路」顯然又是錯誤的。

在故事中，李龍第的信念是有爲的，他的事蹟是不可抹擦掉的說明，不論他人看來認爲他的行爲卑鄙，違反倫常，就像聖・芳濟爲其父所失望，爲其一般Assisi人所不齒和嘲笑，可是對他而言，他是經過選擇而認爲有價值，這屬於精神價值與權力和私慾的物質價值當然有區別；而李龍第能在這兩者間經過長時的思慮和醞釀，最後在面臨考驗的時刻選擇他要的信念，他要這樣做而不要那樣做，這兩者間在他的思想裡是有價值等差的分別，但這分別可不像「陳」文說的那種「高一籌」的性質。一個喜歡去計較高低的人總是先下手貶低別人。而這憑其良知秉性且對現象世界具有熟識的認識，且由這現象世界提升的信念行為，是人類文明歷史所承認的價值，其具有永恆性是不可置疑的，那麼明福先生往下的話：

我們與其說他是因為「一切皆沒有價值差等，更沒有什麼永恆；故一切皆無可執者」而以無價值取向為價值取向，還不如說他是因為一個基本的信念：「一切皆無可執著；故一切皆沒有價值差等，更沒什麼永恆」。

這和我對李龍第的剖白相差多麼遙遠，已經完全是「背道而馳」了，相差到一千八百里了。至此我深深覺得，明福先生有一套特殊又具特色的「辯證法」，我回溯我所涉獵的古今文學批評似乎頗為少見，可謂沒有，但我相信在別種的批評裡一定有，也就是說他是有其模範的，可不是我熟悉的，因此頗覺怪異；與其說我很欣賞他有此絕招的聰明才智，還不如說我對他的用意深懷戒心。因為他的文章裡帶有「恐怖」的音響。無疑，在文明歷史裡，物質是沒有永恆性的，權力與私慾是受譴責的，應該要加以抑制而不使其過分伸張，而精神在人類所追求的事物理念中它是佔有永恆的地位。

由於前面我特別尊重明福先生在他的論文中提到的「以外的理念」「其他人類」「某些價值」「其中所可能涵蘊的希望、理想、衝勁和狂熱」，他的這些東西顯然有別於李龍第的東西，他之所以會擺出霸道、專斷、搬出辯證法、應用詭辯術、推我於不能抬頭的境地，恐怕是這兩種價值的爭執罷？設若他是認爲做爲一個文學作家的七等生不關心現實社會，逃避到角隅，缺乏作家的使命感，因此才會創造出像李龍第這樣現實社會裡所沒有的角色，李龍第根本是七等生的化身，那麼以使命感自居的他是非把李龍第排除出去不可了。可是李龍第是理念的化身，是帶著信息傳達出去的。所以我感到做爲文學作家的七等生和做爲文評家的陳明福之間還有一個「文學風格」的問題存在。所以這裡有一個因「道不同」而相互排斥的現象。而兩者相爭其手段無不用其極是可以了解。前面我提到「李龍第的哲學是憑其良知秉性且對現象世界具有熟識的認識，且由這現象世界提升的信念行爲」，那麼去檢視〈我〉文中李龍第是不是眞的熟識和關心到現實社會，無疑是必要的。

他沉靜地坐在市區的公共汽車裡，汽車的車輪在街道上刮水前進，幾個年輕的小夥子轉身爬在窗邊，聽到車輪刮水的聲音竟興奮地歡呼起來。車廂裡面的乘客的笑語掩著了少許的嘆息聲音。李龍第的眼睛投注在對面那個赤足襤褸的蒼白工人身上；這個工人有著一張長滿黑鬱鬱的鬍髭和一雙呈露空漠的眼睛的英俊面孔，中央那隻瘦直的鼻子的兩個孔洞像正在洩出疲倦苦慮的氣流，他的手臂看起來堅硬而削瘦，像用刀削過的不均的木棒。幾個坐在一起穿著厚絨毛大衣模樣像狗熊的男人熱烈地談著雨天的消遣，這時，那幾個歡快的小夥子們的狂誑的語聲中開始夾帶著異常難以聽聞的粗野的方言。

這是李龍第所相爲伍的現實社會，從小所熟識的呈現對比的現實社會。爲何文評家們總是跳過這一重要的描述，不從這來確認李龍第關懷現實社會的情懷？許多批評家武斷李龍第是個現實社會的挫敗者，是居於他那時沒有職業工作，被養，認爲可恥，那麼人類是不是應該在誕生下來就單獨去覓食，那麼人類社會所建立的互助和愛如何存在？李龍第那時也許是個自修的畫家，作家，大學生，暫時未有機會表現他的才能；試問陳明福先生如你一時沒有找到職業，你心裡是否認爲自己是這現實社會的挫敗者？爲何這麼簡單的常理不被你們文評家所考慮，而要擺出一個頑固和沒有想像力的權威姿態吐出滿口臭味的唾沫？書本也許看得滿多，卻獨缺少寬容之精神和了解的胸懷罷？再引一句：

要是他在那時「力爭」著霸佔一些權力和私慾，現在如何能忍受任它們被自然的威力掃蕩而去呢？

我們是否可以認爲不「力爭」就意味著「挫敗」呢？顯然是不能持著這種看法也是自明的。他不力爭的理由，也許是現實社會並不怎麼開放公平競爭罷。所以他有過重重的思考，醞釀著對於價值觀想與俗世分道揚鑣的理念，又由於他的特殊的秉性資質，使他望見了人類文明歷史永恆的信念，而有著頓悟和抉擇。他的秉性之所以導向於在明顯的兩種價值中選擇，乃是居於他特別觀察到的畸形的現實世界；像李龍第這種關心於人類世界的人，他的不快樂和憂鬱是自然的，因此由他這孤獨不快樂的外表來判定他是挫敗者很不具知識的成分。但在這裡我們不能忽略或抹殺掉〈陳〉文裡的「以外的理念」「某些價值」「其他人類」「其中所可能涵蘊的一點希望、理想、衝勁和狂熱」，這些他或許認爲更爲當前迫切，更具價值的。我完全承認其有價值不錯。假如說這些東西與李龍第的理念同爲與俗世的權力私慾對比，他要求爲何不照他的去做，但我要試問他是否能照李龍第的去做？顯明的他會拒絕，各自抱持的理想是很牢固的，也要看面子問題和是否謙虛了，強迫他人奉行自己的意志是不對的，除非暴君或專政。因爲生命個體在宇宙世界中有選擇其生存位置的自由，這個人權宣言無論如何每個人都要尊重和留存。因此下文我就不再提起，只待他明明白白地告訴我們他的東西是什麼之後，而且判明他的東西是否是貨眞價實的東西，再在另一個機會裡討論。我以爲能這樣地與他接觸不但有趣，而且是一種福分。他說：

何以「一切皆無可執著」？因爲，李龍第在現實中的挫敗經驗，……

關於挫敗的事，我前面已經說到，是文評家的失掉常理的判斷，已不必再重複討論，我只想將李龍第的理念拿來和俗世的權力私慾做一對質。如果我們這樣看，李龍第並非無執著，在精神上能自立和自我選擇的人是更有執著，俗世所執著的權勢和財物，在宗教的觀點，那是空洞的東西，容易易手和幻滅，把大家所熟知的史懷哲醫生的事蹟拿來印證，如李龍第是一切皆無可執著，那麼史懷哲亦同樣一切皆無可執著，因爲他背離供養和栽培他的祖國家庭，去爲不相干的非洲人治病，以他的能力在祖國要力爭的話，權勢與財物豈非沒有，難道他是在祖國的現實社會挫敗了才到非洲去嗎？那麼李龍第在「我」文的故事中沒有力爭，文評家判他是現實中挫敗對嗎？陳明福先生繼續他振振有辭的言論：

在李龍第這人的信念中，創說生命的鬥志和理想是不能找著的

前面捉到明福先生第一步錯，以致背道而馳，爲了將錯就錯，不惜歪曲事實，文字用詞只要想得出來用得出來就是當然的了。這種意旨無異在說權勢財物才能引起鬥志和理想（他的那些以

外的理念某些價值在此是暫不考慮的，前面已說過，只等他拿出來再說），那麼史懷哲是沒有理想的人，李龍第扶起爲別人踐踏的弱女，照顧她，這種行爲是沒有鬥志和理想的人所爲的。野柳的林添楨捨身救溺，照俗世看法，他的行爲是完全沒有考慮他是他的妻子的丈夫，子女的父親，國家的國民；這個人要是是個落魄的漁夫，明福先生是否也以看李龍第的觀點來看林添楨呢？要是在平時問道林添楨有什麼理念和信仰，他可能說不上來，在他的事蹟之後，我們是否可以像明福先生說的：他有一個曖昧的信念，他沒有因打漁致富是個挫敗者，而且常常和妻子吵架，有時雨季不能打漁，他的妻子到基隆去做工養他，他的心態是畸零的，他一切都沒有想得太多，他的行爲是屬於一切皆無可執著……明福先生是體面的人，有高尚的職業（譬如在藥廠做事），收入不錯，他在那假日與一群同屬社會有鬥志有理想的朋友來野柳遊玩，坐在仙石上觀海潮，爲了想了解漁夫的生活，漁夫的思想，和林添楨坐在那裡交談，明福先生頗富知識性的問話很使林添楨莫名其妙，支吾答不出理念和信仰，明福先生覺得林添楨的眼光是狹隘且畸零，因此落得在下階層過活，而且從談話中獲得他很迷信一些什麼神和靈，不太理會財物，因此認爲他一切皆無可執著，判定這糊塗人一切皆沒有價值差等，更沒什麼永恆，爲何如此？因爲他根本沒有鬥志和理想。此時突然在仙石上喧嚷了起來，手臂手指指向海洋中被潮捲去的人，仙石上坐的人都站起來，有的奔跑，有的踏腳，明福先生和他的體面朋友爲了推託自己不會游泳，和互相指認對方比自己行，而在那裡爭執起來；對於誰最會游泳或比較會游泳一時無法客觀鑑定，在他們爭吵時臉是背向海的，也不知道林添楨何時走，去做什麼？等到知道了後，這群體面的朋友又坐在仙石上聽明福先生論林添楨的基本理念，曖昧信念，哲學與邏輯，鴻溝的意象（林添楨的妻子看到他在洶湧的海潮下愚傻地跳下去救人，意識到凶多吉少，失掉了控制，歇斯底里起來。）由於知道貧賤夫妻常常吵架，因此明福先生在他那浩瀚的學問裡搬來了「罔民」的邏輯，他下了結論後，一群人高高興興地坐著他們的自用車經基隆到臺北，到基隆時明福先生爲印證自己的理論不錯，不忘下車訪問曾經僱過林妻的老闆，知道她是個好女子，勤奮節儉，照顧家庭不錯。然後他們回到車裡取麥克阿瑟快速道直開臺北，車上他們商議在那一家餐廳吃晚飯，飯後再到明星咖啡店坐坐，其中的一人說何不找些富刺激的玩樂，大家眼光集中到他臉上，另一個問他：「你早上拿到的回扣有多少？」……林添楨爲何不像一般仙石上的人那樣乾焦急那樣感到恐懼，而能鎭靜。明福先生說是他根本沒有想得很多，不知道有「以外的理念」「其他人類」「某些價值」，他可以「安」得下去，因爲對他那種微溫的，無價值取向的生命情調而言，狂潮（洪水）般不可抗拒的力量，實在已摧毀不了、挫敗不了他的什麼了——因爲他已不再有什麼可供摧毀和挫敗的了。而明福先生之所以沒「當仁不讓」，我想不論是執著俗世所追求的權力或私慾，大概是執著那些他未具體顯露的曖昧的「以外的理念」「其他人類」「某些價値」罷。反覆說這眞討厭，趕緊趕緊，於是他先有成見的兩個字「頹廢」出現了，有趣的是他像似改變了口氣說話，恐怕是終於瞧見自己的良心?!他這樣說的：

但是，我們在此說他頹廢，卻不表示他不夠理性，或者思想不夠深度，相反地，卻是因爲他有足夠的理性，所以才能對困難的環境提出反省與自覺，所以才會有以無價值取向爲價值取向的頹廢主義出現，亦因此故，我們將說他是一個理性的頹廢主義者。

「頹廢」這兩個字用得好、用得妙，凡是背反「生」放棄「獲得」不伸張「權力與私慾」，皆可說成頹廢，林添楨死了是道道地地的頹廢，明福先生大概以爲自己是長生不老，或認爲貪生怕死可以獲得最後的一個人類的美譽，也是最後勝利。在這裡我們能夠看出李龍第、聖．芳濟、史懷哲、林添楨的相同秉性與明福先生和他的體面的朋友是顯明的分野著。但是明福先生仍是具有良知心靈者?!回憶一下他剛才不是妄加武斷地指責李龍第「沒有想得太多」「對於其他人類爲什麼要肯定某些價值，實在是未經思想，而已先懷疑，已先否定」嗎?李龍第如是照他說的那樣，豈可在此「頹廢」的生態裡稱他爲「理性」和「深度思想」有「足夠的理性」能「反省與自覺」呢?這一套「辯證法」的用詞意義，試問豈可去相信?一般讀者是不會去檢驗這種魔術，只喜歡看他表演得精采不精采，我的確也佩服他耍得很滿像一回事，對他乾淨俐落的手法拍手，但假如因此煽動無知之輩來侮辱和陷害到作者，或被人利用他這帶著濃厚意識色彩的論文爲眞憑實據來找作者的麻煩，豈不有些「缺德」嗎?明福先生要是說的是「眞」，我會低頭領教，對於自己末日之來臨豈可責怪別人的揭發呢?文評而用辯證法這是臺灣光復後第一遭，希望文藝界特別注意。自我寫作以來，我的文學風格，所遭到的詆毀和誹謗豈只文評耳，當我在臺北供職於文藝沙龍咖啡室，有些極端者與我交談爭論後，即唾沫於我臉上離去，我只有默默受辱掏手帕擦掉；更有甚者天天坐於櫃臺前，怒目視我，侮罵之言朝我擲來，我保持沉默數日，不加理會才終於消影。本不想說到這些，但每想起自降生於世後，因家庭赤貧，受盡鄰居同學，甚至老師之欺侮和磨難，肉體和精神都已到不能忍受的程度，今天再遇明福先生之面目，雖已發孤獨潛居之誓，亦不能不再出來爲自己或人類維護尊嚴，駁斥眞理之背道者之言論。再說李龍第在〈我〉文的故事中並沒有排斥「以外的理念」「其他人類」「某些價值」，僅僅不想做以下這種人：

> **要是像那些悲觀而靜靜像石頭坐立的人們一樣，或嘲笑時事，喜悅整個世界都處在危難中，像那些無情的樂觀主義一樣，我就喪失了我的存在。**

這樣明白地自我肯定，難道文評家有眼無珠？全部轉到男女私情上，好像我正在揭發他們實際人生中的曖昧行爲，敏感地道貌岸然聯合起來反對，以便向親戚朋友顯示清白。請問明福先生，你的那些勞什子是不是李龍第不想參與的那些？還是別的？是什麼？除了這些外李龍第沒有再大言不慚，而還想讚揚「以外的理念」，擁抱「其他人類」，認可「某些價值」。對李龍第來說除了直接服務人生，像聖．芳濟，像史懷哲，沒有更好的哲學了。但是他並不排斥或貶毀別種同樣服務於不幸人類的哲學，只是他憑秉性資質，自由意志選擇一種，你想他沒有這種自由權嗎？還是要聽命權威，像古時服從專政？請你務必回答，生命個體是否應該不應該配有這等自由意志，自由權，以及他個人的哲學，尤其這些都是人類文明歷史認可歸入的部份，可以不可以？爲什麼你要誣賴李龍第，以莫須有曲解他，除了共產暴政，自由人類已少有你這種人。先是「頹廢」的帽子給他戴上，再加上「理性」，猶如帽子加上「紅條」，表示第一等，特等，超級；「頹廢」加上「理性」，等於「殺人犯」加上「預謀」，應罪加一等。想想，最好喝杯茶，抽支煙，冷靜冷靜一下。明福先生那可能是前面說了，還在後面打自己嘴巴的人，他用辭及心思之陰毒，是非置人於死地不可。批評他的話還是少說，把他一手導演的戲欣賞完倒是正事。再說他咬的四個字使我像似看到他那裝扮起來的大法官般冷冷而嚴肅的面孔，宣佈說：

亦因此故

我們將說他是一個理性的頹廢主義者

我建議「我們」省掉「們」字，成為「我」則更富權威性。我不知道他是否在眼鏡背後抬起眼睛看看旁觀席上人們竊竊發出的笑聲。最令人同情的是周寧先生那莫名其妙的臉色，他的話被明福先生大師拿去派用場了，先說他「行」，拍拍周寧肩膀，但還是沒有好評。今日在情緒與意識普遍趨於極端的時期，在文學創作上，我知道自己是極端者矢箭的目標。我很贊同社會寫實的文學創作，我不想在此檢討他們的口號下的成績如何，但同樣站在人類文化歷史的知性上，應該容許作家寫作風格上的自由，不能拿出霸道專斷的姿態，互相批評是很自然的，但必須站在誠摯的立場上，互相磋磨，促成進步，而不能居心不良。從以上我所看見的明福先生對〈我〉文中李龍第的曲解批判，雖不能就此證明他有居心不良，但他想專迎某種文學主義，或思想主義是能讓人感覺到的。尤其是思想主義，因為他並不討論文學本身的風格，而以李龍第為對象批判思想，雖不說到作者隻字，實質上是批判作者本人，這種狡獪的才智是完全無法絕對偽裝的，他自己避去物證（但在批評中以斷章取義法擺設物證），卻不能抹滅掉人類還有一更為可靠的「心證」。這種完全泯滅人類良知心靈的人生態度，使我為他嘆息。對於自己的處境和關懷人類前途言，我亦有淵明話的感觸：

採菊東籬下
悠然見南山

我很想在此停下，認為已沒有再去駁辯他的價值，在此寂靜之夜，通霄鎮的人們已安眠於他們的睡鄉，為何獨我為這擲來的欺辱感到不平而放棄我的睡眠呢？童年的不快樂向我襲來，現實世界的景象向我襲來，無數之人類面孔向我襲來，我的腦際浮起十多年來寫作的篇篇作品，為何？是為了贏得作家之美名嗎？從而獲得某些權力與私慾嗎？那麼這些已到了我的面前了嗎？沒有。相反的，只有受辱，以及喪失了某些俗世的生活樂趣。罹病和憂愁。此刻，我希望所有人間的美名和權益都分給人們，只留下給我平靜。我更希望和相信明福先生不是如我過分敏感的精神所感覺的那樣存有居心，是神使這位文評家如此曲解我，我眞希望所有這些事都化解而無形，因為聖．芳濟的事蹟叩響著我的心。

某一個寒風刺骨的冬天，芳濟正冒著酷寒離開帕魯查時說道：「利奧弟兄啊，即使小弟兄會士在神聖與訓誨的事上，樹立了楷模，可是千萬要記得眞正的樂趣並不在其中。」芳濟向前行走片刻時，又表示：「啊，利奥弟兄，縱然小弟兄會士能令盲者看見，佝僂直立，把鬼趕出，令聾者聽見，瘸子行走……在墳墓裡已四天的死人復活，切記；眞正的樂趣仍然不在其中。」再行走一段時間，他又大聲喊道：「哦！利奧弟兄，小弟兄會士若能懂得萬人的方言及各種的知識並所有的經文，不僅能夠預卜未來，而且洞悉靈魂及良心的奧秘，切記：其中亦找不到眞正的樂趣。」……又走了一段路後，他再度喊道：「哦！利奥弟兄，即使小弟兄會土極擅傳講，能說動普天下之人皈依上帝，切記：其中仍無眞正的樂趣。」如此說了又說，繼續二英里路程，利奧弟兄問道：「教父啊，請祢奉神的名告訴我，究竟眞正的樂趣何在呢？」芳濟答道：「當我們帶著被雨水溼透，被嚴寒凍僵，被泥沼污穢，受盡飢餓折磨的身子來到天使聖馬利亞教堂叩敲大門後，門丁惱怒地前來問道：『你們是誰？』我們說：『我們是你的兩位弟兄』，而他回道：『你們說謊，你們毋寧是兩名騙子，詐欺天下，竊取窮人的賑濟品，滾開！』拒絕爲我們開門，迫令我們整夜飢寒地在風雪中挨過；此刻，若是我們仍耐心地承受這種殘酷的對待，既無怨言，也不憂傷，心中謙卑而寬厚地相信，是神使這位門丁如此奚落我們——哦，利奧弟兄，切記：眞正的樂趣乃在其中！假如我們仍繼續不斷地叩門，門丁出來憤怒地趕走我們，並凌辱，毆打我們的面頰說道：『滾蛋，你們這些可惡的竊賊！』——若是我們滿懷愛意，歡喜耐心地忍受，切記，哦！利奧弟兄：這就是眞正的樂趣。假如我們因飢寒交迫，再度叩門，並淚流滿面地苦求門丁秉著上帝的恩愛，開門讓我們進入教堂之內，而他……帶著多節的大木棒，抓住我們的袍子，將我們猛推於地上，在雪中翻滾並以那重的木棒傷了我們身體裡每根骨頭；倘若我們仍體恤耶穌基督臨死前的痛苦，而爲愛祂的緣故，耐心並欣悅地忍受一切的苦楚。切記，利奧弟兄，眞正的快樂非此孰是。」

一九七六、四、十五　通霄

附錄

隱遁者的心態

——論七等生——

黃浩濃

萬族各有託，孤雲獨無依；曖曖空中滅，何時見餘暉。
朝霞開宿霧，衆鳥相與飛，遲遲出林翮，未夕復來歸。
量力守故轍，豈不寒與飢？知音苟不存，已矣何所悲。

〈詠貧士〉陶淵明

一

七等生是中國現代文學批評界感到最頭痛的一位小說家。如尉天驄先生所言：「七等生不僅名字給人以怪異的感覺，他的生活更給人不穩定的印象。」劉紹銘先生也有同樣的評語：「七等生的小說到底是怎樣一回事呢？事實上，除了他用中文寫作外，他的作品幾乎沒有中國味道。他的寓言不僅超越困境甚至超越道德範疇。」甚至連一些比較肯用心的批評家如高全之先生、周寧先生及詩人郭楓先生，都只能在中心以外繞圈。本文的目的，就是希望透過多方面的探討，爲那些被七等生困惑的文評家們，提供一些較有用的線索。

首先我要討論的，是七等生這個「怪異」的筆名。七等生自己這樣說：

筆名對於我，是我對生活中普遍的一切要加以抗辯，尤其在我生活的環境裡，他們幾乎是集體地朝向某種虛假的價值的時候。

爲了筆者本身的方便，也爲了能夠解釋七等生的這段話，我要請讀者允許我在這裡做一個非常大膽而又近乎荒謬的假設：我假設我們可以依照中國古老的猜字謎遊戲，將七等生的這個「等」字，拆爲「竹寺」兩個字，這樣我們就把七等生拆成了七竹寺生或竹寺七生。根據筆者有限的中國文學史知識，這竹寺七生似若暗喻竹林七賢。在「天下多故，名士少有全者」的情況下，竹林七賢寄情山水，做其現實社會的隱遁者，如果我這個假設成立的話，那麼七等生這個筆名，非但不怪異，而是有歷史可尋的，十分中國化的名字。

這樣輕而易舉地解決七等生怪名之謎，是筆者個人的一種猜字謎練習，可以肯定會有許多人反對（可能包括七等生自己在內）。然筆者是一個非常固執的人，凡事都要幹到底爲止的。現在我就要看看七等生與竹林七怪（其實歷史上有那個文學家不怪呢）在思想行爲上是否有關係？據文學史記載，竹林七賢的七個人是阮籍、嵇康、山濤、向秀、劉伶、王戎、阮咸七人，因志同道合，常遊於竹林（後人建竹林寺念之）。這七個人行爲放蕩，不近人情，阮籍且喜以青白眼看人。文學史上多以阮籍、嵇康代表這七人的思想。

二

我們也將以阮籍做爲竹林七賢的代表人物，據史書所記，阮籍向有狂名，放誕任性，喜怒不形於色，常爛醉如泥，反對禮法，喜做無爲逍遙，是一位道地的現實生活的隱遁者，但卻以隱密晦澀的詩諷刺社會。他的八十二首有名的〈詠懷詩〉我們試引二首：

林中有奇鳥，自言是鳳凰。
清朝飲醴泉，日夕栖山岡。
高鳴徹九州，延頸望八荒。
適逢商風起，羽翼自摧藏。
一去崑崙西，何時復回翔。
但恨處非位，愴恨使心傷。

夜中不能寐，起坐彈鳴琴。
薄帷鑒明月，清風吹我襟。
孤鴻號外野，翔鳥鳴北林。
徘徊將何見，憂思獨傷心。

文史學家在評〈詠懷詩〉時，都說這些詩是憂思宇宙間一切的幻滅、傷心人事社會的雜亂，並說他羨慕仙界的美麗而又同時感其虛無，痛恨現實世界的惡劣而又無法逃避，這大概是引致他隱遁的原因。現在讓我們再看看七等生在〈致愛書簡〉的一段自白：

我的性格使我與這種腐蝕我的心靈的不合理制度連在一起，而升起抗衡的情緒。我是如此單薄孤獨，沒有一絲旁的助力，能使我鼓足勇氣堅持我的立場，因此就陷於顫抖和氣憤，使我的情緒升達到無比的複雜的悲哀。

我在過去的時光中沉默而孤獨地生活在現實裡，我似乎無勇氣站起來在公眾之前說話一樣，我萬不能把事實經過洩漏一點點。讓我活著成爲一個自封的寫作的藝術家罷。

自阮籍的詩及七等生的文章，我們不難言出，這兩位作家的心境是何等的接近！他們同是現實社會中的理想主義者。我們從他們的文字裡，感覺到兩顆孤獨無援的心，與對生命本身及人類前途的酷愛，忍受著現實社會生活的種種不幸。如果我們從七等生看阮籍，阮籍的作品就很突出的超越他那個時代而顯現著現代文人的心態，而且他是藝術的極端自我主義者。如果從阮籍看七等生，則七等生是那麼憂鬱地繼承著歷史上失意文人的傳統。七等生在最近答覆批評家陳明福先生的文章中，就很自然的引用了陶淵明的「採菊東籬下，悠然見南山」兩句詩。文評家忽視七等生與中國文學史上如阮籍、陶淵明等類作家的血統關係，相信不會是偶然的罷？

三

周寧先生在論七等生的文章中，提及七等生的作品「可以在莊子那兒找到淵源」。周先生的眼光是何等獨到！可惜周先生沒有進一步深入的探討。筆者認爲七等生作品，的確可以在某些方面以老莊思想解釋（這使人想起竹林七賢也是老莊哲學的忠實信徒）。韋政通先生在論老子時說：「人世間一個最普遍的現象，就是爭權力，爭名利，爭富貴，爭愛情，人的聰明才智，人生的意義，幾乎都是用爭去表現的。老子卻認爲爭是人生的大患，人世間禍亂的根源，因此喜以不爭教人。他說：『聖人之道爲而不爭。』『唯有不爭，故天下莫能與之爭。』」莊子亦繼承了這種思想，並進而說：「獨與天地精神往來，而不敖倪於萬物。」韋先生認爲老莊的無爲、不爭的思想，是基於現實世界的世俗虛僞。老莊思想的本質，是酷愛生命的本眞，而通往一種處憂患而獨往的精神境界。這種思想哲學，反覆呈現在七等生的小說裡。例如在〈我愛黑眼珠〉的李龍第：他暗自傷感著：

在這個自然界，死亡一事是最不足道的；人類的痛楚於這冷酷的自然界何所傷害呢？面對這不能抗力的自然的破壞，人類自己堅信與依持的價值如何恆在呢？他慶幸自己在往日所建立的曖昧的信念，現在卻能夠具體地幫助他面對可怕的侵掠而不畏懼，要是那時力爭著霸佔一些權力和私慾，現在加何能忍受得住它們被自然的威力掃蕩而去呢？那些想搶回財物或看見平日忠順呼喚的人現在爲了逃命不再回來而悲傷的人們，現在不是都絕望跌落水中嗎？

對這篇小說，筆者與其他文評家（包括周寧先生）的見解不同；在〈我愛黑眼珠〉這作品裡主角李龍第，在洪水災禍未來之前，絕不是一個生活的挫敗者。筆者認爲那時的李龍第，已經抱有與世俗不同的價值觀念。他的信念像火花般深藏在冷漠而孤傲的心裡，在洪水發生及挽救妓女的行動中，這顆信念就在刹那間擴大而擁抱整個人類。他在看到妻子的出現時那種痛苦的心境，代表了過去與現在衝突的矛盾心態。筆者認爲浮士德就可以做代表。這原是聖者所必須忍受的精神折磨。

在另一篇小說〈初見曙光〉裡，土給色的自我折磨，亦表現了這種精神信念。我們這裡只討論土給色渴望返璞歸眞的老莊思想。土給色由於不能忍受城市的虛僞生活而逃往樹林和沙灘：

無人約束管轄悠閒眞是他許久以來所渴望而至今才達到的，被生活和社會制度的煩擾迫使他趨回原始的自然中。他眞願意未曾學習過任何事物，一誕生就在這自然中活著，除了本能以外他沒有接觸過任何訓練。

幾乎在過去的歲月中，他都在觀察著左右人類的虛僞行徑，直到他在奇異廣告公司獲得一個不重要的職位爲止，他仍然是個如此寡歡和憂鬱的角色。雖然如此，他那激昂凜烈的性格時常與人衝突，之後他在深恨中隱退。這些積壓的情感使他厭惡自己的生活方式，他渴慕一種自然的本義生活，要是遇到機會他會斷然隱退引去，即使令他達到的僅僅是一個片刻。

在這兩段頗長的文字裡，我們再一次接觸到隱藏在七等生內心的秘密。而土給色亦以那種孤獨高傲的心贏得薩姬的愛，世上還有比這種精神溝通的愛更永恆嗎？七等生的作品就是這樣出色的捕捉人類高貴的靈魂。

E.以自殺解脫一切。

七等生小說的許多人物，都採取了第C.及第D.條路，這是由於他們不肯妥協，沒有能力爲社會創造新的行爲方式而爲社會接納，另一方面他們又酷愛著生命。然而指出了他們的行徑，並不能幫助我們。我們應設法找出七等生的「怪異」行爲的社會因素。

對於現代社會，筆者不能不同意卡繆的精深的見解。卡繆認爲現代社會的結構徒增了普遍的荒謬性，人類行爲模式的趨於統一，大資本家手中匯集社會大部份的財富，大衆的生活在弊病滋生的貧窮或都市生活的虛僞眞實無聊以及價值觀念的變遷中逐漸僵化。在這種情形下，卡繆指出，如果任何人抗議這種制度，他會如此沮喪於嚴格的法律和道德準繩，使得他滋生敵意，或像從道德敗壞中退出一樣的從文明中退出。筆者認爲，這是工業社會不可避免的現象。七等生正是這樣地由社會中退出。

在七等生的〈隱遁者〉裡的隱遁者魯道夫的父親——一個有獨立思想的人——被社會上的某種串謀排斥，而失去職位，亦引致魯道夫離開城鎮；隱遁於沙河對岸的森林。這種情形不禁使我又想起晉書阮籍傳的一段記載：「籍本有濟世德，屬魏晉之際，天下多故，名士少有全者，籍由是不與世事，遂酣飲爲常。」

然而筆者必須強調：七等生的所以反對現實的世俗社會，完全是基於一種藝術家可貴的良知和對理想世界的憧憬。正如七等生在小說〈在霧社〉所說：「我希望那些陳舊不實用的東西去除掉，產生些新的東西來。」以使社會「比現在長好些」。除此以外，七等生對社會並沒有什麼苛求，任何人如果存心曲解這種善良的心意，那將是中國現代文學的不幸。

六

爲了使人們更深刻地認識七等生的心態，筆者打算在這裡以較長的篇幅分析七等生的一篇最令人迷惑的作品：〈跳遠選手退休了〉。

高全之先生認爲這篇小說〈退休的跳遠選手〉所追求的是「個人絕對的自由意志」。這是何等荒謬的錯誤！據筆者的見解，作者的原意剛好相反，是——意志的消滅！

爲了使高先生及其他評論家們了解這篇小說，筆者必須引述一段頗長的哲學的論述。在中譯本叔本華的《意志與表象的世界》中，劉大悲前輩有這樣的譯者的話：

每個人都是意志的化身，而意志的本性是力求生活——意志部是生活意志。從根本上看，每個人都是一個以自己爲中心的自我。這種自我結果是帶來普遍的衝突。衝突爭鬥的結果，人間便成爲殺伐的戰場。因此，受苦是生命中無可避免的現象。同時，意志的本性是惡性循環的，欲望得不到滿足，便會感到痛苦，而偏偏不如意事又十常八九，所以人生大多是痛苦的。其次，縱使欲望得到滿足，滿足之感也無法長久維持，其結果不是產生新的欲望而帶來新的痛苦，便是造成厭煩之感。所以，人生永遠在痛苦和厭煩之間徘徊，所謂快樂只是暫時之現象，只是痛苦的間歇；因此，快樂是消極性的。

如何解脫人生的痛苦呢？叔本華提出兩種解脫之道：一爲暫時的解說，一爲永久的解脫。藝術創造和欣賞可以達到忘我之境，忘我的結果便可以擺脫意志的束縛。但藝術的忘我之境只是暫時的，人終必再回到現實世界來；一旦回到現實世界，便又為意志所束。唯有根本否定意志才是永久解脫之道。自覺的智慧能夠使我們獲得這種解脫力量，因為智慧能夠了解意志的本質和結果，因而也能奮力掙脫意志的束縛。從根本上說，唯一眞正有效的方法是寂滅：了解知覺世界——「表相世界」——是空幻的，自覺地承認寂滅為生命之病的唯一針砭，承認寂滅的價值，徹底熄滅意志的火花。般若波羅密多心經有言：「觀自在菩薩，行深般若波羅密多時，照見五蘊皆空，度一切苦厄。」

讀了大悲前輩這段哲者的話，我們就有十足的把握深入探討七等生的〈跳遠選手退休了〉這篇怪異而容易遭人誤解的作品。

故事是這樣的：一個初到城市的青年，心裡很恐懼很寂寞，在一個偶然的晚上，藉著一隻黑貓的指引，窺見了「美」，於是拋棄了世俗的交往，一心一意的追求這種「美」。終於他成功了，故事的結局是這個青年失蹤了，換句話說：跳遠選手退休了。

七等生在小說一開始，已經暗示了必然的結局。像七等生許多小說的男主角一樣，這個喜歡沉思的青年初到城市，心情的恐懼和寂寞，城市的煩躁生活，造成了他「單獨一個人在屋子裡，反而覺得自由適暢」。當他在酣睡中被黑貓狂烈和憤怒的「激昂的呼號」喚醒時，他發現「幽黑的夜色在大落地窗外與他面對著，星星與他的距離分外地接近，閃著奇異的小光芒，像是伸出手臂便能摘擷到」，而這種幽寂的夜與他的心境「不謀而合」，物我渾然合一的寂滅，使他發現了一種驚人的景物：

在他眼前所有的都是黑色的世界中，很迅速地就被遙遠數丈遠的一口相對的亮窗吸引。但他的眼睛並非被普遍皆是的亮麗的光層所擒；那魔惑著他的卻是窗裡的一組動人形態。這個發現，解答了他心中的一個恆久艱難的問題；他窺見了「美」，窗框內的線條和色塊並沒有確切構成現實的某物，但它們的組合卻足夠曉喻了意義。

雖然這驚人的景象，只有在深夜及寂靜的時候才可以發現，在白天「許多類同的窗框，辨不出那一個確實匿藏了那個『美』的事物」。接受了這次感召的青年，拋棄了世俗的交往，苦練跳遠以使他接近匿藏了「美」的窗口，於是他「漸漸轉入孤獨和沉默」。我們知道：孤獨和沉默正是使他脫離世俗社會通往精神境界的開始，而又是導致他被這個城市排斥的因素。因爲在這個城市裡：

人類的理想是有的，樣樣都是可達之事，一切的名銜、金錢和享樂都能以辛勤的工作換得；人人這樣做，信守爲生活，而且這樣做感到無比的滿足。

總體制的文明，現實主義的社會生活，是與理想主義的精神世界對立的。這座城市終於下令將這個練習跳遠有了驚人成就、但拒絕參加運動會爲鄉土爭光榮的青年逐離。在他到達另一座城市後，「一張褪色已久的卡片」重新引發他到達而面對那美的景象了：

門戶應聲地開了，就像裝有自動機關。乍然在那一大片白光中看不見任何一物，幾片模糊的色塊和線條固定於一個角落。漸漸地，他的視覺清晰了起來，屋中一個長髮女子端坐在一張木椅裡，靜靜而直立的身軀像是恆久在那裡等候著誰。他戰兢地輕步走入，女子一無言語，而眼睛亦一無所視。

以短短的百餘字繪出一幅人類存在的離奇和靜寂的本眞，我們對七等生這位「奇異」的作家，怎能不折服！然而對於初次面對這「存在的眞實」的跳遠選手，他感到驚訝，「害怕而退縮出來」。筆者不禁又想起赫塞的《荒野之狼》。這位德國大文豪在〈論荒野之狼〉有這樣一段精采的評析：「至於朝向人的路途，朝向神祇的路途，他《荒野之狼》的確略知一二，偶爾也遲疑地跨出幾步，就爲這幾步，他還忍受了不少孤零的磨難。不過，若說要回報超然的召喚，信心倍增地奮身走向精神的眞實，通過不朽的狹隘路徑，他卻深懷畏懼。他很明白這麼做會導致更大的痛苦，導致人權剝奪，最後棄絕，還可能被人送上絞臺。雖然永垂不朽在路途終點向他招手，他依然不肯接受這些磨難，不肯輕言犧牲。」

世上許多人，就是由於不能忍受拋棄俗世生活的極大痛苦，而安於現狀，或甚至製造種種令人氣憤的理由，爲不合理的人類社會解釋，更甚者就會扼殺別人精神自由的權利。但赫塞的《荒野之狼》終於明白了：「我明白了一切，明白了巴布羅，明白了莫札特，我聽到了他在我身後發出幽靈似的笑聲，我曉得那些上萬的生命遊戲的碎片都在我口袋裡，對於其意義的領悟，鼓舞了我的理性，我決定要開始了另一次遊戲，要再試試它的折磨，要再爲它的麻木哆嗦，我要常常旅遊存在於內心的煉獄。」

而我們的「跳遠選手」在被迫參加運動會後，以「絕對的自由意志」離開，在孤獨夜行中，他忽然感覺「腳步所歇落之處都是一種空洞」，進而醒悟到：

假如沒有責任的意志自由是一種虛無。

於是他在「不知不覺」中再度走上通行到「美的事物」的林蔭大道，「終於想起久遠的許多事物」，然後是「這些樹木和牆壁變得像愛人一般親密起來，這條街也是清楚熟悉的」，「像童年時一樣行走了」，並明瞭到「那極欲擺脫掉的童稚，原來卻是現在極欲回返的眞實」。精神世界的轉變，存在的虛無，並沒有導致七等生小說主角的存在主義式的悲觀。相反地，這種精神的轉變和頓悟牽引他回到那和平寂靜的永恆世界：

他立在門前叩門：盲啞的女子依舊端坐在那裡，他走近她，牽著她的手；他靜靜地與她度過這改變了的世界的難以奈何的黃昏，他和她似乎在進行一種交談，但沒有語言發出。

七等生的〈跳遠的選手〉終於被納入「超乎一切之上的平和境界，那精神的完全寂靜，那深深的平靜，那無法破壞的信心和沉靜（叔本華語）」，亦即老莊的化境和禪境。最後這個「跳遠選手」「不知何時失蹤了。」

七等生的這篇小說，令我想起了貝多芬的〈月光曲〉，做爲藝術家的七等生，當然明瞭音樂的崇向精神境界。我相信，像〈跳遠選手退休了〉這篇小說，不是普通庸俗的所謂作家能寫得出的。整篇作品的結構和節奏，只能用美來形容。作品的精神，亦不是普通的文評家所能完全理解的，就正如赫塞的《荒野之狼》的被誤解一樣。

以布爾喬亞的中庸生活哲學批評七等生，把他當成「荒野之狼」，震驚於他的怪異，然後以集體的道德價值觀念裁罪於他，把他打入地獄。這當然是避免深思他所提出的問題的最佳辦法，然而做為一個關心人類前途和藝術的一份子，筆者不能不站起來爲七等生辯護。

筆者認爲七等生是中國現代文學一位特異的作家，他或以赤裸的暴露，悲憤的疾呼，晦澀的隱喻，或以神秘的迷離，顯示人性的醜惡和美善，揭示人類生存的本眞，他的怪異，正是他用以喚醒麻木的工業社會的唯一武器。

雖然本文題爲〈隱遁者的心態〉，但七等生作品的多面性，是本文所不能涉及的。本文所討論的只是七等生作品的主要精神，由於筆者局限於個人對文學藝術的認識，不能盡解作家的原意。但我堅信：七等生不是倡言人的絕望，而是人的信念！

《沙河悲歌》中藝術家的執著與退讓

胡幸雄

犧牲情意展現在複雜的人事上可能有許多種不同的樣色，歸而論之，總不外自發或被迫「捐棄」的兩種類型。貫串《沙河悲歌》李文龍一生的苦難是在兩樣輪迭出現下，逐漸陶鑄出來的特殊人格。其賴以生存的唯一條件幾乎是強烈的自許將苦難裂出些縫隙然後仰其餘息，李文龍認爲自己爲藝術家的這點，即使到最後絕望起自生理也沒有絲毫褪色。他一直認爲：「首先追求的技藝藝術到最後會轉來發現自我。」通過這發現，李文龍對俗世生涯的參與才顯得落落可行。但這「自我發現」的本身在李文龍並不是朗耀的意識，而是涵有幾分神秘主義者怠於言詮的趨向，它被安放於情意界便開始讓它一塵不染。在處理整個生涯時，他一方面執著於橫梗心中龐大的藝術表現慾，現實生活中他卻一時退讓，直到遍體累傷仍舊靜默地在沙河邊吹奏著樂器克拉里內德，從那「高傲而飲泣般的」樂音中他找到自己的生命哲學。

因此說，退讓和執著是李文龍存在價值的兩線情意——看似背反，卻永遠纏縈不清——其終結總是用犧牲來表達。在通往俗常人求進取的道途上因被父親以顧護的理由加以反對而不得不退讓；隨葉德星歌劇團成一名職業樂手，第一次返家在父親盛怒上經木劍一擊，「左手臂形成了半殘廢，在不知不覺中會有顫動或高舉的現象。」並沒有使他退讓，反而執著地認定吹奏樂器才是他自我表現的唯一程術。由他所參與的劇團的眾人喚起對其吹奏技術的讚賞與敬意，也使他有一番沉靜的喜悅看來，他已經酣醉於自設的封閉方圓之中，不必理會周遭的苦難，好像他的靈魂已被藝術淨化到了極致。然回到家鄉流落爲一名酒家的奏唱手，他的執著便漸漸染上退讓的陰色啦；首先隨著生理的衰頹，他的吹奏由傳佩脫到薩克斯風到克拉里內德，就一個自我期許的吹奏者，被迫移轉自我表現的工具，其對藝術的執著已微露寒意，自我犧牲的感觸便非無的而發。他想：要是當初能被允許進高等學府繼續就學：「現在的李文龍可能是位有成就受人崇仰的音樂家或是什麼實業界的經理，而不是像今天爲賺取生活在酒家奏唱受人輕卑的落水狗。」很明顯的，人類社會生活中他已經做了凡夫俗子所不願的犧牲。更甚者，當他在酒家爲那些市儈或暴發戶吹奏時，他會將自己拿來和他們做價値判斷的批評，他認爲：「他們輕卑地賞給他幾塊錢，以爲是助長他們的豪情和享樂，而不知道他更重要的是做了情感會合的媒介，他們平時雖然貪圖錢財愛好名位，可是在李文龍看來，生命的憂患其本質都是相同的，藉樂忘憂事實上是探詢憂患的眞正價値，像土人們在狂歡節後而能溫馴地回到生活辛勞的狩獵。」照這意思，藝術家不事殖產式的存在，至少有引樂的價値；因爲他們有一層功利主義者見不到的情操，這情操的奧處是只有他們願意犧牲自己的殖產能力，來做爲世俗殖產者「情感會合的媒介」。藝術家竟然自抑到如此地步，李文龍又退讓了他所最執著的部份。

連放任全部生命慾與憧憬的藝術都能退讓，對俗世生活的無奈和淡漠感仍是必然的態度。當他聽到「昌德」的敗德行為，首先的反應是「昌德走，我一樣走，我不能單獨面對整團的敵人。」，接著是「他突然看到碧霞對他微笑，她的笑容使他疑惑，但是那是他喜歡看她的表情，那是從她的心裡深喜一個人時所發生出來的柔美而帶祈求的笑容。」再接著是：「我非常知道昌德的缺點，但從小我們便在一起唸書，一同學吹奏，一同走出沙河鎮，我和他結拜成兄弟，我不願聽到妳對他的批評。」李文龍並不關心受害者所遭遇的苦痛，他所關心的是自己以及和自己有連繫的周圍，這很符合他以自我為中心的立即判斷。但後來碧霞以「昌德」的處境來威脅他留下繼續工作，他卻又很輕易地將自我化解，同意留了來忍受友伴離去所踵續而來的寂寞日子。他又退讓啦。

諸如此類將執著與退讓融合而一的情節大概是全書中最重要的構造，就像一個優柔寡斷的貴族，在他的天地他只說：「我要這樣。」內心卻深慮著：「我是否能這樣？」李文龍這種永恆的徘徊注定他一生要平白浸漸於苦難，且毫無莊嚴可言。於是每當他自覺苦難時，他的弟弟二郎就在他心中被塑造成聖徒的形象，二郎在他看來的純淨的上進，事實上是封存他玄學或理想的最佳保障。本文李文龍像柏拉圖「洞窟之喻」裡的一位鐐住枷鎖面牆而居的活生生囚犯，偶然能感覺些光影卻永遠見不到光；二郎則直立洞口，只要願意張開眼睛便能觀覽「美自體」。他想：「我對我的弟弟二郎的希望、信仰勝於一切，他是我唯一能見到的新生命，別人也許會認為我的論調滑稽可笑，但是我並不認為這有什麼不正經；假如這是我的形上思想，有人會認為我不夠眞實嗎？」即是最可憐的人也最思慕睿智的權利。李文龍一生退讓自縮的生涯終在此刻獲得最大的諧和。

七等生許多創作中，《沙河悲歌》應屬於較不個人的作品。生命的延伸本就如其困難，擴大個人情愫應是憧憬青春的一種少年思辨之學，它的極致僅止無償付的「浪漫」，或可說是求取酣醉式的短暫快樂，七等生早期作品往往如此。但《沙河悲歌》一書，他提煉了一具卑微的生命來理敍鏡外生活的眞實悲劇感，退讓永遠是兩難的命題，然自人心中移去這一情操，人類永遠沒有可以取暖之處啦。這層理念較七等生其他作品優色許多，但讀完該書之後感覺李文龍這人物雖然鮮活卻不能縈情，總些許撩人懊惱。狂熱的藝術表現慾自不關懷生產的人內底撩起，斯時便自己爲自己預設了悲楸的生涯；李文龍如此自取，抗懷的樣式逐漸局促在自我認定的狹窄空間裡，原來只是突發地對生活的感受，他卻引喻爲一種應該聞味的哲學。這樣的悲色如何感人？這樣的受難如何牽挈來淨化靈魂？因爲自擇取不會比被擇取境界高，心理鬱積的洗滌排泄，七等生在《沙河悲歌》中吝於賜給我們更有效的功能。

遠景出版事業公司圖書目錄(八)

8瘧疾初發	林　行　止著	240元
9如何是好	林　行　止著	240元
10英倫采風(四)	林　行　止著	160元
11終成畫餅	林　行　止著	240元
12本末倒置	林　行　止著	240元
13通縮初現	林　行　止著	240元
14藥石亂投	林　行　止著	240元
15有法無天	林　行　止著	240元
16墮入錢網	林　行　止著	240元
17內部腐爛	林　行　止著	240元
18千年祝願	林　行　止著	240元

W傳記文庫

1魯賓斯坦自傳（二冊）	楊　月　蓀譯	900元
2阿嘉莎．克莉絲蒂自傳	陳　紹　鵬譯	480元
3亨利．魯斯傳	程　之　行譯	180元
4夏卡爾自傳	黃　翰　荻譯	240元
5雷諾瓦傳	黃　翰　荻譯	320元
6拿破崙傳	高　語　和譯	300元
7甘地傳	許　章　眞譯	400元
8英格麗．褒曼傳	王　禎　和譯	240元
9鄧肯自傳	詹　宏　志譯	240元
10華盛頓傳	薛　絢譯	240元
11希爾頓自傳	程　之　行譯	180元
12回首話滄桑—聶魯達回憶錄	林　光譯	360元
13蘇菲亞羅蘭自傳	鍾　文譯	240元
14韋伯傳（二冊）	李　永　熾譯	400元
15羅素自傳（三卷）	張　國　禎譯	840元
16		
17		
18		
19		
20		
21		
22		
23		
24		
25		
26		
27		
28		
29		

X林語堂作品集

1生活的藝術	林　語　堂著	160元
2吾國與吾民	林　語　堂著	160元
3遠景	林　語　堂著	140元
4賴柏英	林　語　堂著	120元
5紅牡丹	林　語　堂著	180元
6朱門	林　語　堂著	180元
7風聲鶴唳	林　語　堂著	180元
8武則天傳	林　語　堂著	120元
9唐人街	林　語　堂著	120元
10啼笑皆非	林　語　堂著	120元
11京華煙雲	林　語　堂著	360元
12蘇東坡傳	林　語　堂著	150元
13逃向自由城	林　語　堂著	160元
14林語堂精摘	林　語　堂著	160元
15八十自敘	林　語　堂著	100元
16中國與印度之智慧	林　語　堂著	600元

Y倪匡科幻小說集

1老貓	倪　匡著	120元
2藍血人	倪　匡著	140元
3透明光	倪　匡著	120元
4蜂雲	倪　匡著	140元
5蠱惑	倪　匡著	120元
6屍變	倪　匡著	130元
7沉船	倪　匡著	140元
8地圖	倪　匡著	140元
9不死藥	倪　匡著	140元
10支離人	倪　匡著	140元
11天外金球	倪　匡著	120元
12仙境	倪　匡著	130元
13妖火	倪　匡著	140元
14訪客	倪　匡著	80元
15盡頭	倪　匡著	120元
16原子空間	倪　匡著	120元
17紅月亮	倪　匡著	120元
18換頭記	倪　匡著	120元
19環	倪　匡著	120元
20鬼子	倪　匡著	120元
21大廈	倪　匡著	120元
22眼睛	倪　匡著	120元
23迷藏	倪　匡著	120元
24天書	倪　匡著	120元
25玩具	倪　匡著	120元
26影子	倪　匡著	120元
27無名髮	倪　匡著	120元
28黑靈魂	倪　匡著	120元
29尋夢	倪　匡著	120元
30鑽石花	倪　匡著	120元
31連鎖	倪　匡著	140元
32後備	倪　匡著	120元
33紙猴	倪　匡著	150元
34第二種人	倪　匡著	120元
35盜墓	倪　匡著	120元
36搜靈	倪　匡著	120元
37茫點	倪　匡著	120元
38神仙	倪　匡著	120元
39追龍	倪　匡著	120元
40洞天	倪　匡著	120元
41活俑	倪　匡著	120元
42犀照	倪　匡著	120元
43命運	倪　匡著	120元
44異寶	倪　匡著	120元

Z台灣文學經典名著（25開本）

1亞細亞的孤兒	吳　濁　流著	200元
2寒夜	李　喬著	360元
3荒村	李　喬著	360元
4孤燈	李　喬著	360元
5台灣人三部曲	鍾　肇　政著	900元
6濁流三部曲	鍾　肇　政著	900元
7魯冰花	鍾　肇　政著	180元
8		
9		
10		
11		
12		
13		
14		
15		

訂購辦法：

．請向全國各大書店選購。

．利用郵政劃撥、匯票或即期支票，可享九折優待。

劃撥帳號：0765255-8　戶名：遠景出版事業有限公司

專用信箱：台北郵局7—501號信箱

．訂購總額在新台幣500元以下者，請加付掛號郵資40元

國外訂購價格（含郵費）

航空／歐、美、日等地區　定價×1.6

香港、澳門　定價×1.5

水陸／歐、美、日等地區　定價×1.4

香港、澳門　定價×1.2

遠景出版事業公司圖書目錄(七)

8鄧肯自傳	詹宏志譯	280元
9魯賓斯坦自傳（二冊）	楊月蓀譯	900元
10我的兒子馬友友	馬盧雅文口述	240元
11水滸人物	黃永玉著	600元
12國際樂壇大師訪問記	梁寶耳著	240元
13笑吧！別忘了感恩	黎智英詩、丁雄泉畫	600元
14樂樂集3	孔在齊著	240元
15樂樂集4	孔在齊著	240元
16莫扎特之魂	趙鑫珊、周玉明著	450元
17貝多芬之魂	趙鑫珊著	550元
18我的貓	丁雄泉著	600元
19攝影藝術散論	莊靈著	280元
20		

T杜斯妥也夫斯基全集

1窮人	鍾文譯	160元
2死屋手記	耿濟之譯	200元
3被侮辱與被損害者	耿濟之譯	240元
4地下室手記	孟祥森譯	160元
5罪與罰	耿濟之譯	240元
6白痴	耿濟之譯	280元
7永恆的丈夫	孫慶餘譯	180元
8附魔者	孟祥森譯	480元
9少年	耿濟之譯	280元
10卡拉馬助夫兄弟們	耿濟之譯	400元
11賭徒	孟祥森譯	180元
12淑女	鍾文譯	120元
13雙重人		
14作家日記		
15書簡		

U諾貝爾文學獎文庫

1緣起、普魯東詩選	普魯東著
米赫兒	米斯特拉爾著
2羅馬史	蒙森著
3超越人力之外	班生著
大帆船	葉卻加萊著
4你往何處去	顯克維支著
5撒旦頌、基姆	卡度齊、吉卜齡著
6人生的意義與價值	奧鏗著
青鳥	海特靈克著
7尼爾斯的奇遇	拉格洛芙著
驕傲的姑娘	海才著
8織工、沉鐘	霍普特曼著
祭壇佳里	泰戈爾著
9約翰克利斯朵夫（三冊）	羅曼羅蘭著
10查理士國王的人馬	海登斯坦著
奧林帕斯之春	史比德勒著
11樂土	龐陀彼丹著
明娜	傑洛拉普著
12土地的成長	哈姆生著
13天神們口渴了	法朗士著
利害牽制	貝納勉特著
14農夫們（二冊）	雷蒙特著
15聖女貞德、母親	蕭伯納、德萊達著
16葉慈詩選	葉慈著
創造的進化	柏格森著
17克麗絲汀的一生（二冊）	溫茜特著
18布登勃魯克家族（二冊）	湯瑪斯·曼著
19白璧德	劉易士著
卡爾菲特詩選	卡爾菲特著
20密賽特世家（三冊）	高爾斯華綏著
21鄉村、舊金山一紳士	布寧著
六個尋找作者的角色	皮藍德婁著
長夜漫漫路迢迢	奧尼爾著
22尙·巴華的一生	杜嘉德著
23大地、兒子們、分家	賽珍珠著
24聖者的悲哀	西蘭帕著
荒原	艾略特著
25玻璃珠遊戲	赫塞著
26僞幣製造者、窄門	紀德著
27西瑪蘭短篇小說集	密絲特拉兒著
柏拉特羅與我	希蒙聶茲著
28聲音與憤怒、熊	福克納著
29西洋哲學史（二冊）	羅素著
30巴拉巴	拉格維斯特著
苔蕾絲、毒蛇之結	莫里亞克著
31第二次世界大戰回憶錄	邱吉爾著
32老人與海、戰地春夢	海明威著
33獨立之子	拉克斯內斯著
34墮落、異鄉人、瘟疫	卡繆著
35齊瓦哥醫生	巴斯特納克著
36人生非夢、遠征	瓜西莫多、佩斯著
37德里納河之橋	安德里奇著
38不滿的冬天、人鼠之間	史坦貝克著
39阿息涅的國王	謝斐利士著
嘔吐、牆	沙特著
40靜靜的頓河（四冊）	蕭洛霍夫著
41訂婚記	阿格農著
伊萊	沙克絲著
42總統先生	阿斯杜里亞斯著
等待果陀	貝克特著
43雪國、古都、千羽鶴	川端康成著
44第一層地獄（二冊）	索忍尼辛著
45一般之歌	聶魯達著
九點半的彈子戲	鮑爾著
46人之樹	懷特著
47詹生短篇小說選	詹生著
馬丁遜詩選	馬丁遜著
孟德雷詩選	孟德雷
48阿奇正傳	索爾·貝婁著
亞歷山卓詩選	亞歷山卓著
49莊園	以撒·辛格著
50伊利提斯詩選	伊利提斯著
米洛舒詩選	米洛舒著
被拯救的舌頭	卡內提著
51一百年的孤寂	賈西亞·馬奎斯著
52蒼蠅王、啓蒙之旅	威廉·高定著
53塞佛特詩選	魯斯拉夫·塞佛特著
54豪華大酒店	克勞德·西蒙著
55解釋者	沃爾·索因卡著
56布洛斯基詩選	約瑟夫·布洛斯基著
57梅達格胡同	納吉布·馬富茲著
58巴斯葛·杜亞特家族	卡米羅·荷西·塞拉著
59孤獨的迷宮	奧塔維奧·帕斯著
60貴客	娜汀·葛蒂瑪著
61奧梅羅斯	德里克·瓦爾科特著
62所羅門之歌	東尼·莫里森著
63萬延元年的足球隊	大江健三郎著
64希尼詩選	席慕·希尼著
65辛波絲卡詩選	維絲拉娃·辛波絲卡著
66不付賬	達里奧·福著
67失明症漫記	若澤·薩拉馬戈著
68狗年月	君特·格拉斯著

《諾貝爾文學獎文庫》平裝80鉅冊，定價28,800元

V林行止作品集

1英倫采風(一)	林行止著	160元
2原富精神	林行止著	240元
3閒讀閒筆	林行止著	240元
4英倫采風(二)	林行止著	160元
5英倫采風(三)	林行止著	160元
6破英立舊	林行止著	240元
7忠黨報港	林行止著	240元

遠景出版事業公司圖書目錄(六)

17封神演義	陸西星著	
18孽海花	曾璞著	
19綠野仙蹤	李百川著	
20閱微草堂筆記	紀曉嵐著	

P 柯賴二氏探案（賈德諾著）

1來勢洶洶	周辛南譯	180元
2招財進寶	周辛南譯	180元
3雙倍利市	周辛南譯	180元
4全神貫注	周辛南譯	180元
5財源滾滾	周辛南譯	180元
6失靈妙計	周辛南譯	180元
7面面俱到	周辛南譯	180元
8不是不報	周辛南譯	180元
9一髮千鈞	周辛南譯	180元
10因禍得福	周辛南譯	180元
11一目了然	周辛南譯	180元
12驚險萬狀	周辛南譯	180元
13一波三折	周辛南譯	180元
14馬失前蹄	周辛南譯	180元
15網開一面	周辛南譯	180元
16峰迴路轉	周辛南譯	180元
17詭計多端	周辛南譯	180元
18自求多福	周辛南譯	180元
19一誤再誤	周辛南譯	180元
20禍福無門	周辛南譯	180元

Q 阿嘉莎・克莉絲蒂探案（三毛主編）

1A.B.C謀殺案	宋碧雲譯	180元
2加勒比海島謀殺案	楊月蓀譯	180元
3東方快車謀殺案	楊月蓀譯	180元
4鏡子魔術	宋碧雲譯	180元
5魔手	張艾茜譯	180元
6第三個女郎	楊月蓀譯	180元
7諜海	陳紹鵬譯	180元
8此夜綿綿	黃文範譯	180元
9不祥的宴會	陳紹鵬譯	180元
10鐘	張伯權譯	180元
11謀殺啓事	張艾茜譯	180元
12死亡約會	李永熾譯	180元
13葬禮之後	張國禎譯	180元
14白馬酒店	張艾茜譯	180元
15褐衣男子	張國禎譯	180元
16萬靈節之死	張國禎譯	180元
17鴿群裡的貓	張國禎譯	180元
18高爾夫球場命案	宋碧雲譯	180元
19尼羅河謀殺案	林秋蘭譯	180元
20艷陽下的謀殺案	景翔譯	180元
21死灰復燃	張國禎譯	180元
22零時	張國禎譯	180元
23畸形屋	張國禎譯	180元
24四大魔頭	陳惠華譯	180元
25殺人不難	張艾茜譯	180元
26死亡終局	張國禎譯	180元
27破鏡謀殺案	鄭麗淑譯	180元
28啤酒謀殺案	張艾茜譯	180元
29七鐘面之謎	張國禎譯	180元
30年輕冒險家	邵均宜譯	180元
31底牌	宋碧雲譯	180元
32古屋疑雲	張國禎譯	180元
33復仇女神	邵均宜譯	180元
34拇指一豎	張艾茜譯	180元
35漲潮時節	張艾茜譯	180元
36空幻之屋	張國禎譯	180元
37黑麥奇案	宋碧雲譯	180元
38清潔婦命案	宋碧雲譯	180元
39柏翠門旅館之秘	張伯權譯	180元
40國際學舍謀殺案	張國禎譯	180元
41假戲成眞	張國禎譯	180元
42命運之門	李永熾譯	180元
43煙囪的秘密	陳紹鵬譯	180元
44命案目睹記	陳紹鵬譯	180元
45美索不達米亞謀殺案	陳紹鵬譯	180元
46天涯過客	孟華譯	180元
47無妄之災	張國禎譯	180元
48藍色列車	張國禎譯	180元
49沉默的證人	張國禎譯	180元
50羅傑・亞克洛伊命案	張國禎譯	180元
51十個小黑人		
52書房裡的屍體		
53要命的線索		
54絕響		
55九霄命案		
56前途未卜		
57大象般的記憶		
58血腥聖誕夜		
59牧師公館命案		
60風格之屋命案		
61牙科醫生命案		
62萬聖節晚會		
63榛原謀殺案		
64悲傷的絲柏		
65巴格達的訪客		
66悲劇三幕		
67告訴我你如何過活		
68伯利恆之星		
69春天缺席		
70負荷		
71女兒就是女兒		
72巨人的麵包		
73薔薇與紫杉		
74未完成的畫像		
75聖誕的布丁		
76死者的鏡子		
77雙重罪		
78千載難逢		
79死亡獵犬		
80白羅十二探案		
81神秘的昆先生		
82私家探案		
83夫妻檔偵探		
84白羅出擊		
85名鑽晨星		
86十三個難題		
87三隻瞎老鼠		
88落水狗		
89檢方證人		
90白羅早期探案		

R 史威德作品集

1經濟門楣	史威德著	240元
2經濟家學	史威德著	240元
3投資族譜	史威德著	240元
4一脈相承	史威德著	240元
5投資漫談	史威德著	240元

S 遠景藝術叢書

1要藝術不要命	吳冠中著	240元
2梵谷傳	常濤譯	320元
3夏卡爾自傳	黃翰荻譯	240元
4雷諾瓦傳	黃翰荻譯	320元
5音樂大師與世界名曲	劉璞編著	450元
6樂樂集1	孔在齊著	240元
7樂樂集2	孔在齊著	240元

遠景出版事業公司圖書目錄(五)

24金庸傳說	楊莉歆著	240元
25雪山飛狐（英文版）	金庸原著	280元
26一評金庸	餘子主編	160元
27二評金庸	餘子主編	160元
28三評金庸	餘子主編	160元
29四評金庸	餘子主編	160元
30解放金庸	餘子主編	160元

M中國古典詩詞賞析

1秋雁邊聲（杜甫詩選）	張敬校訂	180元
2滄海曉夢（李商隱詩選）	朱梅生選註	180元
3寒月松風（五言絕句選）	鄭騫校訂	180元
4江帆千里（七言絕句選）	鄭騫校訂	180元
5飛鴻雪泥（律詩選）	簡錦松選註	180元
6青青子衿（詩經選）	林振輝選註	180元
7冰心玉壺（絕句選）	李瑞騰選註	180元
8世事波舟（古體詩選）	李正治選註	180元
9相思千行（明清民歌選）	陳信元選註	180元
10杜鵑啼情（散曲選）	汪天成選註	180元
11重樓飛雪（宋詞選）	龔鵬程選註	180元
12公無渡河（樂府詩選）	張春榮選註	180元

N諾貝爾文學獎全集

1緣起、普魯東詩選	普魯東著
米赫兒	米斯特拉爾著
2羅馬史	蒙森著
3超越人力之外	班生著
大帆船	葉卻加萊著
4你往何處去	顯克維支著
5撒旦頌、基姆	卡度齊、吉卜齡著
6人生的意義與價值	奧鏗著
青鳥	海特靈克著
7尼爾斯的奇遇	拉格洛芙著
驕傲的姑娘	海才著
8織工、沉鐘	霍普特曼著
祭壇佳里	泰戈爾著
9約翰克利斯朵夫（三冊）	羅曼羅蘭著
10查理士國王的人馬	海登斯坦著
奧林帕斯之春	史比德勒著
11樂土	龐陀彼丹著
明娜	傑洛拉普著
12土地的成長	哈姆生著
13天神們口渴了	法朗士著
利害牽制	貝納勉特著
14農夫們（二冊）	雷蒙特著
15聖女貞德、母親	蕭伯納、德蕾達著
16葉慈詩選	葉慈著
創造的進化	柏格森著
17克麗絲汀的一生（二冊）	溫茜特著
18布登勃魯克家族（二冊）	湯瑪斯·曼著
19白璧德	劉易士著
卡爾菲特詩選	卡爾菲特著
20密賽特世家（三冊）	高爾斯華綏著
21鄉村、舊金山一紳士	布寧著
六個尋找作者的角色	皮藍德婁著
長夜漫漫路迢迢	奧尼爾著
22尚·巴華的一生	杜嘉德著
23大地、兒子們、分家	賽珍珠著
24聖者的悲哀	西蘭帕著
荒原	艾略特著
25玻璃珠遊戲	赫塞著
26偽幣製造者、窄門	紀德著
27西瑪蘭短篇小說集	密絲特拉兒著
柏拉特羅與我	希蒙聶茲著
28聲音與憤怒、熊	福克納著
29西洋哲學史（二冊）	羅素著
30巴拉巴	拉格維斯特著
苔蕾絲、毒蛇之結	莫里亞克著
31第二次世界大戰回憶錄	邱吉爾著
32老人與海、戰地春夢	海明威著
33獨立之子	拉克斯內斯著
34墮落、異鄉人、瘟疫	卡繆著
35齊瓦哥醫生	巴斯特納克著
36人生非夢、遠征	瓜西莫多、佩斯著
37德里納河之橋	安德里奇著
38不滿的冬天、人鼠之間	史坦貝克著
39阿息涅的國王	謝斐利士著
嘔吐、牆	沙特著
40靜靜的頓河（四冊）	蕭洛霍夫著
41訂婚記	阿格農著
伊萊	沙克絲著
42總統先生	阿斯杜里亞斯著
等待果陀	貝克特著
43雪國、古都、千羽鶴	川端康成著
44第一層地獄（二冊）	索忍尼辛著
45一般之歌	聶魯達著
九點半的彈子戲	鮑爾著
46人之樹	懷特著
47詹生短篇小說選	詹生著
馬丁遜詩選	馬丁遜著
孟德雷詩選	孟德雷
48阿奇正傳	索爾·貝婁著
亞歷山卓詩選	亞歷山卓著
49莊園	以撒·辛格著
50伊利提斯詩選	伊利提斯著
米洛舒詩選	米洛舒著
被拯救的舌頭	卡內提著
51一百年的孤寂	賈西亞·馬奎斯著
52蒼蠅王、啓蒙之旅	威廉·高定著
53塞佛特詩選	魯斯拉夫·塞佛特著
54豪華大酒店	克勞德·西蒙著
55解釋者	沃爾·索因卡著
56布洛斯基詩選	約瑟夫·布洛斯基著
57梅達格胡同	納吉布·馬富茲著
58巴斯葛·杜亞特家族	卡米羅·荷西·塞拉著
59孤獨的迷宮	奧塔維奧·帕斯著
60貴客	娜汀·葛蒂瑪著
61奧梅羅斯	德里克·瓦爾科特著
62所羅門之歌	東尼·莫里森著
63萬延元年的足球隊	大江健三郎著
64希尼詩選	席慕·希尼著
65辛波絲卡詩選	維絲拉娃·辛波絲卡著
66不付賬	達里奧·福著
67失明症漫記	若澤·薩拉馬戈著
68狗年月	君特·格拉斯著

《諾貝爾文學獎全集》精裝80鉅冊，定價36,000元

O中國古典文學名著

1紅樓夢	曹雪芹著
2水滸傳	施耐庵著
3金瓶梅	笑笑生著
4三國演義	羅貫中著
5儒林外史	吳敬梓著
6西遊記	吳承恩著
7老殘遊記	劉鶚著
8兒女英雄傳	文康著
9東周列國誌	余邵魚著
10聊齋誌異	蒲松齡著
11七俠五義	石玉崑著
12官場現形記	李伯元著
13醒世姻緣	西周生著
14鏡花緣	李汝珍著
15拍案驚奇	凌濛初著
16西廂記	王實甫著

遠景出版事業公司圖書目錄(四)

46憤怒的哀悼者		
47嘲笑的大猩猩		
48猶豫的女主人		
49綠眼女人		
50消失的護士		
51逃亡的屍體	魏 廷 朝譯	180元
52日光浴者的日記		
53膽小的共犯		
54最後的法庭	詹 錫 奎譯	180元
55金百合事件		
56好運的輸家	呂 惠 雁譯	180元
57尖叫的女人		
58任性的人		
59日曆女郎	葉 石 濤譯	180元
60可怕的玩具		
61死亡圍巾		
62歌唱的裙子		
63半路埋伏的狼		
64複製的女兒		
65坐輪椅的女人	黃 恆 正譯	180元
66重婚的丈夫		
67頑抗的模特兒		
68淺色的礦脈		
69冰冷的手		
70繼女的祕密		
71戀愛中的伯母		
72莽撞的離婚婦人		
73虛幻的幸運		
74不安的遺產繼承人		
75困擾的受託人		
76漂亮的乞丐		
77憂心的女侍		
78選美大會的女王	詹 錫 奎譯	180元
79粗心的愛神		
80了不起的騙子	張 艾 茜譯	180元
81被圍困的女人		
82擱置的謀殺案		

H台灣文學叢書

1亞細亞的孤兒	吳 濁 流著	180元
2寒夜	李 喬著	320元
3荒村	李 喬著	320元
4孤燈	李 喬著	320元
5邊秋一雁聲	吳 念 真著	180元
6台灣人三部曲	鍾 肇 政著	600元
7遠方	許 達 然著	120元
8濁流三部曲	鍾 肇 政著	600元
9魯冰花	鍾 肇 政著	160元
10含淚的微笑	許 達 然著	120元
11藍彩霞的春天	李 喬著	180元
12波茨坦科長	吳 濁 流著	180元
13一桿秤仔	賴 和 等著	240元
14一群失業的人	楊 守 愚 等著	240元
15豚	張 深 切 等者	240元
16薄命	楊 華 等著	240元
17牛車	呂 赫 若 等著	240元
18送報伕	楊 逵 等著	240元
19植有木瓜樹的小鎮	龍 瑛 宗 等著	240元
20閹雞	張 文 環 等著	240元
21亂都之戀	楊 雲 萍 等著	240元
22廣闊的海	水 蔭 萍 等著	240元
23森林的彼方	董 祐 峰 等著	240元
24望鄉	張 冬 芳 等著	240元
25市井傳奇	洪 醒 夫著	160元
26反骨	廖 清 秀著	320元
27殺生	何 光 明著	200元
28紅塵	龍 瑛 宗著	240元
29泥土	吳 晟著	180元
30番薯仔哀歌	蔡 德 本著	320元
31沒有土地·那有文學	葉 石 濤著	240元
32文學回憶錄	葉 石 濤著	240元

I 遠景大人物叢書

1生根·深耕	王 永 慶著	220元
2金庸傳	冷 夏著	350元
3王永慶觀點	王 永 慶著	180元
4黎智英傳說	呂 家 明著	180元
5姚拓自傳	姚 拓著	280元
6倪匡傳奇	沈 西 城著	180元

J 歷史與思想叢書

1西洋哲學史（二冊）	羅 素著	600元
2羅馬史	蒙 森著	480元
3王船山哲學	曾 昭 旭著	380元
4奴役與自由	貝 德 葉 夫著	280元
5群眾之反叛	奧 德 嘉著	180元
6生命的悲劇意識	烏 納 穆 諾著	240元
7奧義書	林 建 國譯	180元
8吉拉斯談話錄	袁 東 等譯	180元
9馬克思與社會學	洪 鐮 德著	180元
10現代俄國文學史	湯 新 楣譯	320元
11歷史的跫音	李 永 熾著	180元
12鄉土文學討論集	尉 天 驄編	550元
13末代皇帝	愛新覺羅·溥儀著	320元
14當代大陸作家風貌	潘 耀 明著	480元
15第二次世界大戰回憶錄	邱 吉 爾著	360元

K七等生全集

1初見曙光	七 等 生著	240元
2我愛黑眼珠	七 等 生著	240元
3僵局	七 等 生著	240元
4離城記	七 等 生著	240元
5沙河悲歌	七 等 生著	240元
6城之迷	七 等 生著	240元
7銀波翅膀	七 等 生著	240元
8重回沙河	七 等 生著	240元
9譚郎的書信	七 等 生著	240元
10一紙相思	七 等 生著	240元

L 金學研究叢書

0金庸傳	冷 夏著	350元
1我看金庸小說	倪 匡著	160元
2再看金庸小說	倪 匡著	160元
3三看金庸小說	倪 匡著	160元
4讀金庸偶得	舒 國 治著	160元
5四看金庸小說	倪 匡著	160元
6通宵達旦讀金庸	薛 興 國著	160元
7漫談金庸筆下世界	楊 興 安著	160元
8諸子百家看金庸（第一輯）	三 毛 等著	160元
9談笑傲江湖	溫 瑞 安著	160元
10金庸的武俠世界	蘇 墱 基著	160元
11五看金庸小說	倪 匡著	160元
12韋小寶神功	劉 天 賜著	160元
13情之探索與神雕俠侶	陳 沛 然著	160元
14析雪山飛狐與鴛鴦刀	溫 瑞 安著	160元
15諸子百家看金庸（第二輯）	羅 龍 治 等著	160元
16諸子百家看金庸（第三輯）	翁 靈 文 等著	160元
17諸子百家看金庸（第四輯）	杜 南 發 等著	160元
18天龍八部欣賞舉隅	溫 瑞 安著	160元
19話說金庸	潘 國 森著	160元
20續談金庸筆下世界	楊 興 安著	160元
21諸子百家看金庸（第五輯）	餘 子 等著	160元
22淺談金庸小說	丁 華著	160元
23金庸小說評彈	董 千 里著	160元

遠景出版事業公司圖書目錄(三)

26紫青雙劍錄(一)	倪匡增刪・校訂	180元
27紫青雙劍錄(二)	倪匡增刪・校訂	180元
28紫青雙劍錄(三)	倪匡增刪・校訂	180元
29紫青雙劍錄(四)	倪匡增刪・校訂	180元
30紫青雙劍錄(五)	倪匡增刪・校訂	180元
31蟹空行一張騫傳	齊桓著	280元
32宰相劉羅鍋	胡學亮編著	280元
33都是夏娃惹的禍	陳紹鵬譯	180元
34都是亞當惹的禍	陳紹鵬譯	180元
35都是裸體惹的禍	陳紹鵬譯	180元
36右腦思維的眞相	李察著	120元
37日本人有個什麼腦	李察著	120元
38 52種重要的時代觀念	李察著	120元
39問到底(一)	李察著	180元
40問到底(二)	李察著	180元
41把水留給我	盧嵐著	180元
42多少英倫新事(一)	魯鳴著	240元
43多少英倫新事(二)	魯鳴著	240元
44中國經濟史(一)	葉龍編著	240元
45中國經濟史(二)	葉龍編著	240元
46歷代人物經濟故事(一)	葉龍著	240元
47歷代人物經濟故事(二)	葉龍著	240元
48歷代人物經濟故事(三)	葉龍著	240元
49太平廣記豪俠小說	楊興安著	240元
50行止・行止	駱友梅等著	240元
51天怒	陳放著	280元
52逐鹿十五大	吳國光著	240元
53趙紫陽與政治改革	吳國光著	399元
54九七效應	吳國光編	240元
55中南海跨世紀領導層	任慧文編著	320元
56江澤民跨世紀藍圖	任慧文等著	280元
57九七後中港新關係	國世平、錢學君編著	240元
58香港情懷	文灼非著	320元
59事實與偏見	黎智英著	240元
60我退休失敗了	黎智英著	240元
61我的理想是隻糯米雞	黎智英著	240元
62水清有魚	練乙錚著	240元
63說Ho—Ho的權利	練乙錚著	240元
64杜鵑聲裡斜陽暮	張文達著	240元
65饞遊四海(一)	張建雄著	160元
66饞遊四海(二)	張建雄著	160元
67另類家書	張建雄著	160元
68說不盡的張愛玲	陳子善著	240元
69張愛玲短篇小說論集	陳炳良著	180元
70箱子裡的男人	安部公房著	120元
71易信仁歷險記	梁寶耳譯	240元
72六四前後（上）	丁望著	240元
73六四前後（下）	丁望著	240元
74初夜權	丁望著	240元
75蘇東坡	丁望編著	240元
76前九七紀事一：矮人看戲	戴天著	240元
77前九七紀事二：人鳥哲學	戴天著	240元
78前九七紀事三：群鬼跳牆	戴天著	240元
79前九七紀事四：囉哩哩囉	戴天著	240元
80中西文學的徊想	李歐梵著	180元
81方術紀異（上）	王亭之著	280元
82方術紀異（下）	王亭之著	280元
83風眼中的經濟學	雷鼎鳴著	240元
84用經濟學做眼睛	雷鼎鳴著	240元
85紀德日記	詹宏志譯	180元
86愛與文學	宋碧雲譯	180元
87酒林廣記	楊本禮著	240元
88皇極神數奇談	阿樂著	160元
89蜀山劍俠評傳	葉洪生著	240元
90佛心流泉	孟祥森譯著	180元
91朱鎔基跨世紀挑戰	任慧文著	320元
92戰難和亦不易	胡蘭成著	240元
93		
94		
95		
96		
97		
98		
99		
100		

F 胡菊人作品集

1文學的視野	胡菊人著	180元
2小說技巧	胡菊人著	180元
3紅樓水滸與小說藝術	胡菊人著	180元
4		
5		
6		
7		
8		
9		
10		

G 梅森探案（賈德諾著）

1大膽的誘餌	張國禎譯	180元
2倩影	鄭麗淑譯	180元
3管理員的貓	張國禎譯	180元
4滾動的骰子	張慧倩譯	180元
5暴躁的女孩	張國禎譯	180元
6長腿模特兒	張艾茜譯	180元
7蟲蛀的貂皮大衣	張國禎譯	180元
8艷鬼	施寄青譯	180元
9沉默的股東	宋碧雲譯	180元
10拘謹的被告	施寄青譯	180元
11淘氣的娃娃	張艾茜譯	180元
12放浪的少女		
13不服貼的紅髮		
14獨眼證人	張國禎譯	180元
15謹愼的風塵女子	鄭麗淑譯	180元
16蛇蠍美人案	葉石濤譯	180元
17幸運腿		
18狂吠之犬		
19怪新娘		
20義眼殺人事件		
21夢遊者的外甥女	方能訓譯	180元
22口吃的主教	魏廷朝譯	180元
23危險的富孀		
24跛腳的金絲雀		
25面具事件		
26竊貨者的鞋		
27作僞證的鸚鵡		
28上餌的釣鉤		
29受蠱的丈夫		
30空罐事件		
31溺死的鴨		
32冒失的小貓		
33掩埋的鐘		
34蚊惑	詹錫奎譯	180元
35傾斜的燭火		
36黑髮女郎	李淑華譯	180元
37黑金魚	張國禎譯	180元
38半睡半醒的妻子		
39第五個褐髮女人		
40脫衣舞孃的馬		
41懶惰的愛人		
42寂寞的女繼承人		
43猶疑的新郎		
44粗心的美女		
45變亮的手指		

遠景出版事業公司圖書目錄(二)

14夜未央	費滋傑羅著	180元
15黛絲姑娘	哈代著	180元
16山之音	川端康成著	160元
17齊瓦哥醫生	巴斯特納克著	360元
18飄（二冊）	宓西爾著	360元
19約翰·克利斯朵夫（二冊）	羅曼·羅蘭著	750元
20傲慢與偏見	珍·奧斯汀著	99元
21包法利夫人	福婁拜著	240元
22簡愛	夏綠蒂·白朗特著	180元
23雪國	川端康成著	99元
24古都	川端康成著	99元
25千羽鶴	川端康成著	99元
26華爾騰——湖濱散記	梭羅著	99元
27神曲	但丁著	240元
28紅字	霍桑著	160元
29海狼	傑克倫敦著	180元
30人性枷鎖	毛姆著	400元
31茶花女	小仲馬著	99元
32父與子	屠格涅夫著	160元
33唐吉訶德傳	塞萬提斯著	180元
34理性與感性	珍·奧斯汀著	180元
35紅與黑	斯湯達爾著	280元
36咆哮山莊	愛彌兒·白朗特著	180元
37少年	杜斯妥也夫斯基著	360元
38預知死亡紀事	賈西亞·馬奎斯著	160元
39基姆	吉卜齡著	240元
40二十年後（四冊）	大仲馬著	800元
41塊肉餘生錄（二冊）	狄更斯著	400元
42附魔者	杜斯妥也夫斯基著	480元
43窄門	紀德著	120元
44大地	賽珍珠著	99元
45兒子們	賽珍珠著	99元
46復活	托爾斯泰著	180元
47分家	賽珍珠著	99元
48玻璃珠遊戲	赫塞著	240元
49天方夜譚（二冊）	佚名等著	500元
50鹿苑長春	勞玲絲著	180元
51一見鍾情	愛倫·坡著	180元
52獵人日記	屠格涅夫著	180元
53憨第德	伏爾泰著	120元
54你往何處去	顯克維支著	390元
55農夫們（二冊）	雷蒙特著	500元
56獨立之子	拉克斯內斯著	420元
57異鄉人	卡繆著	99元
58一九八四	歐威爾著	99元
59第一層地獄（二冊）	索忍尼辛著	500元
60還魂記	愛倫·坡著	180元
61娜娜	左拉著	180元
62黑貓	愛倫·坡著	180元
63鐵面人（八冊）	大仲馬著	2000元
64羅生門	芥川龍之介著	240元
65細雪	谷崎潤一郎著	360元
66浮華世界	薩克萊著	360元
67靜靜的頓河（四冊）	蕭洛霍夫著	1000元
68僞幣製造著	紀德著	180元
69鐘樓怪人	雨果著	280元
70嘔吐	沙特著	180元
71希臘左巴	卡山札基著	180元
72浮士德	歌德著	280元
73死靈魂	果戈里著	240元
74湯姆·瓊斯（二冊）	菲爾汀著	400元
75聶魯達詩集	聶魯達著	120元
76基度山恩仇記（二冊）	大仲馬著	400元
77奧德賽	荷馬著	320元
78少年維特的煩惱	歌德著	99元
79白璧德	辛克萊·劉易士著	280元
80坎特伯雷故事集	喬叟著	200元
81兒子與情人	D.H·勞倫斯著	200元
82謝利	夏綠蒂·白朗特著	480元
83明娜	傑洛拉普著	240元
84十日談（二冊）	薄伽丘著	360元
85我是貓	夏目漱石著	240元
86罪與罰	杜斯妥也夫斯基著	240元
87小婦人	阿爾柯特著	99元
88尙·巴華的一生	杜嘉德著	280元
89明暗	夏目漱石著	280元
90悲慘世界（五冊）	雨果著	900元
91酒店	左拉著	240元
92憤怒的葡萄	史坦貝克著	360元
93凱旋門	雷馬克著	240元
94雙城記	狄更斯著	240元
95白癡	杜斯妥也夫斯基著	280元
96高老頭	巴爾扎克著	99元
97人世間	阿南達·杜爾著	360元
98萬國之子	阿南達·杜爾著	360元
99足跡	阿南達·杜爾著	360元
100玻璃屋	阿南達·杜爾著	360元
101伊甸園東	史坦貝克著	280元
102迷惘	卡內提著	280元
103冰壁	井上靖著	180元
104白鯨記	梅爾維爾著	280元
105國王的人馬	羅伯特·潘·華倫著	320元
106克麗絲汀的一生（二冊）	溫茜特著	560元
107草葉集	惠特曼著	320元
108人之樹	懷特著	480元
109莊園	以撒·辛格著	280元
110里斯本之夜	雷馬克著	180元
111被拯救的舌頭	卡內提著	240元
112戰地春夢	海明威著	280元
113阿奇正傳	索爾·貝婁著	480元
114土地的成長	哈姆生著	240元
115九點半的彈子戲	鮑爾著	240元
116熊	福克納著	100元
117一位年輕藝術家的畫像	喬埃斯著	180元
118聲音與憤怒	福克納著	180元
119戰地鐘聲	海明威著	180元
120洛麗塔	納布可夫著	180元

E 遠景叢書

1預言者之歌	劉志俠譯著	300元
2兩性物語	何光明著	160元
3桃花源	陳慶隆著	180元
4溪邊往事	陳慶隆著	180元
5水鬼傳奇	陳慶隆著	180元
6結婚的條件	陳慶隆著	180元
7閒遊記饞	張建雄著	160元
8錢眼見聞	張建雄著	160元
9商海興亡	張建雄著	160元
10饞話連篇	張建雄著	160元
11一元五角車票官司	尤英夫著	160元
12請問芳名(一)	周平譯	200元
13請問芳名(二)	陳生保譯	200元
14請問芳名(三)	譚晶華譯	200元
15請問芳名(四)	莫邦富譯	200元
16縱筆	張文達著	160元
17洋相	蕭芳芳著	160元
18饞遊偶拾	張建雄著	160元
19陸鏗看兩岸	陸鏗著	280元
20點與線	松本清張著	180元
21霧之旗	松本清張著	180元
22由莎士比亞談到碧姬芭杜	陳紹鵬等譯	180元
23濟慈和芳妮的心聲	陳紹鵬等譯	180元
24現代俄國短篇小說選	高爾基等著	180元
25天仇	鄭文輝著	180元

遠景出版事業公司圖書目錄(一)

遠景出版事業公司

A遠景文學叢書

1今生今世	胡蘭成著	280元
2山河歲月	胡蘭成著	180元
3遠見	陳若曦著	180元
4懺情書	鹿橋著	160元
5地之子	臺靜農著	160元
6人子	鹿橋著	160元
7酒徒	劉以鬯著	180元
8一九九七	劉以鬯著	180元
9建塔者	臺靜農著	160元
10小亞細亞孤燈下	高信譚著	180元
11花落蓮成	姜貴著	180元
12尹縣長	陳若曦著	180元
13邊城散記	楊文璞著	160元
14再見・黃磚路	詹錫奎著	180元
15早安・朋友	張賢亮著	180元
16李順大造屋	高曉聲著	180元
17小販世家	陸文夫著	180元
18心有靈犀的男孩	祖慰著	180元
19藍旗	陳村著	240元
20男人的一半是女人	張賢亮著	240元
21男人的風格	張賢亮著	240元
22萬蟬集	孟東籬著	180元
23電影神話	羅維明著	180元
24不寄的信	倪匡著	160元
25心中的信	倪匡著	160元
26羅曼蒂克死啦	高信譚著	180元
27大拇指小說選	也斯編	180元
28生命之愛	傑克・倫敦著	180元
29成吉思汗	董千里著	280元
30馬可波羅	董千里著	180元
31董小宛	董千里著	180元
32柔福帝姬	董千里著	180元
33唐太宗與武則天	董千里著	180元
34楊貴妃傳	井上靖著	180元
35續愛眉小札	徐志摩著	180元
36郁達夫情書	郁達夫著	180元
37郁達夫卷	王潤華編	180元
38我看衛斯理科幻	沈西城著	160元

B高陽作品集

1緹縈	高陽著	260元
2王昭君	高陽著	180元
3大將曹彬	高陽著	160元
4花魁	高陽著	140元
5正德外記	高陽著	160元
6草莽英雄（二冊）	高陽著	360元
7劉三秀	高陽著	160元
8清官冊	高陽著	140元
9清朝的皇帝（三冊）	高陽著	600元
10恩怨江湖	高陽著	140元
11李鴻章	高陽著	180元
12狀元娘子	高陽著	240元
13假官眞做	高陽著	140元
14翁同龢傳	高陽著	280元
15徐老虎與白寡婦	高陽著	280元
16石破天驚	高陽著	210元
17小鳳仙	高陽著	280元
18八大胡同	高陽著	160元
19粉墨春秋（三冊）	高陽著	420元
20桐花鳳	高陽著	160元
21避情港	高陽著	120元
22紅塵	高陽著	140元
23再生香	高陽著	160元
24醉蓬萊	高陽著	160元
25玉壘浮雲	高陽著	150元
26高陽雜文	高陽著	150元
27大故事	高陽著	150元

C林行止政經短評

1身外物語	林行止著	240元
2六月飛傷	林行止著	240元
3怕死貪心	林行止著	240元
4樓台煙火	林行止著	240元
5利字當頭	林行止著	240元
6東歐變天	林行止著	240元
7求財若渴	林行止著	240元
8難定去從	林行止著	240元
9戰海蜉蝣	林行止著	240元
10理曲氣壯	林行止著	240元
11蘇聯何解	林行止著	240元
12民選好醜	林行止著	240元
13前程未卜	林行止著	240元
14賦歸風雨	林行止著	240元
15情迷失位	林行止著	240元
16沉寂待變	林行止著	240元
17到處風騷	林行止著	240元
18撩是鬥非	林行止著	240元
19排外誤港	林行止著	240元
20旺市蓄勢	林行止著	240元
21調控神州	林行止著	240元
22熱錢興風	林行止著	240元
23依樣葫蘆	林行止著	240元
24人多勢寡	林行止著	240元
25局部膨脹	林行止著	240元
26鬧酒政治	林行止著	240元
27治港牌章	林行止著	240元
28無定向風	林行止著	240元
29念在斯人	林行止著	240元
30根莖同生	林行止著	240元
31股海翻波	林行止著	240元
32劫後抖擻	林行止著	240元
33從此多事	林行止著	240元
34幹線翻新	林行止著	240元
35金殼蝸牛	林行止著	240元
36政改去馬	林行止著	240元
37衍生危機	林行止著	240元
38死撐到底	林行止著	240元
39核影幢幢	林行止著	240元
40玩法弄法	林行止著	240元
41永不回頭	林行止著	240元
42誰敢不從	林行止著	240元
43變數在前	林行止著	240元
44釣台血海	林行止著	240元
45粉墨登場	林行止著	240元

D世界文學全集

1魯拜集	奧瑪・開儼著	180元
2人間的條件（三冊）	五味川純平著	720元
3源氏物語（三冊）	紫式部著	900元
4蒼蠅王	威廉・高定著	180元
5查泰萊夫人的情人	D・H・勞倫斯著	180元
6安娜・卡列尼娜（二冊）	托爾斯泰著	400元
7戰爭與和平（四冊）	托爾斯泰著	800元
8卡拉馬助夫兄弟們	杜斯安也夫斯基著	400元
9三劍客（三冊）	大仲馬著	600元
10一百年的孤寂	賈西亞・馬奎斯著	180元
11美麗新世界	赫胥黎著	120元
12麥田捕手	沙林傑著	120元
13大亨小傳	費滋傑羅著	120元

沙河悲歌

七等生全集 K⑤

作者	七等生
發行人	沈登恩
出版者	遠景出版事業有限公司
	郵撥：0765255—8
	電話：（02）8226—9900
	傳真：（02）8226—9907
	網址：http://www.vistagroup.com.tw
	台北郵局7—501號信箱
香港	遠景（香港）出版集團
分公司	香港中環雲咸街31號9樓
總代理	藍圖出版事業有限公司
	台北縣中和市建八路2號
	遠東世紀廣場C棟6F之9
印刷	成陽印刷股份有限公司
	台北縣土城市永豐路195巷9號
定價	新台幣240元・港幣80元
初版	2000年7月

行政院新聞局登記證局版台業字第0105號

ISBN 957-39-0625-2

法律顧問：世紀聯合法律事務所　尤英夫律師

四

我們以上所看到的，是七等生作品中自覺或不自覺的中國精神。然而像七等生這樣一位現代作家，是不能夠而且不可能完全以老莊哲學解釋清楚的。而且筆者個人認為他受西方藝術的影響，比其他各方面的影響更深更廣。七等生自己說過：「西洋文學藝術萬象並存，極合乎自然之道。」

筆者認為，七等生早期的作品如〈精神病患〉〈放生鼠〉，在寫作技巧，文字運用，甚至思想內容上，都使人想起意識流大家——愛爾蘭的喬埃斯的《一個年輕藝術家的畫像》。在喬埃斯的小說裡主角史蒂芬·狄德勒是一個對美學持有獨特見解的詩人。為了方便做比較，筆者現在引用杜蘭著、晨鐘出版社譯的《二十世紀文豪看人生》介紹〈畫像〉的一段：

「那孩子（史蒂芬）生就弱小，眼睛虛弱含淚；但是，他勇敢地站起來為拜倫辯護，認為他比丁尼生優越，而且當有人指出說，拜倫因叛逆的思想而在地獄煎熬時，他仍站穩崗位不放。然後，他趦趄向前，走向羨慕無神論的雪萊。有一夜，十六歲的史蒂芬在一條陰暗的街道上浪蕩，突然有人用歡愉的聲音向他打招呼。為了獲取經驗甚至求得快樂，他跟隨那女人進入房裡，向她屈膝求歡。回到學校的教堂裡，也聽教士講地獄裡肉體與精神永恆的煎熬，他想到秘密的墮落，不禁顫然，遂決定向一個鄉村老傳教士認罪，而不是向他的老師。他對自己能夠獲得赦免，聽到仁慈的規勸，感到很驚異。因為感於這一次寬宏的洗罪，他的信仰重生，有一個時候，這最虔誠的青年，他的老師要求他加入去見習修行，以準備申請進入耶穌會當教士。但是，有一位美麗的姑娘赤足涉入海灣的情景把他嚇壞了（美的發現——筆者）；自古以來，性與基督教義，婦女與處女的爭鬥，在他靈魂深處升了起來，慾念一綻開，他的信仰也就枯萎了。不久，他變得極端無神論，拒絕履行復活節的儀式，以致叫他的母親極為惶恐失望。對一個譴責他殘忍的朋友，他回答：

我決不做我已不再相信的事，不管那是我家、我祖國、或是教堂；我企圖在某種生命方式和藝術上，自由地表現我自己，我用來衛護自己的唯一武器就是：沉默、放逐和詭詐。」

我們很容易從這段頗長的引述中，發現初期的七等生與喬埃斯的關係。筆者於本文沒有可能將〈精神病患〉及〈放生鼠〉濃縮成為幾行文字，但我相信讀過七等生這兩篇小說及喬埃斯作品的人，定可以體會到兩者的相似，史蒂芬的反宗教就好比賴哲森和羅武格的反傳統道德和世俗，而他們對藝術的執著亦一樣。當然我們還可以大量的引證七等生與杜斯妥也夫斯基的《雙重人》（The Double）》及《罪與罰》，卡夫卡的《城堡》和《審判》，以及卡繆、沙特、甚至在鐵幕受罪的雪尼也可夫斯基（And Rei Sinyayskt）等現代作家的關係。但筆者認為，每個作家的作品都是各自有生命的，眞正的比較是十分困難而且近乎是無聊。筆者之所以拿七等生與喬埃斯相比，無非是由於後者對世界現代文學的影響太大，是迫不得已的作法。但如果以此扼殺新作家的成就，則其罪大矣。

然而現代文評界有一種令人失望的現象，就是喜歡這樣套帽子，在某某作家頭上加上某種主義，拿來當時裝般的展覽。例如詩人郭楓就由於太賞識七等生而將他形容為「橫行的異鄉人」，一反手就把七等生變成卡繆的忠實教徒，另一些非置七等生於死地不可的文評家，卻把他說成是「理性的頹廢主義者」或「極端個人主義者」而加以攻擊。連身在海外的劉紹銘先生也說：「七等生小說的集體男主角是卡夫卡的Tosedhk」。筆者雖不否定這種比較法，但太簡單而空泛的比較，是認眞的批評家所不取的。據筆者所知，這種等式或某某主義的文學批評方法，是美國文評家（除少部份外）最喜歡採用的。可惜美國除了一些在歐洲風氣成長的作家及一兩位猶太血統的作家外，並未出現過什麼眞正偉大的文學家。眞正的文學批評，應該是從作品本身入手的，而且文評家必須先承認文學的超時空性質。

五

七等生在他的小說集《來到小鎮的亞茲別》序言中指出：

文學家的任務並不在提倡高調的生活哲學，也不規劃甚麼健全的倫理；但他的責任是批判現時的社會生活，更重要的是揭露人類生存的心象；他的生命在於創作。

但被稱為研究七等生作品「最有眼光」的批評家高全之先生在〈七等生的道德架構〉一文裡，卻認為七等生「對社會人在社會裡的功能，對社會角色在社會裡的付出與收受，都缺乏精微冷靜的思考」，並指出七等生的「道德架構」是源於「一個藝術追求者，自以為是，或自以為眞的幻念。」這到底是怎麼一回事呢？筆者認為這是由於高先生戴上有色的傳統道德眼鏡看七等生作品的結果。

七等生的作品是多方面的，因此我們也要以不同的角度論評。〈聖月芬〉裡的女子月芬，〈結婚〉裡的曾美霞，〈來到小鎮的亞茲別〉的亞茲別，〈阿水的黃金稻穗〉中的黃阿水，〈精神病患〉的男女主角等等，以七等生自己的話來說，都是「這人類歷史承當苦難的角色」。他們的遭遇使我想起了那些受苦的人們。七等生其他大部份作品的主角，都是在最後被迫走上隱遁和追求個人自由的途徑。他們迫使讀者去發掘人類的良知。作家七等生就是那樣悲憤的將一個個「為人漠視和冷落」的苦難角色呈現在我們面前。那些曲解七等生的文評家們，是否害怕面對這些事實？

為了進一步理解七等生作品的另一類人物——隱遁者，我們不得不引用社會學的一個非常重要的名詞：個人解組。據社會學的定義，個人解組是由於個人與社會在價值和其他標準上相互牴觸時所產生的個人與社會的對立。引致個人解組的原因是多方面的，包括社會、政治、文化及道德等。布洛（Bloch）在其鉅著《個人解組與社會解組》一書中，認為個人解組情況下的個人，只有五條路可走：

A.回到已建立的行為規範。

B.創造自己的行為方式，設法為社會採用。

C.用各種反社會行為，攻擊現存的社會秩序。

D.退出社會，隱匿避難。